格雷厄姆·格林

Graham Greene

格雷厄姆·格林文集

A Burnt-Out Case
一个自行发完病毒的病例

傅惟慈——译

上海译文出版社

目　录

一个自行发完病毒的病例

致米歇尔·雷沙特医生的信

亲爱的米歇尔，

我希望您会接受我献给您的这部小说。如果这本书还有值得赞许的地方，那完全要归功于您的热忱、耐心的帮助。书中的瑕疵、缺陷和谬误自然应由作者负责。柯林医生[①]对麻风病的经验全部是从您那里得来的，但他借用您的地方也只限于疾病知识。他行医的处所并非您那座麻风治疗院。（我担心您那座病院已经不复存在了。）甚至在地理位置上，柯林的病院离庸达也极遥远。当然了，我在庸达和喀麦隆的几个麻风病治疗区观察到的恐怕都是一些表象，但所有这些地方的特征彼此都是相同的。至于从您那个布道团的神父们身上，我只窃取了院长的一刻也不离嘴的雪茄烟（仅此一物），此外就只有主教的小艇了。主教非常慷慨，把他这艘船借给我，供我乘坐驶向鲁基河上游。如果有人想寻找奎星、莱克尔夫妇、帕尔金逊和托玛斯神父等书中人物的原型，恐怕都是徒劳，他们都是作者用三十年来积攒在脑子里的残渣碎片拼凑而成的。我写的不是一本“影射小说”[②]，只是选定一个远离国际政治纠葛同个人家务困扰的处所，用以对信仰、半信仰和无信仰几种心态进行一番剖析而已。因为只有在我选择的这种气氛里，不同心境的差异才能为人深切感知并被明确地表述出来。我写的刚果只存在于人的心中，在任何一幅地图上读者都不会找到吕克这个地方，任何地方首府也都没有吕克的总督和主教。

除了您，我想任何人也不会知道我的成品离我的预期差距有多大。一名医生常因工作不顺手而患上长期忧郁症；作家与此相同，也总为写不好称心作品终生耿耿于怀③。我多么希望能献给您一部更好的作品用以酬报我旅居庸达时您同布道团的那些神父对我的深情厚谊啊！

格雷厄姆·格林谨上

① 柯林是书中人物。

② 原文为法语：roman à clef。

③ 原文为法语：cafard，意为苦闷、忧郁。

我还没死，但也不算是活的了。

——但丁

在正常情况下，每个人都有自恋情结。但也有例外：有人生来器官残缺，肢体畸形，或者后天不幸变为残废，其自恋本性就走向反面，对自己心生厌恶。虽然日久天长，这种人对自己的残疾也许习以为常，但这只是表象，在潜意识中却始终镌刻着深受伤害的印记。这就使他的性格发生某种扭曲，并对社会人群疑虑丛生。

——摘自 R. V. 瓦德卡尔某一简述麻风病的小册子

第一部

第一章

1

客舱的旅客在日记上写了一句模仿笛卡儿的话：“因为我感到不舒适，所以我是存在的[①]。”这以后他坐在那里，拿着笔，再也想不出有什么好写的了。船长穿着天主教神父穿的白法衣，正站在餐厅敞开的窗户前边读每日祈祷书。就是在窗前也没有什么风，船长的长长胡须并没有飘摆。船上这两个人单独相处已经有十天了——所谓单独，就是说不算船上的六名非洲籍水手和甲板上一打左右的旅客。轮船每在一个小村庄停泊一次，甲板上的旅客都更换一些人，但谁上谁下没有一个人说得清。轮船是主教的私产，样子像是行驶在密西西比河上的一艘破烂的明轮船，前楼高高耸起（十九世纪的轮船式样），白漆斑驳脱落，早就需要重新油漆了。从餐厅的窗户里他们可以看到河道在船前面蜿蜒盘绕，旅客中的妇女坐在烧锅炉用的木柴堆中间梳理头发。

如果没有变化就意味着宁静，这样像个果仁似的被镶嵌在不舒适的硬壳中心——河流狭窄到只有一百米宽，热气紧紧包裹着他们；洗淋浴时从机器房里流出的水总是热的；夜晚蚊虫的滋扰和白天一群群翅膀倒背着、活像小喷气式飞机似的采采蝇（轮船经过的最后一个村庄岸上竖着一个牌子，用三种文字警告人们说“睡眠病蔓延区。小心采采蝇”)——他们确实在享受着宁静。船长在读每日祈祷书时手里拿着一支蝇拍，每打死一只就把那小尸体举起来叫房舱的客人查看，嘴里念叨着“采采蝇”——这几乎是两个人交谈的全部内容，因为谁也不会准确、流利地讲对方的语言。

一天天就这样过去了。每天清晨四点，旅客就被餐厅里圣钟丁铃铃的声音从梦中唤醒。他住在主教的房舱里，这间房舱有一个十字架、一把椅子、一张桌子、一只蟑螂钻来钻去的衣橱和一张图片——图片上是勾起他乡愁的欧洲某地一座冰封雪盖的教堂。再过一会儿，从这间房舱的窗户后边他就可以看到做完了晨祷的人走过跳板向回家的路走去。他望着这些人爬上陡峭的河岸，消失在岸那边的矮林里。他们一边走一边摇晃着手里的灯笼。零散的队伍，很像他有一次住在新英格兰一个村庄里看到的唱圣歌的人。五点钟，船又启动了。六点钟，太阳升起来的时候，他开始和船长一起吃早饭。这以后的三个小时，在炎热真正开始以前，是他们一天中最美好的时刻。我们这位房舱旅客发现他居然能够怀着半麻木的心情怡然自得地瞭望那黄卡其布颜色的浑浊的湍流；他乘的这只小轮船正以每小时三海里的速度挣扎前进。他望着的安装在圣坛和神圣家族下的轮船发动机，像一只筋疲力尽的野兽一样喘着气，轮船尾部的大轮子拍击着浪花。船虽然驶得这样缓慢，可是却使出了全部力气。每隔几小时，就有一个渔村映入

① 笛卡儿(1596—1650)，法国唯心主义哲学家，他有一句名言是“我思，故我在”。旅客模仿的就是这句话。

眼帘。为了不受暴雨后河水的冲刷和水老鼠的啮咬，房屋都建筑在高高的木桩上。时不时地一个水手会大声招呼一下船长，于是船长拿起枪来，瞄准岸上一个小小的标记开一枪；在森林的蓝绿色的浓荫里，只有船长和水手的锐利目光才能分辨出哪里有一个小生物。他看见一只刚生下不久的小鳄鱼正在一块倒在水中的树干上晒太阳，一只鱼鹰一动不动地在树丛里寻觅着什么。到了九点钟，炎热真正开始了。这时船长已经背完了每日的祷词，或者开始擦枪，或者再打死几只采采蝇。也有一些时候他坐在餐桌前边，拿出一盒玻璃珠，制造廉价的念珠串。

午饭以后，当森林在令人筋疲力尽的阳光下从船侧悠悠地滑过去的时候，这两个人都回到各自房舱里。 旅客即使把衣服全部脱光也热得无法入睡，而且他无论如何也拿不定主意，是应该开着门窗通进一点气流呢，还是应该把门窗关紧，不叫外边的热气进来。轮船上没有电风扇，他每次打一个盹，醒来时嘴里都又干又苦；洗淋浴水是温的，只能去掉身上的泥污，一点也感不到凉爽。

一天快要结束的时候还可以享受一两小时的宁静，这时他坐在下面船桥上，看着当地非洲人在薄暮里准备晚饭。吸血蝙蝠吱吱叫着在树林上空盘旋，蜡烛光闪闪烁烁，使他回忆起儿时圣体降福仪式的景象。正在做饭的厨师们的笑语声在船桥间回荡着，过了不多时候有人唱起歌来，但是歌词他却一个字也听不懂。

吃晚饭的时候，为了叫舵手看清河岸与暗礁间的航道，他们必须关上餐厅的窗户，拉紧窗帘。这时汽灯在这间小屋发出的热气简直叫人无法忍受。为了尽量推迟上床的时间，他们玩一种名叫“四百二十一点”的牌戏。两人全都一句话不说，像在表演一个哑剧仪式。船长每局必赢，倒好像他信仰的据说能呼风唤雨的上帝在他掷骰子的时候也能施展神力袒护这位神父。

如果他们想要说些什么，这是他们用蹩脚的法语和蹩脚的佛兰芒语交谈的唯一时刻，但是两人的谈话从来也不多。有一次旅客问道：“他们在唱什么，神父？唱的是什么歌？是情歌吗?”

“不是，”船长说，“不是情歌。他们唱的只是一天内的所见所闻，什么他们在经过的一个村子买了几只好锅，到上游可以卖个好价钱啦这些事。当然了，他们在歌里也唱到你和我。他们管我叫作‘大拜物教徒’，”说完这句话船长呵呵笑起来，冲着神圣家族和柜橱顶上可以伸缩的圣坛点头示意。船长的子弹和渔具都是收在这只柜橱里的。他又在自己光着的胳臂上拍了一掌，打死一只蚊子，然后开口说：“蒙果语有一句格言：‘蚊子并不怜悯瘦人’。”

“他们唱我什么啦?”

“我想，他们现在正在唱呢。”他把骰子和筹码收了起来，继续说，“要不要我给你翻译一下？他们唱的可不是恭维你的话。”

“好，请你给我翻译翻译。”

“‘这儿有一个白人，不是神父也不是医生。他没有留胡子。他来自遥远的地方——我们不知道从哪儿——，也不告诉别人他要到哪儿去，为什么去。他很有钱，每天晚上都喝威士忌，香烟从不离口。可是他从不让别人抽一支。’”

“我可真没想到要让他们抽烟。”

“当然了，”船长说，“你要到哪儿去我是知道的，可你也从来没有对我说过，为什么要到那儿去。”

“公路都被大水冲断了，现在我们走的是唯一可以通行的路径。”

“我想知道的不是这个。”

每天晚上九点钟左右，如果河道不够宽，船只无法继续航行的话，他们一般就靠岸停泊。有时候他们可以找到一只反扣在岸边、已经开始糟朽的木船，下起雨来的时候，木船可以叫形形色色的旅客避避雨。有两天晚上船长把他的一辆旧自行车弄到岸上，骑着它磕磕颠颠地驶过幽森的内陆。他每次都是到一个住在几公里外的白人种植园主那里去，看一看他们有什么货物要运；垄断了这条河和一些支流运输的是一家叫奥特拉柯的公司，船长不想叫这个公司刁难人。也有些时候，他们泊岸较早，会接待几个不速之客。有一次登船的是一个男人、一个女人和一个孩子。这些人因为长期暴露在炎热和潮湿中，皮肤好像生了白化病似的呈现出不健康的颜色。他们坐着一辆老旧的可以乘人也可以载货的汽车，从茂密的雨季森林中驶了出来。男人在船上喝了一两杯威士忌酒，和神父一起抱怨了一阵子奥特拉柯公司为作燃料用的木材要的价钱太高，又谈论起离首都几百公里以外发生暴乱的事。女人一言不发地坐着，握着孩子的手，目不转睛地望着神圣家族的画像。如果没有欧洲籍的客人，也总有当地的一些老太婆到船上来。这些老太婆裹着头巾，围着非洲妇女的大袍子，衣服上鲜艳的色彩早已褪尽，就连上面的图案——什么火柴盒啦、苏打水瓶啦、电话机啦，以及其他白人日常生活用的一些小玩艺儿——也很难分辨出了。她们跪着蹭到小餐厅里面，在噼啪作响的汽灯下耐心地等待着，直到有人注意到她们。这时船长就向他船上的旅客做一个告罪的手势，请他回到自己的房舱去，因为老妇人要向他作告解，外人是不能听的。又一天就这么过去了。

2

一连好几个早上，黄色的蝴蝶一直追逐着他们的小轮船。在驶出采采蝇地区之后，这是一个可喜的变化。天刚蒙蒙亮，河流仍然笼罩在一层像大蒸锅里冒出的白色雾气下面，黄蝴蝶已经飞落到他们的餐厅里了。晨雾散开了，他们看到岸上盛开着一排白色睡莲，从一百米以外望去，这些花像是一大群天鹅。这里的河道比较开阔，除了汽船的轮子把河水搅混的地方，整个河流呈现出白镴颜色。林木的绿色倒影好像不是从岸上投到水面，而像是透过一层薄薄的、透明的白镴从水底映现上来的。两个站在独木舟上的人，腿被影子拉长，看去像是在齐膝深的河里涉水。船上那位旅客说："你看那边，神父。这是不是可以叫你解释开，为什么过去有人认为耶稣能在水面上行走？"但是船长这时正专心致志地对着睡莲边上的一只鹭鸶瞄准，并没有回答旅客提出的问题。这位神父有着嗜杀癖，不论看到什么野生动物都要开枪，倒仿佛只有人类才有权利不遭横杀似的。

六天以后他们来到了一座给非洲人设立的天主教神学院。这座神学院高高伫立在土岸上，像一座用红砖砌成的丑陋的大学校。船长过去曾在这里教过希腊文，所以他们就在这里停泊过夜。这固然是为了叫船长有机会到岸上叙叙旧，但也是因为在这里买木柴比从奥特拉柯公司买便宜得多。马上就开始往船上装木柴——船上的钟还没有敲第二次，年轻的非洲神学院学生就已经在岸上列队站好，把木柴一捆捆地运到甲板上来，这样第二天一破晓轮船就可以起锚了。晚饭后传教士都聚会在一间休息室里，只有船长一个人穿着法衣。神学院的人中，有一个蓄着整整齐齐的尖胡须的神父穿的是一件开领的卡其衫；这使船上的那位旅客想起他在远东认识的一位外籍兵团中的年轻军官，这人性格鲁莽、不遵守纪律，结果使自己作了无谓的(尽管是英勇的)牺牲。另一位神父的样子活像一位大学经济学教授，还有一位很可能被认为是律师，此外还有一位像是个医生。但当这些人拿起火柴棍当筹码、玩起一种简单纸牌游戏时，却个个没有顾忌地哈哈大笑，为了一件小事就不无夸张地手舞足蹈；这就暴露了这些人长期过着与世隔绝的生活，已经变得天真而且孩子气了。那些被困在浮冰上的探险家以及战争早已结束但仍长期作为战俘被囚禁的人就常常表现出这种幼稚和天真。他们把收音机打开，收听晚间的新闻广播。但这也只是出于一种习惯；多少年以前，由于他们早已记不清的某一动机，有人收听广播，这以后就成了惯例。现在收听广播纯粹是一种模仿动作。他们对于欧洲的紧张形势和内阁的更换并无兴趣，对河那边几百公里外发生的骚乱也没什么好奇心。汽船上的那位旅客感到自己置身在这些人中间非常安全；他们决不会向他提出什么不知深浅的问题。他又一次回忆起外籍志愿军兵团。如果他是个想逃避正义制裁的杀人犯，在这样的地方是不会有人好奇地挑开他秘密的伤疤的。

虽然如此——他自己也说不上为什么——他们的笑声叫他听起来很不舒服，就像一个吵闹的孩子或者一张爵士乐唱片那么刺激他的神经。他们对很多小事情——就连他从船上给他们带来的一瓶威士忌酒，都高兴得要命，这使他感到很恼火。那些同上帝结了婚的人，他想，也可能变成婆婆妈妈的人，这种婚姻同其他婚姻一样平凡庸俗。“爱”这个词就像举行弥撒仪式似的，意味着嘴唇与嘴唇的正式接触，“万福马利亚”同“亲爱的”一样，都是一封信开头的客套称谓。这种婚姻也同世俗的婚姻一样，是被上帝和他们所共有的习惯与癖好所维系住的——上帝的癖好是受人顶礼膜拜，他们的癖好是膜拜别人，但都是有时有晌的，正像到了星期六晚上才在郊区拥抱一样。

笑声更高了，船长作弊被人发现了，于是传教士们互相比赛着玩各种花招儿：偷当筹码用的火柴棍，趁别人不注意把牌甩掉，故意叫错牌……像小孩子做的大多数游戏似的，眼看这场牌戏就要以一场混乱而告终，没准儿上床以前还得有人抹眼泪吧？旅客不耐烦地站起身来，离开他们，绕着这间凄冷的休息室兜了个圈子。墙上挂着新选的大主教的照片；一张像是个性格古怪的级任教师的面孔瞪着眼睛向下盯着他。一个巧克力色的食具柜上放着几本侦探小说，一摞教会出的刊物。他信手翻开一本；这本刊物使他想到中学出的校刊。一篇文章报道了在一个叫奥博柯的地方举行的一场足球赛。另一篇是个老校友写的连载散文的第一篇，题目叫做《在欧洲度假》。一份墙历上印着另外一个传教团体的照片；传教士的带平台的住宅，住宅旁边照例是一座用不合适的砖石建筑起的丑陋的教堂。也许这是另外一个教派的传教团。建筑物前面站着几个神父，个个咧嘴大笑。旅客很想知道，他是从什么时候起开始像讨厌臭味那样讨厌起笑声来的。

他走到外面月光朦胧的暗夜里去。即使在夜里，空气仍然是潮湿的，一和面颊接触就化为细碎的雨珠。船的底层甲板上点着几支蜡烛，高一点儿的地方一支火把在移动，清清楚楚显示出汽船停泊的位置。他转身离开河流，在神学院教室后面发现了一条通向地理学家可能称之为非洲心脏的土路。他自己也不知道为了什么，借着月光和星光的指引，沿着这条路走了一小段。他听见前面传来音乐的声音。他沿着这条路走进一个村子，又从另一端走出来。村子里的居民还没有睡觉，也许因为这一天正好是满月。如果是这样，这些村民注意月亮盈亏可比他日记上的记载更确切。人们敲打着从传教团捡来的空罐头筒，沙丁鱼罐头啊，海因兹牌蚕豆罐头啊，李子罐头啊，什么都有，还有一个人正在弹奏自造的竖琴。一张张面孔从小火堆后面窥视着他。一个老太婆姿势笨拙地跳着舞，一边跳一边拍击着围着一块布袋的后胯。他又一次被这种天真的笑声弄得心烦意乱。这些人并没有笑他，他们只不过是彼此笑闹。正像刚才在神学院的大休息室里一样，他被遗弃在自己的天地内。在他的领域里，笑声好像是敌人的语言，他是无法听懂的。这个村子非常贫穷；泥土棚子上的茅草屋顶因为鼠咬雨淋早已疮痍累累了；妇女们腰上围着装白糖和粮食用的旧布袋。他看出来这里的居民是俾格莫依族人，是侏儒般的俾格米族人同别种人杂交的后裔。这些人并不是强大的敌人。他转过身来，回到了神学院。

屋子已经空了，牌局早已散了，他走进自己的卧室。他已经习惯了汽船上狭小的房舱，如今置身于一间空旷的大房间里，不禁有一种无遮无盖的感觉。房间只有一个洗脸盆架、一个水壶、一只面盆、几只玻璃杯、一张椅子、一张架着蚊帐的窄床和摆在地板上的一瓶饮用水。一个神父敲了敲门，走了进来。这个人可能是神学院的院长。他对旅客说："你还需要什么吗?"

"不需要，我什么都不要了。"他差一点儿就加上一句："这正是我的苦恼。"

院长向水壶里望了一下，看看水是否灌满。"你会发现这里的水是黄的，"他说，"但是实际上却很干净。"他把肥皂盒的盖子揭开，为了让自己放心，确实没有忘记放肥皂。肥皂盒里摆着一块从没有用过的橘红色香皂。

"救生圈牌的。"他不无骄傲地说。

"我小时候用过这种牌子，"旅客说，"后来就再也没用了。"

"很多人都说这种香皂可以防治痱子。可是我从来没长过痱子。"

突然间，旅客发现他不能再什么话也不说了。他开口说："我也没长过。我什么病也没害过。我早就不知道什么叫痛苦了。这些事也早就和我没缘了。"

"也没缘了?"

“跟其他的事物一样。对我说来什么事都已经到了尽头了。”

院长一点儿也没感到好奇地向屋外走去，一边走一边说：“啊，好吧。你知道，痛苦是一种只要你需要随时就可以提供给你的东西。睡个好觉，我明天早晨五点钟叫你。”

第二章

1

柯林医生在查看一个人的化验记录——为检查麻风病菌取下的皮肤切片经过化验一连六个月结果都是阴性。腋下拄着一根拐杖、站在他面前的这个非洲人手指和足趾都已失去了。柯林医生说："好极了。你的病已经好了。"

这个人向医生的诊桌走了一两步。他的两只没有足趾的脚像是两根棒子，走起路来好像在用桩子夯地。他有些担心地说："我得离开这儿了吗?"

柯林医生看着这人伸出来的一只残废的手掌——一块雕刻成粗具手形的木块。麻风病院的一条院规是，只收容带有传染性的病人，病愈的人必须回到自己的村子去，或者，如果可能的话，在省会吕克的医院里作为门诊病人继续接受必要的治疗。但是吕克离这里很远，不论走陆路或水路都有好几天的行程。柯林说："你到外面去找工作很不容易。我给你想想办法。你先和修女们谈谈。"失去指头的手看来什么用也没有，但是它能学会的技艺实在惊人；麻风病院里就有一个没有手指的病人会织东西，同修女织的一样好。但是这种成功也可能是很可悲的，因为这让我们看到，他们不得不抛弃掉的一部分肢体是多么宝贵。十五年来，医生一直梦想，有一天他会募集到足够的基金，给每一个肢体残缺的人制造出特殊的工具，但是现在他却连给医院病人购置像样的褥垫的钱都快没有了。

“你叫什么名字?”他问。

“迪欧·格拉蒂亚斯。”

医生不耐烦地喊叫下一个病人。

这是一个手指神经麻痹的年轻女人，手像鸡爪子一样。医生试着弯了弯她的手指，她疼得浑身一哆嗦；但是她仍然面带笑容，又勇敢又有点卖弄风情，倒好像只有这样她才能讨好医生，叫医生不再给她更多痛苦似的。她的嘴唇上涂着紫色口红，这和她的黑色皮肤很不相称。她右边的乳房裸露在外面，因为刚才在门诊部外面的台阶上她还在给自己的孩子喂奶。她的一只胳臂上有一条长长的疤痕，足有半臂长，那是医生为了剥出被管鞘压死的尺骨神经给她做了切割手术后遗留下的痕迹。现在这个年轻女人使一点儿劲就可以稍微弯曲一下手指了。医生在她的病历卡上写了“蜡疗”两个字，以提请修女们注意，接着他又叫下一个病人。

十五年来医生只记得有两天比今天的天气更热。连本地的非洲人都感觉出这种炎热了，因而这一天到诊所来看病的人只有平常的一半。没有电扇装置，柯林医生在阳台上临时搭了一个篷子，就在下面看病。一张桌子，一把硬木椅子，他身后是一间狭小的办公室。他很怕进去，因为那里面几乎闷得透不过气来。他的装病例的柜子就摆在里面，铁柜简直热得烫手。

一个又一个病人把身体裸露给他。虽然看了这么多年病，他对某些麻风病患者身上发出的甜丝丝的腐肉味还是不能完全习惯；对他来说，这种气味简直成了非洲人的气味了。他用手摸着那生了病的皮肤，又机械地作病历记录。这些记录没有什么价值，但是他知道他的手指是能给病人以安慰的：他们从医生那里知道，自己并不是不可接触的人。既然治疗肉体病痛的方法已经发明出来，他必须永远记住，麻风病还仍然是一个心理学上的问题。

柯林医生听到从河上传来了汽船上的敲钟声。院长骑着自行车，经过门诊部向河滩驶去。他招了招手，医生也举手示意。说不定来的是久已误期的奥特拉柯公司的班船。班船本应该两周来一次，带来邮件，但是它却从来没有准期来过，不是因为突然要装载一批货物而被耽搁住，就是哪里的排汽管出了毛病，中途抛了锚。

一个婴儿啼哭起来，于是门诊室左近的所有婴儿像一群小狗似地立刻齐声号叫起来。“亨利，”柯林医生喊了一声。他的年轻的非洲药剂师用土话高喊：“快奶奶孩子。”于是平静马上就恢复了。十二点半钟，医生开始午休。他在那间又闷又热的小办公室里用酒精把手擦干净。

他向河滩走去。他一直等着从欧洲寄来的一本书，一本日文版的世界麻风病分布图。也许这本书会随着这批邮件寄来了。麻风病村的一条长街一直通向河边。一幢幢两间一套的砖房，后院搭着一间小土房。十五年以前他刚到这里来的时候只有土坯砌的房子，现在他们则用来作厨房了。但是如果哪个病人知道自己没有几天好活，他还是自愿搬到后院的小土房里去。在一间摆着收音机、挂着前任大主教照片的房间里，他是不能平静地死去的；他愿意死在自己无数祖先告别人世的地方，死在一个充满泥土和树叶气息的阴暗的角落里。左手第三个小院里，现在就有一个老人等待着死神的召唤；厨房门后的暗影里摆着一张破烂的帆布椅，他正静静地坐在椅子上。

走出村子，就在河流即将映入眼帘的地方，人们正在清理一块地，准备将来有一天在这里修建起新的麻风病医院。

一群麻风病病人正在砸实最后一块地基，监督他们的约瑟夫神父在同他们一起劳动，卖力地夯着地。约瑟夫神父穿着一条旧卡其短裤，头上戴着的一顶软帽好像是多年以前被河水冲到河滩上让他拾起来的。

“是奥特拉柯公司的班船吗?”柯林医生高声问道。

“不是，是主教的船，”约瑟夫神父回答道。他一边说一边往远处走，两脚在地上跺着，看一看土地是否夯实了。他早已染上了非洲人的习惯，同人讲话的时候脚步不停，而且总是用脊背对着你。他说话也像非洲人似的，声音高亢，语调常常变化，“他们说船上有一个旅客。”

“一个旅客?”

作轮船燃料用的木柴垒成一条小巷；柯林医生看到汽轮的烟囱耸立在巷口。一个陌生人正从这条巷子向他走来，看见他的时候，对他举起帽子来。这人同他的年纪相仿，也将近有六十岁了，灰白的胡子楂早上没有刮，身上穿着一套皱巴巴的热带服。“我叫奎里，”他自我介绍说。柯林医生拿不定他的口音是法国人还是佛兰芒人，正像他听到这个人的姓还是不能立刻判断出他的国籍一样。

“我是柯林医生，”他说，“你准备在这儿住下来吗?”

“船不往前开了。”那人回答说，倒好像他的行踪全靠这件事决定似的。

2

柯林医生每月单独同院长讨论一次医院的账目。医院的行政开支靠教会维持；医生的薪金和药品则由政府拨款支付。政府比教会有钱，但不太愿意拿出来；医生想尽办法减轻教会的负担。在与共同敌人作战中，医生同院长结成了亲密的战友。医生偶尔甚至还去望一次弥撒，虽然早在他到这个苦难与炎热的国土之前，已经对传教士们可能信奉的任何神明都失去信仰了。院长唯一使他恼火的是，不论何时何地，除了主持弥撒和睡觉以外，口里总是离不开一支方头雪茄。这种雪茄气味呛人，柯林医生的住房又不大，而且这位身为院长的神父总是把烟灰掉到医生的小册子同报告稿里。现在医生就不得不把账本里的烟灰拂掉。这本账是他为吕克负责医药卫生的官员准备的；他已经把应由教会付的一个新钟和三顶蚊帐的费用移到政府支付款项里面。他做得很巧妙，决不会引起别人注意。

“真是对不起，”院长一面道歉一面继续往打开的麻风病分布图上落烟灰。地图上鲜艳的色彩和漩涡图形活像是复印的凡·高的风景画。在院长来找他谈话以前，医生一直从欣赏艺术的角度翻看着这本图集。“我真太不像话了，”院长拂去书页上的烟灰说，“哪次也没有像今天掉这么多烟灰，可是你知道，刚才莱克尔先生找我来了。这个人把我弄得心烦意乱。”

“他要干什么?”

“啊，他要了解一下咱们新来的这位客人。当然了，他还准备喝一点儿客人带来的威士忌。”

“就为这个他跑了三天路，划得来吗?”

“哼，不管怎么说，他至少喝到威士忌了。他说公路已经有四个星期不通车，他一直找不到人谈谈人生哲理的问题，简直把他苦死了。”

“他的妻子身体好吗? 种植园经营得怎么样?”

“莱克尔到这儿来是想打听点儿新闻。他从不告诉你他自己的事。另外他还想同人讨论讨论他精神上的苦闷。”

“我可从来想不到他会有什么苦闷。”

“一个人要是没有别的东西可以向人夸耀，”院长说，“就只有炫耀自己的精神苦闷了。他喝了两杯威士忌以后就同我谈起上帝慈悯的问题。”

“你怎么把他打发了?”

“我借给他一本书。他当然不会看的。答案他早就知道了——在神学院里浪费了六年光阴算把他给毁了。他到这儿来的真正目的是想弄清楚奎里到底是什么人，从什么地方来，要在这里呆多久。如果我知道这些事的答案，说不定我会告诉他的。幸亏莱克尔害怕麻风病人，恰巧奎里的用人这时走了进来。你为什么把迪欧·格拉蒂亚斯给他使唤?”

“迪欧·格拉蒂亚斯病已经好了，他的病毒发散完，病自己就好了。我不想把他打发走。他虽说没有手指和脚趾，可是扫扫地、铺铺床还是成的。”

“到我们这里来的客人有的很挑剔。”

“我可以向你保证，奎里不在乎用人害没害过麻风病。实际上，迪欧·格拉蒂亚斯还是奎里自己要的。他是奎里登岸后遇见的第一个麻风病患者。当然了，我已经告诉他，这个人的病已经好了。”

“迪欧·格拉蒂亚斯给我送来一张条子。我想莱克尔是很不赞成我接触这张纸条的。我注意到，在他同我告别时，没敢和我握手。人们关于麻风病有不少奇奇怪怪的想法，医生。”

“都是从《圣经》上看来的。正像人们对性的问题的看法一样。”

“人们对于《圣经》上的东西，只是挑选他们愿意相信的才记住，真是太遗憾了。”院长说。这次他尽量想把雪茄上的烟灰弹到烟灰缸里去，但是他从来也没有弹准过。

“你看奎里是怎么回事，神父？你认为他为什么到这个地方来?”

“我太忙了，没有工夫探索别人的行为动机。我分配给他一间屋子、一张床。多养活一个人不是一件困难的事。说句公道话，这个人很肯帮忙做事——如果说这里有什么忙他帮得了的话。也许他只是在找个地方，能够不受打扰地休息一下。”

“很少有人愿意找个麻风病院来休息度假。当他向我要迪欧·格拉蒂亚斯的时候，我真吓了一跳。我怕我们这里有了一个心理反常、爱上了麻风病患者的人。”

“爱上麻风病患者的人？我是不是这样一个人？”

“你不是，神父。你到这儿来是服从教会的差遣。但是世界上确实有这么一种喜爱麻风病人的人，这你知道，虽然这种人大多数是女人。施威采尔[①]就吸引住她们。她们好像福音书里记载的那个女人[②]，宁可用自己的头发也不愿意用件什么消毒的东西擦洗别人的脚。有的时候我甚至怀疑达米恩[③]是不是也有这种精神变态。为了为麻风病患者服务，他是用不着叫自己也传染上麻风病的。只消采取几点很简单的预防措施就够了。我的手指头如果烂掉，医术反而会更好些么？”

“我觉得探索别人的行为动机是件得不偿失的事。奎里没有坏心眼儿。”

“他到这儿来的第二天，我带他到医院去看了看。我想观察一下他有什么反应。他的反应很正常——感到恶心，没有好感。我不得不让他闻了闻乙醚。”

“我可不像你这样，医生，动不动就怀疑别人迷上了麻风病患者。有的人安于贫穷，愿意过着贫穷潦倒的生活。难道这是坏事吗？需要劳我们创造一个带‘迷’的词来形容他们？”

---

① 阿尔贝特·施威采尔(1875—1965)，阿尔萨斯传教士，曾在非洲传教。
② 指玛丽亚曾用头发擦耶稣的脚，见《圣经》约翰福音。
③ 达米恩(1840—1889)，比利时籍天主教神父，曾在夏威夷莫拉开麻风病区传教治病。

“迷上了麻风病患者的人不但当不了好护士，自己临了还要传染上这种病。”

“这话尽管也有些道理，但你刚才自己也说过，医生，麻风病也是一个心理学问题。患麻风病的人要是感到有人喜爱他们，可倒是一件很宝贵的事呢。”

“病人什么时候都看得出来，别人喜爱的是他本人，还是他害的麻风病。我不需要麻风病有人爱。我要麻风病从世上根绝。全世界现在有一千五百万人害这种病。我们不需要在精神变态的人身上浪费时间，神父。”

“我倒希望你的时间别抓得这么紧。你工作得太紧张了。”

但是柯林医生并没有听进这句话。他说：“你还记得修女们在丛林里开的那座小型麻风病院？D. D. S.[①]被发现为治疗麻风病的特效药后，这个麻风病院病人大为减少，最后只剩下六七个人了。你知道有一个修女对我说什么？‘太可怕了，医生，’她说，‘过不了多久我们就连一个麻风病人也没有了。’这个修女肯定是个爱上麻风病的人。”

“怪可怜的，”院长说，“但是你没有看到事物的另一面。”

“哪一面?”

“一个老处女，没有独自的精神世界，一心要做好事，要替别人服务。世界上为这种人安排的地方并不多。因为每周服用 D. D. S. 药

① D. D. S. ——二氨二苯砜或氨苯砜，治疗麻风病的特效药。

片，病人越来越少，她为别人服务的机会就逐渐被剥夺去了。”

“我还以为你不研究行为动机呢。”

“啊，这只不过是我从表面上观察，同你给病人诊断差不多，医生。但是如果我们对事情都不深究，看待问题更加表面化一些，可能对所有的人倒更有好处。从表面上判断问题并无坏处。相反地，如果我向深处探索，非要研究一下那位修女想为别人服务的动机和后面还隐藏着什么，没准儿我会发现极其可怕的事儿。等到挖掘到那个地方，我们就不得不住手了。如果再往深处挖掘，谁知道会怎样——说不定可怕的东西也并不太厚。不管怎么说，只从表面上判断问题还是安全一些。谁要是觉得判断不恰当，也不过耸耸肩膀。就连受害者也不会往心里去的。”

“那么奎里呢？他到底是怎么个人？当然了，我是说从表面上看。”

第二部

第一章

1

一个人到了陌生的环境，第一件着手做的事就是创造一点儿熟悉的气氛；如果他从原来的地方带来一张照片、几本书，就会立刻把照片挂起来，把书摆成一排。但是奎里既没有照片，也没带任何书籍，除了随手带的一本日记。第一天清晨六点钟他就被隔壁小教堂的晨祷声吵醒了，他心头非常恐惧，有一种彻底被世界抛弃的感觉。他仰面躺在床上，倾听着小教堂里虔诚的读经声。如果他的印章戒指具有魔法的话，他一定会转动它，祈求任何一个应召而来的精灵把他送回那个他无以名之、只能称为“家”的地方。但是世界上如果真有魔法，也不会附在他的戒指上；隔壁传来一阵阵抑扬起伏、无从理解的诵经声倒更像魔法力量的来源。就如同某种药水气味似的，这种声音也使他想起了自己很久以前曾经害过的一种病症。他责备自己，为什么会没有想到麻风病区同样也是自己害过的那种疾病的蔓延区呢。他本来认为这里只有医生和护士，却忘记了这里会有这么多男女修道士。

迪欧·格拉蒂亚斯在开门闩，他那失去手指的手掌在门上划出擦擦的声音。一只水桶吊在他的手腕子上像是衣帽间的挂钩悬着一件外衣。奎里在雇用这个仆人前曾问过柯林医生，这人的残肢是否疼痛，医生一再向他保证，说是肢体残缺就失去痛感了。倒是那些手指僵直、神经正在坏死的麻风病患者痛楚很大——疼得几乎无法忍受，有时候可以听见他们在夜间呻吟喊叫；但另一方面这种疼痛在某种程度上又防止了手指腐烂。奎里仰面躺在床上，屈伸了一下自己的手指，他并没有感到疼痛。

就这样从第一天清早起，他就着手给自己建立起一套生活规程，在陌生的环境中创造一些熟悉的东西。这是叫自己恢复活力的条件。七点钟同神父一起吃早饭。早课晨祷结束后，各人干各人的事。但一到七点，人人都撂下手里的活儿，走进兼做餐厅的大休息室里。保罗神父和菲利浦修士管理发电机，整个教区和麻风病人都由这台发电机供电。让恩神父刚才在修女院主持弥撒。约瑟夫神父已经带着工人在新医院的场地上平整了半天地基了。吃早餐的时候，托玛斯神父像吃苦药似的匆匆喝下咖啡，马上出发到学校去。他负责主持两所小学校。这位神父眼睛眍瞜着，像是嵌在一张灰土色脸上的两粒石子。菲利浦修士吃饭的时候闷头不响，从不参加别人的谈话。他的年纪比所有神父都大，只会说佛兰芒语，一张脸因为风吹日晒、默默地忍受着生活煎熬显得非常憔悴。这一张张面孔上的五官都越来越清楚地显现在奎里眼前，就像底片放在定影液里逐渐显出影像一样。但是奎里越来越往后退缩，深怕和他们熟了以后，这些人会问他一些问题。后来他才发现，这些人也同河边那座神学院的人一样，不会问他什么重要问题的。甚至有些不得不问的事，他们也像在讲一个陈述句似地提出来——“如果你要去望弥撒的话，星期天早上六点半钟有一辆班车到这儿来”——奎里用不着回答说，二十多年以前他就已经不望弥撒了。没有人议论他不去望弥撒的事。

医生有一些藏书，吃过早饭他就拿着一本从医生那里借来的书，走到下面河岸去。这一段河流开阔，将近一英里宽。河里停着一艘长久不用、锈迹斑斑的驳船，坐在上面可以不受蚂蚁侵扰。过了九点，太阳一升高，他就开始觉得不舒服了。在这以前，他一直坐在这艘驳船上，有时候看书，有时候只是凝视着静静流动着的黄卡其色的河水。长着野草和风信子的土块像小岛似的在水面上飘浮着，以汽车爬行的速度缓缓流下去，飘出非洲腹地，飘向遥远的大海。

河对面长着一些大树，树根耸出地面，像正在建造中的轮船的肋材；树梢颜色焦黄，好像放干的花椰菜。这些大树后面是热带森林构成的一堵绿墙。河边的大树树干呈冷灰色，不生嫩枝，像是大水蛇一样扭曲着。白瓷般的小鸟落在咖啡色的水牛背上。有一次他看到一家人坐在一只独木舟上，整整一个钟头这家人只是闲坐着，什么也不干。母亲穿着一件耀眼的黄色衣服；男人的衣服像树皮一样满是皱褶，身子弓着，手下横着一支桨，却一直没见他划动。一个膝头上揽着幼儿的年轻女人满脸笑容，笑得像一只盖子已经打开的钢琴。当天气变得太热，不能再坐在阳光下的时候，他就到医院或门诊部去找医生。等医生看完了病，半天时间就已经安详地过去了。他在诊所里无论看到什么都不再感到恶心，用不着再嗅乙醚了。一个月以后，他对医生说：

“你们这里有八百个病人，人手很缺，是不是?”

“是的。”

“如果我对你们能有点儿用的话——我知道我没有受过专门训练……”

“你不久就要到别的地方去吧?”

“我没有什么计划。”

“你懂得不懂得电疗?”

“不懂。”

“可以培训一下，如果你有兴趣的话。到欧洲去呆六个月。”

“我不想回欧洲去。”奎里说。

“永远也不回去了?”

“永远不回去了。我害怕回去。”这句话他听着有点夸张，又改口说：“我不应该说‘害怕’，我是说因为种种原因不想回去。”

医生正用手指摸弄一个小孩儿的脊背。在外行人的眼里，这个孩子一点儿也不像害了病的样子。“这将是一个性质很恶劣的病例，”柯林医生说，“你来摸摸。”

奎里也可能有些犹豫，但他的犹豫同孩子身上的病征一样，一点儿也没有叫别人觉察出来。开始的时候，他什么也摸不到，后来他的手指碰到几块地方，柔软的皮肤好像略微肥厚了一些。“你一点儿也没有电学知识吗?”

“很抱歉。”

“因为我正等着欧洲运来一种电疗器械。早就该运到了。有了这种器械，我就可以同时测试出皮肤上二十处不同地方的温度。这用手指是感觉不出来的。我希望有一天我能够预测出发生病变的地方。在印度他们已经这样做了。”

“你说的这些事对我来说过于复杂了，”奎里说。“我这人只懂一个行当，只有一门本领。”

“你是干哪一行的?”医生问，“我们这里是一个具体而微的城市，没有几个行当在我们这里找不到事情做的。”医生突然产生了怀疑，盯了奎里一眼：“你不会是个作家吧？这里可不欢迎作家。我们需要安安静静地工作。我们不想叫报界发现我们，就像他们当年发现施威采尔似的。”

“我不是作家。”

“也不是摄影师？这里的麻风病人可不准备弄到哪个恐吓人的博物馆去展览。”

“我也不是摄影师。请相信我，我同你们一样，需要的也是安静。如果我坐的那艘轮船还往前走的话，我就不会在这里登岸了。”

“那么你告诉我你干的是什么行业，我们会给你安排个工作的。”

“我早就放弃我那一行了。”奎里说。一个修女骑着自行车从门外走过去，不知在忙着干什么事。“这里有没有什么简单的活儿给我做，让我维持住我的食宿?”他问道，“例如管绷带的事？这方面我可是没有受过训练，不过这并不难学。我想这里总得有人洗绷带吧。由我来干，可以顶替下一个更有用的工人来。”

“这是修女干的活儿。我要是干涉她们的安排，就惹麻烦了。你这么闲呆着是不是有些不安心？也许下次轮船再来你可以乘它回到省会去。在吕克机会可就多了。”

“我永远也不往回走了。”奎里说。

“要是这样的话，你最好通知神父一下，”医生的话语里带着些嘲讽的味道。他高声对药剂师说：“够了。今天早晨不看了。”在他用酒精洗手的时候，回过头来从肩膀上瞥了奎里一眼。药剂师正往外赶病人，屋子里只剩下奎里同医生。医生说：“警察是不是在缉拿你？你可以告诉我，不用害怕——告诉这里任何人都不用怕。你会发现，麻风病院是同外籍雇佣军兵团一样安全的。”

“没有人缉拿我。我没有犯过罪。我向你保证，我的事一点儿也不会引起别人兴趣。我退出了生活舞台，就是这么回事。如果神父不愿意要我在这里，我什么时候都可以离开。”

“你刚才自己也说了——船不再往前走了。”

“还有陆路呢。”

“陆路是有的，只通往一个方向——你来时的方向。现在经常不通。现在正是雨季。”

“我还有两只脚。”奎里说。

柯林在奎里的脸上寻找笑容，但是奎里的脸却绷得紧紧的。柯林说：“如果你真的想帮我忙而又不在乎在路上吃苦的话，这里有一辆富余的卡车你可以开着它到吕克去一趟。轮船可能好几个礼拜也回不来。我的新机器说不定已经运到省会了。你来回大概要走八天，如果运气好的话。你去不去？你得在丛林里过夜，如果摆渡不通，就得回来。那简直不能叫做路，”他接着说，他想院长是不会责备他劝说奎里干这个苦差事的："这是说，如果你想帮忙的话……你看得出来，我们这里的人谁也去不了，谁也腾不出手来。"

"我当然去。我马上就可以动身。"

医生突然想，这可能又是一个听从上级差遣的人，不是听从宗教的或政府当局，而是听任风把自己向随便哪一个方向刮。他说："你到省城还可以弄回一些冷冻蔬菜和牛肉，神父和我都可以换换口味。吕克有一个冷藏库。叫迪欧·格拉蒂亚斯到我那里取一张帆布床。如果你在卡车上带一辆自行车，头一天夜里可以到贝林家去过夜。他们住在河边上，卡车开不过去。卡车再开八小时可以住在商丹家——除非这家人已经回国，我记不清了。最后一站是莱克尔家，一过第二个渡口就是，离吕克大概还有六个钟头的路。你在他家会受到热烈欢迎，这一点决无问题。"

"我倒愿意在卡车里过夜，"奎里说，"我不善于交际。"

"我把话说在前头，这次旅行可不是好受的。不去也没关系，反正轮船迟早会把机器运来的。"

他停了一会儿，等着奎里回答，但奎里说的还是那句话，"我很愿意做一点儿事。"双方互不信任，这场谈话没法儿再继续下去了。医生觉得，他唯一能平安无事地说出的句子似乎早已封存在诊所的一个药瓶里，散发出一股甲醛气味。

2

大河在丛林里缓缓地转了个弯儿，形成了一个大弓背。一代又一代的行政长官都曾努力想从省会吕克修一条公路横穿这一弓背，但都被森林同淫雨击败了。雨季一来，地面就出现一个个的沼泽，河水暴涨，轮渡停摆，公路上每隔一段距离就横卧着一株死树，像是被许多岩层划分开的地质时代。在密林深处，几百年的时光弹指即逝，树木不知不觉地老朽了，这里那里，一棵树枯死了，斜卧在缠绕着它的古藤的怀抱里。但或迟或早，总有一天藤条再也支持不住沉重的树干，于是它们就把自己的尸骸缓缓地撂倒在一块狭小的隙地上。并没有柩车来把这些尸体运走。要想清除它们只有放火烧掉。

一到雨季，谁也不想走这条公路。住在森林里的几户殖民者这时便完全与外界隔绝了。想要到外面来，只有一个办法：骑着自行车先到河边，在一个渔村露营，然后等着什么时候轮船从这里经过。过一段时间，不再落雨了，但人们还需要耐心地等待着。一直要等好几个星期，政府才能派出人来，在公路上点起火堆把死树烧掉，把障碍物清除开。如果连着几年忽略了清除工作，修好的公路便完全消失，永远不能使用了。莽莽的丛林很快就会把它变成一条似有若无的爬痕，非常像原始人在石壁上刻划的粗线道儿。这时盘踞在路上的便只有爬行动物、昆虫、几只小鸟和猿猴了。对了，也许还有俾格莫依族居民，这是唯一不需要道路而能在丛林中生存的人。

头一天夜里，奎里把卡车停在公路一个转弯处。这里有一条岔路通到贝伦的种植园。他打开一个汤罐头、一个法兰克福肉肠罐头。迪欧·格拉蒂亚斯抓空在卡车车厢里给他支起帆布床，点上了酒精炉。他想叫迪欧·格拉蒂亚斯同他一起吃饭，但这个非洲人带来了一口用破布裹着的铁锅，很快就把自己的饭食做好了。于是这两个人闷声不响地各自进餐，中间隔着卡车，倒好像在两个不同房间里似的。吃过饭后，奎里从车头前边绕过来，打算同迪欧·格拉蒂亚斯闲谈两句。没想到他这位仆人一看见他走过来，马上恭身起立，像是奎里走进他房间里来作客似的。迪欧·格拉蒂亚斯这样一本正经，弄得奎里——不管他原来想要说的是什么——一句话也说不出来了。如果这个非洲人有一个普普通通的名字，比尔也好，让恩也好，马克也好，奎里或许还能用法文说一两个简单的句子，偏偏他叫迪欧·格拉蒂亚斯，这个名字好像粘在奎里的舌头上，怎么也吐不出来。

因为知道现在绝对睡不着觉，奎里离开了卡车，沿着最后通到河边或是贝林经营的种植园的小路走了一段。他听到身背后迪欧·格拉蒂亚斯的两只脚咚咚地响着。迪欧·格拉蒂亚斯跟在他后面也许是想保护他，也许是害怕被抛在后面，在黑暗中独自呆在汽车旁。奎里不耐烦地转回身；他不喜欢别人跟着他。迪欧·格拉蒂亚斯也站住了，他拄着一支拐杖，两只没有脚趾的肉团戳在地面上，活像若干世代前就生长在那里、每逢特别节日要受土人奉献祭物的一个什么邪神。

“这是去贝林家的路吗?”奎里问。

他面前的这个人回答了一声“是”，但是奎里猜想，非洲人对所有这类问题大概都是这么回答的。他回到停车的地方，在帆布床上躺下。他听到迪欧·格拉蒂亚斯在卡车下面窸窸窣窣地也在自己床铺上就寝。奎里仰面躺着，抬头望着天空；他本想能看到几颗星斗，但是蚊帐的纱布却模糊了他的视线。丛林像其他时间一样，夜里一点也不宁静。寂静是属于城市的。他梦见一个自己曾经认识、自以为深深爱过的女孩子。她淌着眼泪向他走来，因为她打碎了一个非常心爱的花瓶，看到奎里并没有像她那样心疼，她非常生气。她在奎里脸上掴了一掌，但奎里一点儿也没有感到疼痛，倒好像她只是在他面颊上用黄油涂抹了一下似的。他说："真是对不起。我的病已经很重。我的神经已经没有知觉了。我是一个麻风病患者。"他正在给她解释自己的疾病时，一下子从梦中醒过来。

在丛林中的日日夜夜，大都是这样度过的。除了无穷无尽的树林叫他感到厌烦外，并没有别的什么苦恼。摆渡并没有停渡，河水也没有泛滥，尽管前一夜下了一场暴雨。落雨的时候迪欧 · 格拉蒂亚斯用苫布在卡车车厢上搭了一个帐篷，他自己像每夜一样仍然睡在车厢下面。后来太阳又出来了，在离开吕克几公里远的地方，路终于像是条路了。

3

医生的电疗器械他们寻找了很久才找到一点儿线索。奥特拉柯公司的货运处一点儿也不了解情况，建议奎里到海关去询问一下。海关只不过是河港码头上的一间小木棚子，一群咬架的野狗在周围跑来跑去，汪汪叫着。海关的人对奎里问他的事既不感兴趣又不肯合作，最后他只好到欧洲籍的管理员家里，把管理员从午睡中叫起来。这人住在一套蓝色和粉红色的近代化公寓住房里，坐落在一个小公园旁边。公园里的水泥椅子中午晒得滚烫，没有一个游人。开门的是一个头发蓬乱、睡眼惺忪的非洲女人，看样子她正在和管理员一起享受午休。管理员是个佛兰芒人，已经有了一把年纪，不怎么会说法语。这人眼睛下面长着两个大肉泡，像是两只钱包，收藏着一生失意中的一些残缺的记忆。奎里这一个时期已经习惯于蛮荒丛林中的生活，觉得这个人完全是来自另一个时代、另一个种族，同自己没有一丝相同处。墙上挂着的一份广告月历印着维尔梅尔[①]的一幅三联的彩色画：妻子同几个孩子围着一架盖子没有打开的钢琴。墙上另外还有管理员本人的一张肖像，穿着不知哪次战争期间的式样古老的军服。这两件东西都像是一种早已死去的文化遗物。尽管时间还可以准确地推算出来，但他们所代表的感情再怎么研究也决不会叫人理解的。

管理员非常热情，但也有些慌乱；他好像急于用殷勤招待来掩饰自己午睡的某种秘密。在匆忙中他连裤子扣也忘记扣好。他请奎里坐下喝一杯酒。但是一听说奎里来自麻风病院，他马上显出惶惑不安的神情，不断斜眼瞟看奎里坐的椅子，说不定他期待着看到麻风病菌正在往椅垫里钻呢。他说关于电疗器械的事，他什么也不知道；他猜想或许贮放在天主堂里。当奎里走出他的房间，还没有离开楼梯口的时候，已经听到浴室里开水龙头的声音。管理员显然正在洗手消毒。

果然是这个情况：装电疗器械的箱子在教堂里存放了很长时间，但是那位负责的神父却矢口否认那里面是仪器。他认为里面装的不是圣徒雕像就是给神父运来的书籍。上次奥特拉柯班船来的时候已经把

① 维尔梅尔(1632—1675)，荷兰画家。

箱子运走；轮船在河道上某个地方抛锚了。奎里离开教堂，驱车到冷藏库去。午休的时间已经过去了，他排在别人后面等待领取扁豆罐头。

奎里身边响起了一片吵吵嚷嚷的声音，每个殖民地居民都在为某件小事大发脾气，比赛着嗓门要把对方的注意力吸引过来。他觉得自己又回到了欧洲；因为怕人认出自己，他本能地拱起肩膀，低下头来。到了这家卖冷冻蔬菜的商店，他才意识到在河边麻风病村里还是能享受到一定程度的宁静的。“你们肯定有马铃薯，”一个女人的声音说，“你们怎么敢睁着眼睛说瞎话？昨天的班机运来的。这是驾驶员亲口对我说的。”在她向欧洲籍的商店经理交涉时，打出的显然是手里的王牌：“总督要到我家里来吃饭。”包在塑料口袋里的马铃薯果然神秘地出现了。

一个声音说：“你大概是奎里吧？”

他转过头来。招呼他的人身材很高，背有些驼，生得五官四肢都比一般人大了一号。这人看去像是放在浴室里生长的一株植物，因为空气潮湿闷热，枝干长得有些过头了。他蓄着一撮黑色的小胡子，像是嘴唇上挂着一抹煤灰，一张脸生得扁扁的，又狭又长，简直没有尽头，活像是两条平行线永不相交这一定理的实例说明。他把一只焦躁不安的、热烘烘的手掌搭在奎里的胳膊上说：“我是莱克尔。前两天我到麻风病院去没有看到你。你怎么会到这儿来了？班船来了吗？”

“我是坐卡车来的。”

“你的车能开过来真是太幸运了。回去的时候一定得在我家住一夜。”

“麻风病院在等着我回去呢。”

“没有你他们也过得去。再说他们就是等着你回去，路也不通。昨天夜里下过那场雨以后，摆渡又得停了。你在这儿等着买什么?”

“我只买一点扁豆和……”

“伙计！给这位先生拿一点儿扁豆。你知道，在这儿买东西非得大声嚷嚷不行。不然他们就不理你。你要是不在我家过夜就只能呆在这儿等着河水落下去。我告诉你，你不会喜欢这里的旅馆的。我们这儿是个非常土气的小地方。像你这样的人在这儿不会找到什么有意思的事情做。你就是那位奎里，是不是?”莱克尔紧紧闭住嘴巴，眼睛像是一个侦探似的狡猾地眨动着。

“我不知道你说的是什么意思。”

“我们可不都像麻风病院的那些神父和那位古怪的医生朋友，完全和外界隔绝。这里当然有点儿像大沙漠，可我们还是——通过种种渠道——同外界保持着联系。我要两打淡啤酒，伙计，快一点儿。我当然不会泄露你的身份。我什么都不说。我不会出卖一个到我家做客的人。你住在我家比住在旅馆里安全得多。家里只有我同我妻子两个人。其实这件事还是我妻子首先说的：‘你想这个人可不可能就是那位奎里?’”

“你认错人了。”

“我没有认错。你到我的家里以后，我可以给你一张照片看——在一份杂志上。我留着不少过期刊物，说不定什么时候会有用的。

啊，这本杂志可真有用了；不然的话，我们可能会把你当作奎里的一位本家，或者是偶然同姓。谁想得到鼎鼎大名的奎里会躲到丛林里的一座麻风病院来呢！我得向你承认，我确实有一些好奇。但是你是可以信任我的，不论什么时候都可以信任我。我也有一些棘手的问题，所以我对于别人的这类问题是很同情的。我自己过的就是隐居生活。咱们还是到外边去吧。在这么一个小地方是该小心着点儿，'隔墙有耳'，对不对?"

"我怕……他们在等着我回去……"

"上帝是天气的主宰。我对你说实话，奎里先生，你是走不成的。"

第二章

莱克尔的住房和工厂俯瞰着摆渡；像他这样一个充满好奇心的人，这个地址选择得实在再合适不过了。任何一个人通过这条从省会到内地的公路都必须从他的两扇大窗户下面走过；这两扇窗户就像一只瞄准了摆渡的望远镜镜头。他们开着车，在棕榈树的深蓝色的浓荫里向大河驶去；莱克尔的司机同迪欧·格拉蒂亚斯坐在奎里的卡车里，跟在后面。

“你看见了吧，奎里先生，河水涨得很厉害。今天晚上是绝对过不去了。就是明天能不能过去，也很成问题……所以咱们可以好好聊聊了，咱们两个人。”

汽车从工厂院子里几个生了锈的大锅炉中间穿过的时候，一股变质的人造黄油气味立刻把他们笼罩起来。从一个房门敞开的门道里喷出一股热气，在朦胧的光线中隐约可以看到室内的大锅炉。“对你来说，”莱克尔说，“已经习惯了西方的大工厂，这里肯定是个破烂摊子。虽然我记不起你曾经设计过任何工厂。”

“没有。”

“很多类型的建筑你这位奎里都是先驱。”

莱克尔一口一个“这位”，倒好像那是奎里的一个头衔似的。

“这个厂子搞得还不错，”当汽车颠簸着从锅炉中间穿过的时候，莱克尔接着说，“别看破破烂烂，生产倒还可以。我们这儿什么东西也不浪费。椰子得到了充分利用。榨出油以后，（他发 r 这个音的时候，舌头打着嘟噜。）椰子壳统统进了炉灶。我们用不着再买燃料。”

他们把两辆车停在院子里，向住房走去。“玛丽，玛丽，”莱克尔在台阶上刮掉鞋底上的泥，一边在阳台上跺着脚一边喊。“玛丽。”

一个女孩子应声从拐角后面跑出来；她穿着蓝色斜纹布裤，一张美丽的小脸还没有完全定型。要不是莱克尔首先开口介绍，奎里的问题“是你的女儿吗?”就要说出口了。“这是我的妻子，”莱克尔说，“这位就是奎里，亲爱的。他不愿意承认，可是我告诉他我们有他的照片。”

“很高兴认识你，”她说，“我们会叫你在这里过得很舒适的。”奎里的感觉是，这些应酬话是她从家庭女教师或者是从一本礼仪大全上学来的。她把自己该说的两句话说完，马上就转身走开了，同她刚才出现时一样突然。说不定上课铃已经响了，她急着要去上课呢。

“请坐，”莱克尔说，“玛丽去给我们准备点儿喝的。你可以看到，我已经把她训练出来，懂得男人需要什么了。”

“你结婚已经很久了吗?”

“两年了，上次休假回去我把她带出来了。在这样的地方生活非要有一个伴侣不可。你结婚了吗?”

“结了——我是说结过。”

“当然了，我知道你会认为她太年轻。可是我做事总是想到将来。一个人如果相信婚姻和家庭生活，就非得从长远考虑不可。我还有二十年——怎么说呢？欢蹦乱跳的日子。如果娶的是一个三十多岁的女人，再过二十年，她会变成什么样子？男人在热带生活不会很快就衰老，你同意不同意？”

“我从来没想过这个问题，再说我也还不熟悉热带地区。”

“我可以告诉你，生活中撇开性的问题不谈，麻烦已经够多的了。圣保罗曾经说过，与其受欲火煎熬不如结婚。玛丽会一直保持着青春美貌，不致叫我掉到火炉里去的。”接着他又很快地补充说，“当然了，我这只是在开玩笑。在内心深处我还是很相信爱情的。”莱克尔说他相信爱情就像有些人说他们相信神话故事似的。

管家从阳台上走进来，拿着一个摆着酒杯的托盘，莱克尔夫人跟在后面。奎里拿起一只酒杯，在管家举着苏打水瓶时，莱克尔夫人站在他旁边——这是职责的分工。“请您告诉我要多少苏打水？”莱克尔夫人问。

“亲爱的，你好不好换上件正经衣服？”莱克尔说。

在喝威士忌酒的时候，莱克尔又说起他所谓的“你的情况”来。他现在的态度已经不像侦探，而更像一个顾问了；根据这一职业的性质，他现在成了事情发生过后的一位同谋。“你为什么要到这个地方来，奎里？”

“人总得呆在一个地方啊。”

“虽然如此，还是我今天早上说的那句话，谁也想不到你会在一个麻风病院工作。”

“我只是看着医生工作。我是在一旁观望。哪件事我也插不上手。”

“这好像是在浪费天才。”

“我没有天才。”

莱克尔说：“你可不能看不起我们这些乡巴佬。”

在他们到餐厅吃饭，莱克尔作完饭前祷告后，女主人又说了一句客套话：“希望你在我们这里不要客气。”接着又说，“你喜欢吃色拉吗?”她的金黄头发因为出汗而结成了绺，颜色也变深了。当一只黑白斑点的大飞蛾像蝙蝠一样张着翅膀从桌子上扑过来的时候，奎里发现她的眼睛睁得大大的，露出恐惧的神色。“你在这里一定要跟在家里一样，”她说；飞蛾落在墙上，像是一块苔藓，她的目光一直盯着这只蛾子。他很怀疑，她在这里是不是像在家里一样。她说：“我们的客人并不多。”他想的是母亲外出的时候小孩儿不得不出头应酬客人的情况。在他们刚才一边喝威士忌酒一边等着开饭的时候，她换上了一件黄叶图案的布衣服；那金黄的叶子好像是对欧洲的怀念。

“至少没有像奎里这样的客人。”莱克尔打断她的话说。他好像在收听一个讲授社交礼节的节目，觉得已经听够了，就一下子把收音机关掉。声音被切断了，但是在那对羞怯的、惴惴不安的眼睛后面，不管有没有人听见，话仍然在继续说下去：“最近天气比较热，是不是？我想你乘飞机从欧洲来的时候，旅途还愉快吧?”

奎里说："你喜欢这里的生活吗?"这个问题叫她有些吃惊，也许她那本会话手册里没有这句话的答案。"噢，喜欢的，"她说，"很喜欢。这里很有意思。"她一边说一边凝视着窗外的几个锅炉，在泛光灯的照射下，这些锅炉伫立在院子里像是一群现代雕像。过了一会儿，她的目光又回到趴在墙上的灯蛾上，灯蛾旁边出现了一只壁虎，正虎视眈眈地准备吞食它。

"把那张照片拿来，亲爱的。"莱克尔说。

"哪张照片?"

"咱们客人的照片。"

她不很情愿地悄悄地走出去，兜了一个圈子，躲开壁虎准备吞食灯蛾的那堵墙壁。不大一会儿，她就拿回来一本多年以前的《时代周刊》。奎里还记得封面上那张比现在年轻十岁的脸(这一期《时代周刊》恰好同他第一次去纽约同一时间出版)。画家根据一张照片给他画的肖像把他的面貌浪漫主义化了。这不是他把胡须刮干净以后自己在镜子里看到的面孔，而是他的一个姑表兄弟。脸上流露出的感情、智慧、希望同深邃的思想都是他从来没有向任何一个采访他的记者表露过的。画像的背景是一幢钢铁和玻璃的建筑物，如果门前没有竖着一个大十字架说明它是一座教堂的话，很可能被误认为是个音乐厅甚至是一座培植柑橘的大玻璃温室。

"看见了吧?"莱克尔说，"什么也瞒不过我们。"

"我记得这篇报道文章很不准确。"

"我猜想你是受政府——或者是教会——委托到这儿干一件什么

事的。”

“没有，我已经退休了。”

“我认为像你这样的人是永远不会退休的。”

“啊，什么人都有不想再干下去的一天，士兵也好，银行经理也好，都是一样。”

晚饭吃完以后，年轻的莱克尔太太离开了餐厅，像小孩一吃完甜食就离开餐桌一样。“我想她是去写日记了，”莱克尔说，“对她来说，今天是个不同寻常的日子，奎里来这里作客了。她会有好多事要写的。”

“她平常有那么多事要记吗?”

“我说不上。开始的时候我还翻看一下，后来被她发现了，她就把日记锁起来了。我猜想我打趣她来着。我记得有一天她记的是：‘接到母亲来信。可怜的麦克西姆生了五个小崽儿。’这天是总督授予我勋章的日子，可是她对于授勋典礼却忘记写了。”

“像她这样年纪生活在这里一定很寂寞。”

“啊，我不知道。就是在这种丛林里过日子，家务事还是挺多的。说老实话，我比她更感觉寂寞。我很难同她谈论人生哲理的问题——这一点你一定看得出来。同一个年轻的女人结婚就有这种不利的地方。如果我想谈论一些我真正感兴趣的事，就不得不坐汽车去找那些神父。为了聊天跑这么一趟路也太远了。像我这样生活着，是有很多时间思考问题的。我想我还应该算一个虔诚的天主教徒，可是这并不等于我精神上就没有问题了。很多人对于他们的宗教信仰并不太认真，我可不是这样。年轻的时候我在耶稣会神学院呆过六年。如果一位新任职的会长待人稍微公平一点儿，你今天就不会在这儿看见我了。从那篇报道里我猜想你也是天主教教徒。”

“我已经退隐了。”这是奎里第二次这么说了。

“别开玩笑了，宗教信仰的事怎么能退隐呢！”

墙上的壁虎终于向飞蛾扑了过去。它一下没有扑着，又一动不动地匍匐下来，小爪子伸着像是羊齿植物。

“同你讲实话，”莱克尔说，“我觉得麻风病院里的那些神父都不能叫我满意。他们对什么电气啦，建筑啦，比对宗教兴趣更大。自从我听说你在那里以后，我一直盼望着能同你这样一个有文化修养的天主教徒好好谈谈。”

“我可不愿意称自己有文化修养。”

“我在这里生活了这么多年，一个人思考了许多问题。有的人能够玩高尔夫球消磨时间，我想，我可不成。我读了很多很多讨论爱的书籍。”

“爱?”

“爱上帝。神圣的爱，不是肉欲的爱。”

“我没有资格谈论这个。”

“你太低估自己了，”莱克尔回答说。他走到餐具柜前面，取出一托盘甜酒来。壁虎受了惊动，钻到一张“逃亡埃及”的古画复制品后面去。“你要喝一杯君度橙酒还是喝杯南非橙味甜酒?”莱克尔问。奎里看见阳台下面一个穿着黄叶子图案衣衫的削瘦身影向河边走去。

也许到了户外飞蛾就不再叫她感到恐怖了。

“在神学院的时候我养成了一种习惯，比大多数人想问题想得多，”莱克尔说，“我们这些人的宗教信仰，如果理解得很深，是会给我们提出很多问题的。我一下子就提出了真正使我感到苦恼的中心问题。我认为我的妻子不了解基督教婚姻的真正性质。”

户外的暗夜里响起了啪啪的声音。她一定在往河水里扔小木片呢。

“有时候我觉得，”莱克尔说，“她好像任什么事都不懂。我很怀疑，修女们是否让她受到了什么教育。你刚才也看到了——我在饭前祷告时她连十字也不划。无知如果超过一定限度，你知道，甚至可能损害了按照教会法规举行的婚姻。这也是我想同神父们讨论的问题之一，可是总也讨论不起来。他们宁愿同我讨论涡轮机。现在你到了这里……”

“我没有能力同你谈这件事。”奎里说。在谈话的间歇中，他听到了河水汹涌奔流的声音。

“你至少愿意听我谈呀。换了神父，早就同你谈起他们计划挖掘新井的事了。他们要谈井，奎里，他们不想谈人的灵魂。”他把南非橙味甜酒一口喝干，又给自己斟了一杯。“他们不了解……假如说我们不是按照正当礼规结的婚，她随便什么时候都可能离开我，奎里。”

“就是你所说的按照正式礼规的婚姻，想要离开对方也不是什么难事。”

“不，不。那就困难多了。有社会压力——特别是在这种地方。”

“如果她真爱你……”

“爱不是一种护卫力量。我们都是老于世故的人，奎里，你和我都是的。我们知道，像这样的爱是不会长久的。我曾经教她认识爱上帝的重要性。因为她要是能爱上帝，就不会想冒犯他了，你说是不是？从某方面讲，这会是一种保证。我一直在教她作祈祷，可是我想，她除了《天主经》和《圣母经》以外，别的什么祈祷文也不会。你平常念什么祈祷文，奎里？”

“我不作祷告——除了偶尔出于习惯，才祈祷两句，譬如遇见了危险什么的。”他又悲哀地加了一句：“那时我就祈祷，要求给我一只棕色的玩具小熊。”

“你又开玩笑了，我懂。但是我说的是严肃的事，再来一杯君度橙酒吗？”

“叫你真正感到苦恼的到底是什么，莱克尔？是一个人吗？”

年轻妇人回来了，走到阳台角上的灯光里，手里拿着一本黑皮丛书的侦探小说。她低低地吹了一声口哨，但还是被莱克尔听见了。“可恶的狗崽子，”他说，“她对这只小狗的感情比对我还多——甚至超过了对上帝的爱。”也许莱克尔酒喝多了一点儿，影响了他的逻辑思维能力，所以才作出这种不伦不类的比喻来。

他说：“我不是在吃谁的醋。叫我烦恼的不是哪个男人。她没有那么强烈的感情。有时候她甚至拒绝自己应尽的责任。”

“什么责任?”

“对我的责任。结过婚的责任。”

“我从来不认为这是责任。”

“你知道得很清楚，教会对这一问题是怎样看的。除非双方同意，任何一方是没有权利拒绝的。”

“我想，可能有些时候她不需要你。”

“那我该怎么办？我放弃了作神父，什么补偿也得不到吗?”

“假如我是你的话，我就不同她谈这么多上帝的事，”奎里感到话有些不太好出口似的说，“也许她看不到爱上帝同你的床铺之间有什么必要的联系。”

“对于天主教徒来说，这两件事是密切相关的。”莱克尔急忙说。他举起一只手来，好像是在一群见习修道士面前回答一个问题。他的几个指关节中间的汗毛支棱着，像是一排小胡子。

“你对这个问题似乎很有研究。”奎里说。

“我在神学院的时候，伦理神学的考试成绩总是很好的。”

“那我看你就用不着我了——也用不着神父帮忙了。一切问题显然你自己都已经找到圆满的答案。”

“这一点倒不成问题。只不过有时候我还需要别人帮我证实一下，给我一点儿鼓励。我想象不出来，奎里，同一个有教养的天主教徒一道研讨这些问题使我心头多么舒畅。”

“我不知道我是否可以称为天主教徒。”

莱克尔哈哈笑起来。“什么？奎里不是教徒？你别耍弄我了。你太谦虚了。我很奇怪，罗马教会为什么不授予你伯爵封号——像晋封那位爱尔兰歌唱家那样。他叫什么名字来着?”

“不知道。我对音乐是外行。”

“你应该读一读《时代周刊》的那篇报道你的文章。”

“《时代周刊》对这类事情不太了解内情，也不需要了解。要是你不介意的话，我可要去睡觉了。明天早上我还要起个早，要不然天黑之前就赶不到下一个渡口了。”

“好吧。不过我很怀疑你明天能不能过河。”

莱克尔跟着他从阳台上走进他的卧室。沉沉的暗夜里蛙声聒耳，在房主人向他道了晚安离开他以后，很久很久青蛙仍在咯咯地叫着。它们仿佛是在模仿莱克尔的空洞的词句:恩慈、圣礼、责任、爱、爱、爱。

第三章

1

“你想要出点儿力，对吗?”医生语气严厉地问道，“你不是为了这种活儿本身低贱才要做的吧? 你既不是一个受虐待狂也不是个圣徒。”

“莱克尔答应过我，他不告诉任何人。”

“他信守诺言差不多一个月了。对于莱克尔来讲这已经很不容易了。他那天到这儿来只是偷偷同院长讲过。”

“院长怎么说?”

“院长说除了在忏悔室里他不听人说隐私话。”

医生一边说一边不停手地拆那台巨大的电子仪器的包装箱；奥特拉柯公司的轮船终于把这台仪器运来了。他对诊所的门锁很不放心，所以在自己的住房里打开这箱仪器。你永远摸不准那些非洲人对于一件新奇物件会有什么反应。三个月前利奥波德维尔刚刚发生暴乱的时候，第一个攻击目标就是专门为非洲病人建立的玻璃和钢体结构的新医院。什么离奇的谣言传播起来都很容易，人们也都会相信。救世主就是在这块土地上死，在牢狱中又复活的；据说墙壁只要被沾上圣尘的手指甲一碰就会崩塌。一个被医生治愈的麻风病人每个月给医生写一封恐吓信；这个人认为医生所以要他离开麻风病院不是因为他已经痊愈，而是因为医生对他那半亩香蕉地心怀觊觎，他对自己这种臆测深信不疑。只要有个人，不管是出于恶意还是出于无知，暗示一下新机器是用来折磨病人的，马上就会有一帮白痴打碎诊室的门把它捣毁。但在我们这个世纪你还不能把他们称作傻瓜。霍拉营地、沙尔普维尔和阿尔及利亚都发生了一些事，证实了欧洲人凶暴残忍的传说。

所以最好的方法是，医生解释道，先把仪器放在他住的屋子里，不叫别人看见，等到新医院落成后再安装起来。他房间的地板上堆满了包装箱里掏出来的稻草。

“现在需要考虑一下电源插座安在什么地方。”医生问：“你知道这是什么吗?”

“不知道。”

“我盼望很久了，”医生一边说一边轻轻地摸了摸仪器的铁壳，那神情就像是在抚摸罗丹[①]的一尊女性铜像的腰肢似的。“有时我都不抱希望了。填写了那么多表格，撒了无数次谎。现在终于来了。”

“这个仪器有什么用?”

“它能测量出神经的反应，精确到千分之二十秒。总有一天我们会为这所麻风病院感到自豪的。也为了你，为你以后的贡献。”

“我已经告诉过你，我退休了。”

“一个人不可能从自己的才能中退休。”

---

① 奥古斯特·罗丹(1840—1917)，法国雕塑家。

“哦，可以的，你别弄错。当一个人走到尽头儿的时候。”

“那么你到这儿来又是为什么呢？来搞黑女人吗？”

“不是，在这个方面一个人同样也可以走到尽头儿。很可能性和才能是一同诞生、一同死亡的。就让我缠缠绷带或是提提水桶吧。我需要的就是把时间打发过去。”

“我本来以为你想要出一点儿力呢。”

“听我说，”奎里说，之后他又忽然沉默不语了。

“我听着呢。”

“我不否认，我的职业一度对我是非常重要的。女人对我也如此。但是人们如何使用我建造出的东西，对我来说，没有什么意义。我并不是议会大厦、或者工厂的建筑师。我建造什么完全出于自己的乐趣。”

“和女人谈情说爱也是这样吗？”医生问，但奎里并没有听他说话。他谈话就像一个人饥饿时吃东西一样。

“你的职业就完全不同了，医生。你关心的是人。我对占据我建筑空间的人丝毫也不关心——我唯一关心的是空间。”

“这么说我对你安装管子就没有信心了。”

“作家不是为了读者才写作的，对吧？尽管如此他还是得格外小心取得读者的欢心。我只对空间、光线和比例感兴趣。新型建筑材料之所以引起我的兴趣，也是因为它们在这三方面的效果。木材、砖、钢材、混凝土、玻璃——随着不同材料的选用，你隔离出来的空间性质也改变了。材料是建筑师的手段，不是他工作的动机。只有空间、光线和比例才是动机。小说的主题并不是情节。又有谁记得吕西安·德·吕庞莱泼[①]到头来怎么样了?”

“你设计的两座教堂很出名。你是不是并不在乎他们要在里面干什么——对于人会发生什么影响?”

“音响效果当然要好。圣坛也一定要让所有的人都能看到。但是他们不喜欢这两座教堂，说是这种设计不适宜于祈祷。他们的意思是说教堂既不是罗马式，也不是哥特式或拜占庭式的建筑。一年的工夫他们就在教堂里塞满了那些廉价的石膏圣像，取下了我装的白玻璃，换上了有颜色的玻璃以纪念那些给教会基金捐过款的死了的猪肉商人。等到毁掉了我的空间和光线后，他们又能重新祷告了，他们甚至为自己干的这些破坏勾当感到骄傲。我也成为一位他们所谓的伟大的天主教建筑师，可是我从此再也不设计教堂了，医生。”

“我不信教，对这类事我了解不多。但是我想他们有权力把祈祷看得比艺术品更重要。”

“人们在监狱里也祈祷，在贫民窟里、在集中营里也都祈祷。只有中产阶级才要求一定要有个合适的环境才能祈祷。有时我听到‘祈祷’这个词都恶心。莱克尔就老把这个词挂在嘴边儿。你祈祷吗，医生?”

“我记得我最后一次祈祷是在毕业考试之前。你呢?”

“我很久之前就不祈祷了。就是在我信教的日子里也很少祈祷。

---

① 巴尔扎克名著《幻灭》和《交际花盛衰记》的男主人公。

祈祷常常妨碍工作。我在睡觉之前，即使是和女人一起睡觉，脑子里最后想的一件事也是工作。一些看来不能解决的问题常常在睡梦中迎刃而解。我把卧室安排在办公室隔壁，这样，临睡之前我还可以在制图板前坐两分钟。之后就寝。”

“这对于那位等着你上床的女人来说未免有些太无情了吧。”

“自我表现就是一种自私、无情的事。它把什么东西都吞噬掉，甚至把你自己也吞噬掉。到头来你会发现就连可以表现的自我也没有了。我已经对一切都不再感兴趣了，医生。我既不想和女人睡觉，也不想再设计一个建筑物。”

“你没有孩子吗?”

“曾经有过，但是很久以前他们就消失在茫茫的人海里了。我和他们没有联系。自我表现也吞噬了你作为父亲的职责与感情。”

“所以你想你可以到这儿来，在这儿结束你的生命。”

“是的，我是有这种想法。但是我主要想找一块空空荡荡的地方，没有新建筑物，也没有女人，免得叫我看见它们后，想起我曾经活过，曾经担负过某种使命，曾经有爱的能力——假如那是爱的话。害神经麻痹的人痛苦很大，可是我是一个肢体残缺的人，医生。”

“二十年前的话，我们也许可以任你死掉，但是现在我们只能把你治愈。D. D. S. 服用一年才三个先令。这可比一具棺材便宜多了。”

“你能把我治好吗?”

“也许你的‘麻风病’还不那么严重。如果病人来得太晚了，就只好叫他身上的病毒自行发散了。”医生小心地把一块布盖在仪器上。

“病人等着我呢。你愿意和我一起去，还是愿意坐在这儿考虑考虑你的病例？残废人倒常常这样做——他们愿意躲起来，不叫人们看到。”

医院里弥漫着一股腥甜的气味，令人透不过气来；从来没有电扇或是一阵微风把它吹散。奎里意识到床上用品的肮脏——清洁对于麻风病人并不重要，只有健康的人才注意到这一点。病人带来了自己的床垫—— 可能有生以来他们使用的就是这些床垫，稻草从破破烂烂的套子中漏了出来。缠着绷带的脚摆在稻草上就像是一包胡乱捆绑起来的肉。那些还有活动能力的病人坐在走廊上的阴影里，假如你能把这样的人——一个走动时必须用双手托住肿大的睾丸的人——称之为可以行动的病人的话。一个患眼皮神经麻痹症，既不会闭眼也不会眨眼的妇女坐在一小块阴影里，躲避无情的阳光。一个没有手指的男人在给膝头上的婴儿喂东西吃。另一个在走廊上平躺着的男人一边乳房长长地下垂着，和女人一样。医生对这几个人几乎完全无能为力；那个害橡皮病的人心脏太弱，无法动手术，那个女人则完全出于恐惧拒绝医生为她做眼皮修整术，至于那个婴儿，早晚有一天他也将成为麻风病患者。对于第一病室那些迟早将死于肺结核的病人他也束手无策。另外，例如那个在两张床之前艰难地拖着身子行走的女人，则因为害了小儿麻痹症，肌肉萎缩了，这也是不治之症。医生似乎对于麻风病本身不能对其他的疾病产生免疫力这一点有些愤愤不平(只要害了麻风病，对任何一个人来讲已经是难以忍受的了)；他的大多数病人都死于其他病症。他向前走去，奎里紧紧跟着他，一言不发。

在麻风病人居住的一幢房屋后面有一间土坯盖的小厨房，一位老人坐在房中一张破旧不堪的帆布躺椅上。看见医生穿过院子走来，他挣扎了一番，想要站起来，可是他的腿吃不住力了，他只好很有礼貌地做了个手势，表示歉意。“高血压，”医生低声说，“没希望了。他到厨房来就是等着死的。”老人的腿像孩子的腿一样细，为了保持体面，他在腰上围了一块破布，像是婴儿的围嘴。奎里看见他的衣服整整齐齐地叠好，放在主教画像底下的一个新砌的小砖龛里。一只圣像牌挂在他那凹下的、长着稀稀拉拉灰白汗毛的胸脯上。他长着一张非常慈祥、非常庄重的面庞，一张毫无疑问一生都是逆来顺受的面孔，一张圣徒的面孔。他问候了一下医生的健康，倒好像得病的是医生，不是他自己似的。

“你有什么东西需要我给你拿来的?”医生问。什么也不需要，老人回答，他什么东西都有了。他想知道医生最近接到家里的来信没有，他还打听了一下医生母亲的身体怎么样。

“她一直住在瑞士，住在山里。在覆盖着白雪的地方安度晚年呢。”

“雪?”

“我忘了。你从来没见过雪。雪是水蒸气凝结而成的，是凝结的雾气。天气很冷，所以雪从来不化，把大地都遮盖起来。雪又白又软，就好像是落在水牛身上啄虫吃的那种小鸟的羽毛，所有的湖泊也都结了冰。”

“我知道冰是什么，”老人骄傲地说，“我见过冰箱里的冰。你的母亲年岁像我这么大吗?”

“还要大一些。”

“那么她不应该离家太远。假如可能，一个人还是应该死在自己的村子里。”他神色哀伤地望了望自己那瘦骨嶙峋的双腿，“它们支撑不住我了，不然的话我也应该回到我的村里去。”

“我可以安排辆卡车把你送回去，”医生说，“但是我想你受不了路上的颠簸。”

“这太麻烦你了，”老人说，“而且不管怎么说也来不及了，我明天就会死的。”

“我就去告诉院长，让他尽快来看你。”

“别太麻烦他了。他公务在身。我晚上之前不会死的。”

在那张帆布躺椅旁边放着一只贴着琼尼 · 沃克商标的威士忌酒瓶。瓶子里盛着棕色的液体和一束用珠串拴起来的干枯的草叶。“他那里面是什么?”奎里在他们走开之后问，“我说的是装在瓶子里的东西。”

“药。魔术。请求他信仰的大神恩赞比保佑他。”

“我本来以为他是个天主教徒呢。”

“我要是填张表的话，也可以管自己叫天主教徒。他也是这样。我大部分时间什么也不相信。他一半信仰天主教一半信仰恩赞比。就天主教教义来讲，我们之间并没有什么区别。我只希望自己作个正直的人。”

“他明天真会死吗?”

“我想是的。他们对有些事是很能预感的。”

门诊室里，一个脚上缠着绷带的麻风病患者正站在那里等着，她的怀里还抱着个孩子。小孩儿身上的每一条肋骨都支棱着，看上去就像一只夜里套上黑布罩的鸟笼，而且随着孩子的呼吸就好像有一只小鸟在布罩里跳动似的。夺去孩子生命的将不是麻风病，医生说，而是镰状细胞性贫血症，一种无法医治的血液病。毫无希望了。这个孩子根本不可能活到成为麻风病患者，但没有必要把这点告诉他母亲。医生用手指摸了摸他那凹陷下去的小胸脯，孩子往后一闪。医生开始用当地语言责骂这名妇女；她一边强辩着，一边把孩子紧紧抱在怀里。孩子那双忧郁的、青蛙似的眼睛从医生的肩头上茫然地注视着远处，就仿佛他们说的话和他毫无关系似的。那个妇女走后，柯林医生说："她答应以后不会再发生这样的事了。但是有谁敢保证?"

"发生了什么?"

"你刚才没看见那个孩子胸脯上有一块小疤瘌吗？他们在他皮肤上割了个口子，塞进去一种土药。她说这是他们家老奶奶干的。可怜的孩子，临死他们还叫他受这个罪。我告诉她如果再发生这类事，我就不给她治麻风病了。可是我敢说，他们不会再让我看见那个孩子了。发生这类事情以后，你再想找到他就像大海捞针一样难。"

"你不能让他住院治疗吗?"

"你没有看见我这里是所什么医院？你愿意让你自己的孩子死在这儿？下一个，"他生气地喊道。下一个进来的也是一个孩子，一个只有六岁的孩子。陪着他来的是他的父亲。一双没有手指的拳头放在孩子的肩头上叫孩子安心。医生让孩子转过身去，开始用手摸弄孩子柔嫩的皮肤。

“你现在该能看出来了吧，”他说，“你估计一下这个病人怎么样。”

“他的一个脚趾已经烂掉了。”

“这倒不要紧，他身上已经有了皮肤寄生虫，他们根本不把这当回事。在丛林里生活身上常常这样。不——这是第一块病灶。麻风刚刚开始。”

“没有办法保护孩子，不叫他们传染上这种病吗？”

“在巴西，家里如果有麻风病人，婴儿一落地就被抱走。但这样抱走的婴儿百分之三十都活不长。我宁愿叫他们染上麻风病，也不愿意叫他们夭折。有几年的时间就可以把麻风病治愈。”他抬起眼睛看了奎里一眼，又很快地把目光移开。“将来——在新的医院里——我会有一个专门为孩子们准备的病房和诊室。我可以预先测出这些病灶。在我去世之前会看到麻风病连根儿拔掉。你知道吗？离这儿几百英里的地方，有一些地区，五个人当中就有一个是麻风病患者。我梦想设立一所流动医院。作战的方式不是也在改变吗？一九一四年将军们驻扎在农舍里指挥战役，可是一九四四年隆美尔和蒙哥马利坐着汽车进行战争。不过我怎样才能把我的想法告诉约瑟夫神父呢？我不会画图。我甚至不会设计好一个房间。我只能在医院建成之后告诉他们什么地方造得不合适。约瑟夫神父也算不了建筑师，他倒是一个好瓦匠。他只不过为了上帝的慈爱在垒砖，就像他们以前盖修道院一样。所以你看，我需要你。”柯林医生说。那个孩子的四个脚趾不耐烦地在水泥地板上蠕动着，等着这两个白人之间的毫无意义的谈话告一段落。

2

奎里在日记中写道：“我身上遗留下的怜悯之情已不足以为人类做什么善事了。”他仔细回想了一下那张未成熟的胸脯上的疤痕和另一个孩子的四个脚趾，但是他还是无动于衷；不论刺多少针也不能累积成疼痛的感觉。暴风雨快要来了，飞蚁成群飞进屋来，撞在灯上。他只得把窗户关上。那些飞蚁被烧掉翅膀后都落在水泥地上，爬来爬去，好像它们突然发现自己不再是飞虫，只能在地上爬动，感到迷惑不解似的。窗子关上以后，屋子里更加闷热不堪，他只好在自己的手腕下垫上一张吸墨纸，免得汗水把日记浸湿。

为了把自己对柯林医生的动机解释清楚，他写道：

> 职业是一种爱情的行动；它不是终身要从事的事业。当欲望消失后，一个人就不能继续做爱了。我的欲望已经完结，职业也随之到了尽头。不要试图把我束缚在没有爱情的婚姻上，叫我再去模仿我怀有热情时的行动。不要像神父似的和我谈我的职责。才能——像我们在孩提时代从圣经课上学到的那样——在它还有购买力时是不应该被埋没的。但是通货一旦改变，硬币更换上新的人头像，旧的货币除了其本身的含银量外就没有更大的价值了。一个人就有权力把它隐藏起来。停

止流通的货币就像粮食一样常常在坟墓中被发现。

这些话词句零乱，意义也不连贯；他没有本领把自己的思想组织成文字。他是这样结尾的：

> 我过去所设计的建筑不是为了赞美上帝，也不是为了取悦雇主，我是为了我自己。不要和我谈什么人类。人类不存在于我的国土。而且我不是已经自告奋勇要为他们洗肮脏的绷带了吗？

他把这几张纸从本子上撕下来，让迪欧·格拉蒂亚斯拿去送给柯林医生。他在信后面的空白处没头没尾地又写了半句话——“我愿为你做一切合情合理的事，但不要要求我重新燃起……”这句话就像海盗叫人蹈海时放在甲板上伸出到海面上的那种跳板。

过了一会儿，柯林医生来到他的房间，把信揉成一团扔在桌上。“这是你内心感到了不安，”医生有些生气地说。“完全是良心对你的谴责。”

“我想要解释……”

“解释不解释，没人关心，”医生说。“没人关心，”这句话就像他年轻时记住的一行诗句一样久久在他的脑子里萦绕着。

那天夜里他做了一个可怕的梦，惊醒后吓出一身冷汗。他梦见自己在寒冷黑暗的旷野里，沿着一条漫长的铁路行走。他匆匆忙忙地往前走，因为他急着去找一位神父。他要向他解释，他自己虽然穿着普通人的衣服，却也是一个神父。他必须忏悔，必须拿到做弥撒时用的酒。他必须执行院长交给他的某种使命。他一定要在这个深夜做弥撒，明天就太迟了。他将永远失去这次机会。他来到一个村庄，离开了铁路线。（那个小小的车站已经关闭了，一个人也没有；可能这条铁路支线很久就废弃不用了。）他猛然发现自己已经站在神父的门外，一扇沉重的中世纪式的大门，门上镶着罗马硬币大小的钉帽儿。他按按铃，被让了进去。尽管一群喋喋不休的虔诚的女人正包围着神父，神父对他的态度还是很友好、客气。奎里说：“我得立刻见你，单独地。我有话对你讲。”他开始不再为自己着急了。他已经非常安心，好像快要回到自己的家中一样。神父把他领进旁边一间小屋，桌子上放着一只盛满酒的细颈玻璃瓶。可是他还没来得及开口，那群圣洁的妇女已经跟在他们后面拥进门帘里来，嘴里胡言乱语，开着虔诚的小玩笑。“我们得单独在一起，”奎里大声说，“我得和你一个人说。”神父把那群女人推回到门帘后面，她们就像衣橱里挂着的衣服那样晃来晃去。好容易就剩下他们两个人了，他的目光停在酒上，终于可以开口了，“神父……”就在这个时候，就在他立即可以卸掉恐惧与职责的重担时，又有一个神父走进屋来，把头一个神父拉到一边，向他诉说自己的酒不够用了，到这里来是要向他借酒，他话没说完就把玻璃瓶从桌上拿走了。奎里整个垮了。他的感觉是：仿佛自己同希望约好在路的转角处碰面，却来迟一步，希望已经离去了。他放声大哭，宛如一只受伤痛折磨的野兽；他一下子从梦中醒来。外面雨点猛烈地敲击着屋顶上的铅皮，借着闪电的光亮，他看见自己躺在和棺木一样大小的白色蚊帐里。附近一幢麻风病人住的房子里隐约传来一男一女吵架的声音。他想：“我太迟了。”那句在他脑子里萦绕不去的话就像系在水底鱼网上的软木浮子，不断冒出水面来：“有谁关心?”“有谁关心?”

最后，终于天亮了。他到病院的木匠那里，告诉他怎样做一张自己需要的办公桌和一块制图板。等到他要的东西做好以后，他才去找柯林医生，告诉他自己的决定。

“我为你感到高兴。”柯林医生说。

“为什么为我?”

“我对你丝毫不了解，”柯林医生说，“但我和你有很多共性。你一直在做一个毫无成功希望的试验。一个人不可能脱离一切独自生活。”

“我想是可以的。”

“那么他迟早会自杀。”

“假如他对自杀有兴趣的话。”奎里回答。

第四章

1

两个月之后，在奎里和迪欧·格拉蒂亚斯之间自然而然地产生了几分信任。最初这种信任只是建立在迪欧·格拉蒂亚斯身体残废这一基础上。在他把水搞洒了的时候，奎里并不生气；即使迪欧·格拉蒂亚斯打翻墨水瓶，把奎里的图纸弄脏，他也从不发火。一个没有手指和脚趾的人，哪怕是学会干一件最简单的活儿也需要很长时间；另一方面，一个对任何事务都无所谓的人，“发火”也不是一件容易事——或者干脆说很荒谬。有一次，这个残废人笨手笨脚地打碎了一支原来住在这个房间的神父挂在墙上的十字架，他认为这次奎里一定会像他自己在一件崇拜的偶像被人毫无心肝地毁坏时一样有所反应了。但事实却完全不是这样。迪欧·格拉蒂亚斯很容易把漠不关心错认成怜悯。

一个满月的夜晚，奎里忽然意识到这个人不在了，就像一个人突然发觉自己临时住宅的壁炉上缺少了一个迄今为止不被注意的小物件似的。他的水壶没有灌，蚊帐也没有放下来，后来他到医生那儿去讨论削减建筑经费，路上碰上了迪欧·格拉蒂亚斯。迪欧·格拉蒂亚斯架着拐杖用他那双没有脚趾的脚跌跌撞撞地在病院的大路上急步行走。他满脸大汗，奎里刚要对他开口讲话，他一下子就拐进了一家后院。

半个小时之后，奎里在回来的路上又看见他一动不动地站在那里，活像一根被主人遗弃的树桩子。他脸上的汗水仿佛是夜雨在树皮上留下的痕迹。看上去，他好像是在倾听远方的什么声音。奎里也侧耳听了听，但除了蟋蟀和青蛙的鸣声外，他什么也听不到。第二天早上迪欧·格拉蒂亚斯还是没回来，奎里感到稍稍有些丧气；他这个仆人在离去之前居然没有同他说一声。他告诉医生他的仆人走了。“假如他明天还不回来，你再给我找个人行吗?”

“我搞不懂，”柯林说，“我派给他这个差事就是为了让他能留在病院里。他自己也不想走。”那天晚一点儿的时候，一个麻风病患者在通往丛林深处的小路上捡到了迪欧·格拉蒂亚斯的拐杖，他把它送到奎里的房间来。奎里当时正趁着最后一点儿光亮忙着工作。

“你怎么知道这拐杖是他的? 所有残废的病人都有这样的拐杖。”奎里问道。可这个人只简单地重复说这根拐杖是迪欧·格拉蒂亚斯的——不容争论，也说不出什么道理来，仅仅又是一件他们知道而他不知道的事情而已。

“你认为他发生了什么意外吗?”

出了点儿事，那个人用他那一点点可怜的法语说道。他留给奎里的印象是，如果出了什么意外，也是他最不关心的事。

“那你为什么不去找找他?”奎里问。

树林里已经没有光线了，那个人说，他们只好等到明天早上再说。

“可是他已经走了二十四个小时了。如果真的发生了意外，我们现在已经晚了。你可以把我的手电筒拿上。”

最好还是明天早上吧，那个人重复说。奎里看得出他吓得要死。

“要是我和你一起去，你去吗?”

那个人摇摇头，奎里只好独自出发了。

他无权责怪这些人胆子小，要想让一个人不害怕夜晚的丛林，他就必须没有任何信仰。这里的森林对于那些富于浪漫幻想的人丝毫没有吸引力，森林里面人烟绝无，也从来没有被人格化过，一点儿也不像欧洲的森林，里面居住着女巫啊，烧炭人啊，还有糖果盖的小屋啊，这些奇奇怪怪的东西。从没有人在这些树下漫步、哀悼失去的爱情，也没有人在这里倾听寂静，或是像一位湖畔诗人似的和自己的心灵交谈。这里没有寂静；假如有谁在深夜的林中想让别人听清自己的声音，他就必须提高嗓门盖过响成一片的虫鸣，必须像在一座无数贫困的女工片刻不停踏着缝纫机干活儿的巨大工厂里说话一样。只有在中午最热的那一个小时左右，森林里才安静下来；昆虫正在午休。

但是假若像这些非洲人一样相信某种神明，那么这个“上帝”不是很可能就存在于这块杳无人迹的地方吗？人们不是习惯于把上帝安排在那一片空虚的苍天上吗？就现在情况而言，即使人类在若干年后开始开发某些行星，恐怕也不会来开发这片长满树木的空间。人类对于月球上的火山口的了解也远比对这座原始森林清楚得多，尽管人们只要一迈腿就随时随地可以走进去。腐烂的树叶和沼泽散发的刺鼻的酸气，像牙科医生使用的麻醉面罩一样盖在奎里的脸上。

这真是一个愚蠢的行为。他不是一位猎手。他是城市中长大的。就是在白天他也很难发现别人留下的足迹。他对那根拐杖的物证太轻信了。手电筒射出的光环在他前方左右摇摆着，但他只能看到草莽丛生的路上一丝丝微弱的闪光，那很可能是什么小动物眼睛里的反光，更可能只是卷曲的树叶中的一汪积水。他肯定走了有半个小时了，顺着这条狭窄的小路可能走了一英里路了。有一次，他的按着电筒按钮的手指滑开了，一刹那间，他在黑暗中走离了弯弯曲曲的小路，撞到路旁的树墙上。他想：电池毫无疑问坚持不到我回家了。他一边往森林深处走一边思索着这个问题。他对柯林医生解释过，他之所以留下是因为“船到了终点”，但如果步行，总是能再往前走一小段路的。他大声叫着：“迪欧 · 格拉蒂亚斯！迪欧 · 格拉蒂亚斯！”他的呼喊压过了周围的虫鸣，但这个可笑的名字听上去就像教堂中祈祷时的呼唤，丝毫没有得到任何反响。

他独自跑到森林里来显得和迪欧 · 格拉蒂亚斯的无缘无故失踪一样荒谬。要是以前嘛，在他想到他的仆人孤零零地躺在森林里，身受重伤，就等着别人的呼唤或脚步声的时候，他可能整夜不得安宁，非得象征性地作作姿态不可。可是现在他对一切都已漠不关心了，驱使他到这儿来只是残留在他心中的一点儿好奇罢了。但到底是什么叫迪欧 · 格拉蒂亚斯冒险离开他所熟悉的病院呢？当然，这条小径可能通往什么地方——或许通往迪欧 · 格拉蒂亚斯的什么亲戚居住的部落——可是奎里已经很熟悉非洲的情况了，他知道更可能的情况是，这条小径将逐渐消失——它不过是过去某些来捉青虫吃的非洲人踩出来的一条小路。这条小路很可能是这片森林中人类足迹到过的最远的地方。可是那个人满脸大汗又作何解释呢？可能是恐惧，也可能是焦虑，甚至可能是因为在河边这种郁热的天气中努力思索什么而流的汗水。他对外界的兴趣像早已被冻僵的神经又在他内心深处痛苦地苏醒了。这么多年来，他一直麻木不仁地生活着，现在突然对什么事产生了“兴趣”，但他也只是用医生诊断病情那种客观的态度来进行观察。

他想自己一定走了有一个多小时了。迪欧·格拉蒂亚斯没有拐杖，瘸着两条腿，怎么能走这么远？他更加肯定电池绝对维持不到回家。但他依然向前走着。他这时才意识到自己有多么傻，出来的时候竟没有同医生或是哪个神父说一声以防不测，但是他现在正在寻找的不就很可能是一件不测的事故吗？不管怎么说，他还是继续向前走着。蚊子成团地向他进攻。挥手驱赶完全无济于事；他只好极力忍耐着。

又往前走了五十码，他让一只野兽的凄厉叫声吓了一跳——他估计那是一头野猪的哼叫声。他停了下来，用电筒的暗淡的光柱向身子四周扫了一圈。他看出来这条小径很多年以前一定是通往什么地方去的，因为他面前是一座坍倒的桥基，搭桥的树干早已腐烂。只要再往前迈两步，他就会掉到河沟里。这条沟并不太深，也就是几尺深，下面是一块丛生着杂草的沼泽，但一个手脚残废的人掉进去却很难爬上来。电筒的光柱照在迪欧·格拉蒂亚斯的身体上，迪欧·格拉蒂亚斯的下半身泡在水里，上半身露出水面。奎里看见水边的泥地里有抓挠的痕迹，那是那双像拳击手套的手留下的。这时从那个身体中又发出一声嚎叫，奎里从沟岸上下去，走到他身边。

奎里说不清迪欧·格拉蒂亚斯是否有知觉。他的身躯很沉，扶不起来，而且在你扶他的时候，他一点儿也不合作。他浑身温暖、潮湿，像是沼泽地中的一块土丘；摸着他身体就像摸到一块多年塌下来的桥板。经过十分钟的努力，奎里总算把他的下肢拖到岸上来了——他也只能做到这一步了。毫无疑问，假如电池能够坚持到他回家，他一定回去叫人来帮忙。即使那些非洲人不来，也肯定有两个神父会来帮忙。他准备爬到桥上，迪欧·格拉蒂亚斯大声哀嚎起来，那声音就像是一条小狗或是一个孩子哭嚎一样。他举起一只像树桩子一样的胳膊哀嚎着，奎里知道他已经给吓掉魂儿了。他的一只没有手指的手掌像一把重锤子一样按着奎里的胳膊，不让他走开。

看来只好等着天亮，再没有别的办法了。这个人可能会被吓死的，而如果就这样呆着，湿气或蚊子的叮咬是不会有致命危险的。奎里尽量使自己在这个用人身边坐得舒服一些，然后借着电筒中最后一点儿光亮检查了一下他那光秃秃的像石头似的双脚。据他看，大概有一只脚踝骨被摔断了——此外似乎并没有其他的创伤。电筒的光亮很快暗了下来，奎里在黑暗中看着灯泡中的灯丝，灯丝像是一条闪着磷光的虫子；没过多久，最后一丝光亮也熄灭了。他拉着迪欧·格拉蒂亚斯的一只手好让他安心，不过不如说他是把自己的手放在迪欧·格拉蒂亚斯的手的旁边；一个人无法“拉”一只没有手指头的手。迪欧·格拉蒂亚斯哼唧了两声，之后说了一句什么，听上去发音像是

“潘戴勒”。黑暗中摸着他的指关节就像摸着被风雨侵蚀了无数岁月的石块。

2

“我们两个人都有很多时间思考问题，”奎里对柯林医生说，“天一直不亮，直到六点钟我才敢离开他。我估计当时是六点左右——我忘了给表上弦了。”

“这一夜一定受了不少罪。”

“我独自一人的时候比这还要难过。”他似乎是在绞尽脑汁举一个例子，“那是一切都结束的夜晚，长得好像永远没有尽头。从某种程度上讲，这次倒似乎是个一切都重新开始的夜晚。我从来不在乎肉体上是否舒适。过了大约一个小时，我想活动活动手，可是他不让我动。他的手像块镇纸似的压在我的手上。我当时有种奇怪的感觉——他需要我。”

“为什么你说‘奇怪’?”柯林医生问。

“对我来说是很奇怪。我这一生中总是需要别人。你可能会责备我使用别人多于爱别人。但是别人需要你的时候，那种感觉却完全不同，好像一服镇静剂，而不是兴奋药。你知道‘潘戴勒’这个词是什么意思吗？在我想活动活动手的时候，他开始说起话来。我以前从没用心听过非洲人讲话。你知道一个人是怎么心不在焉地听别人说话吧，就像听孩子说话时一样。迪欧·格拉蒂亚斯用法语和另外一种什么语言掺杂在一起，可真不好懂。他不停地说‘潘戴勒’这个词。这是什么意思，医生?”

“我猜想这个词同‘本卡西’的意思差不多——意思是骄傲、傲慢，要是从褒义上看，还暗含有尊严和自主的意思。”

“他不是指这个。我肯定他指的是一个地方——是森林里一个靠近水边的地方，那里正发生一件和他息息相关的事。他在病院的最后一天感到压抑；当然他没有使用‘压抑’这个词，他对我说空气不够，他想要跳舞，想要狂奔、呼喊，想要唱歌。可是这个可怜的家伙既不能跳又不能跑，而且没有哪个神父愿意听他唱歌。他只好出走，去寻找靠近水边的那个地方。小的时候他母亲一定带他到那里去过一次，而且他还能记得人们在那里是怎样又唱又跳，玩各种游戏，作祈祷。”

“可是迪欧·格拉蒂亚斯是从几百里地以外来的啊。”

“也许这个世界上不止有一个‘潘戴勒’。”

“三天前，很多人离开了病院。大部分人已经回来了。我猜想他们是在搞一种什么巫术。他去得太晚了，没赶上其他的人。”

“我问过他做什么祈祷。他说是向耶稣基督和一个叫西门的神祈祷。是那个西门·彼得[①]吗?”

“不是同一个人。神父们可以给你讲西门的故事。二十年前他死在牢狱里。这里的人认为他还会复活。他们这里信奉的基督教是很怪的，我怀疑耶稣在这里的门徒们是不是觉得这种基督教教义像托马

① 西门·彼得，耶稣十二门徒之一，原为渔夫。

斯·阿奎那[①]的著作一样令人费解。假如彼得当时能明白这些的话，这个奇迹简直可以使圣灵降临都黯然失色，你不这么想吗？甚至尼西亚[②]的信经对我来讲都有些高等数学的味道。”

“‘潘戴勒’这个词总在我脑子里徘徊不去。”

“我们总是把希望和青春联系在一起，”柯林医生说，“但有时这是一种老年病。在给那些生命岌岌可危的人做大手术时，你可能完全出乎意料地在他身体内部发现有癌病变。这里的人都是快要死的人了——哦，我不是说那些麻风病人，我指的是我们自己。最终害的一种疾病就是希望。”

“这么一说，假如我要失踪了的话，”奎里说，“你会知道到什么地方去找我的。”一个意想不到的声音使医生抬头望了望；奎里的脸扭曲着，正在咧着嘴笑。医生吃惊地明白过来——奎里居然开了一个玩笑。

① 托马斯·阿奎那(1225—1274)，意大利神学家。

② 尼西亚，地处亚洲西北部。原属罗马。325 年君士坦丁大帝开宗教大会于此，订立信经。

第三部

第一章

1

莱克尔夫妇开车进城去参加一个有总督参加的鸡尾酒会。路旁一个村落伫立着一个用树桩撑起来的大木笼，在一年一度的佳节盛会时，人们就在下面点起篝火，在火焰中跳舞。在这个村落前面三十公里远的一片丛林里，他们还看到路旁有一个用椰壳和纤维做的粗糙丑陋的人形，坐在一把椅子上。这些令人不解的事物正是非洲的特征。用黏土涂白了脸的赤身裸体的女人们看到汽车开过来就飞快地奔到大堤上，把脸藏起来。

莱克尔说："高乐太太问你喝什么的时候，你就说只要一杯贝利酒。"

"不能要一杯橘子水吗?"

"别提橘子水，除非你看见酒橱上确实放着装橘子水的罐子。我们不能叫她感到难堪。"

玛丽·莱克尔把这番叮嘱牢牢记在心里，然后把目光从她丈夫身上移开，目不转睛地望着车窗外单调的林墙。那条唯一的通向森林里的小路用席子堵了起来，因为土人做一种什么仪式时不许白人观看。

"你听见我说的话了吗，亲爱的?"

“听见了，我会照你的话去做的。”

“还有卡纳配[①]，别像你上次赴宴时吃得那么多。我们不是到人家那儿去吃饭。这会给人留下一个不好的印象。”

“我这次什么都不碰。”

“那同样糟糕。这容易让人认为你觉察到那些食品不太新鲜。通常也的确如此。”

那枚小小的圣·克里斯托夫圣牌在挡风玻璃下面像一个土人迷信的崇拜物似的叮叮当当地摇摆着。

“我心里有些发慌，”姑娘说，“这事那么复杂，而且高乐太太不喜欢我。”

“并不是她不喜欢你，”莱克尔体贴地解释道，“只是上次，你记得吧，你在地方长官的太太离席之前就走了。当然了，我们并不受那些殖民地可笑的礼规约束，可是我们也不能让人看出急于离开的样子。一般说来，作为有地位的商人，我们是安排在负责公众事务官员后面的。你看见卡森夫人什么时候离席再离席。”

“我从来记不住她们谁叫什么。”

“就是特别胖的那个。你一眼就能认出来。对了，要是奎里也在那儿的话，别那么羞羞答答的，邀请他到咱们家来住一夜。在这么个地方，一个人总是渴望着找个人谈谈生活哲理的问题。看在奎里的面子上，我甚至可以让那个无神论的柯林医生到咱们家住一夜。我们可

① 一种涂有干酪或放上鱼、肉的小面包片。

以在走廊上再搭一张床。”

但这一天奎里和柯林都没有去。

“不麻烦的话，请给我一杯贝利酒。”玛丽·莱克尔说。所有的人都被迫从花园回到屋子里，因为正好到了滴滴涕喷洒车给整个城市消毒的时候了。

这次高乐夫人宽厚地亲手把贝利酒给她端上来。“你似乎是唯一见过奎里先生的人。”她说，“市长总想把他当作贵宾邀请到这儿来，可是他似乎不愿意离开那个倒霉的地方一步。为了我们大家的缘故，你也许可以恳求他到这儿来一趟。”

“我们跟他也不算太熟，”玛丽·莱克尔说，“他只是在那次涨水的时候在我们家住了一夜，我们并没有深交。要不是河里涨水他也不会住下来。我觉得他不愿意见人。我丈夫答应不告诉……”

“你丈夫把这件事告诉我们完全正确。要不我们会显得愚蠢透顶，竟然不知道这么一位大名鼎鼎的奎里住在我们这个地区。你觉得这个人怎么样，亲爱的?”

“我几乎没有和他说话。”

“他们告诉我，他在某些方面声名狼藉。你看了《时代周刊》上那篇文章了吗? 哦，当然，是你丈夫把它拿来给我们看的。当然不是因为文章里对他的描述。那只是他们在欧洲的说法。一个人必须记住，就连宗教中的一些圣徒也有过那么一段——我怎么说呢?”

“我没有听错吧，您是不是在谈论圣徒，高乐夫人?”莱克尔问道，“你总是为我们准备这么好的威士忌。”

“不完全是，我们在谈论奎里。”

“照我看来，”莱克尔说，就像班长在一个乱哄哄的教室里说话时那样稍稍提高了一点嗓门儿，“自从施威采尔以来，他到非洲来可能是一件最了不起的事了，说来说去施威采尔只不过是个耶稣教徒。奎里在我家度过的那个晚上，我发觉他是一位最有意思的客人。你们听过关于他最近的新闻吗?”莱克尔一边向全屋的人发问，一边像摇铃似的把杯子中的冰块摇得叮叮当当地响，“他们说两个星期之前他跑到丛林里去寻找一个逃跑了的麻风病人。他和那个病人在森林里呆了一整夜，又是争论又是祈祷，极力劝说那个病人回去，把疾病治愈。夜里天下起雨来了，那个病人正发着烧，他就用自己的身体为那个人遮雨。”

“这多么不平凡，”高乐夫人说，“他是不是……?”

总督身材生得很矮，近视眼，给人一副道貌岸然的样子，从外表上看，他总是带着一种向妻子乞求保护的神情，但是又像一个弱小的民族，对自己的文化感到自豪，并不情愿作一个卫星国。他说：“世界上的圣人比教会承认的那寥寥几个多得多。”这句话等于官方对于这个本来可能会被认为是怪僻或甚至是暧昧的行动盖上了赞许的印章。

“奎里是何许人也?”公众事务局主任问奥特拉柯公司经理。

“听说是一位世界闻名的建筑师。你应该有所耳闻。他就在你所管辖的地区。”

“他不是官方派到这儿来的吧?”

“他在帮助建造新麻风病院。”

“那份计划我是前几个月审批的。他们并不需要建筑师。工程很简单。”

“盖那所医院，”莱克尔打断他们的话头，把他们拉到自己谈话的圈子里，“那不过是第一步，你们相信我的话没错儿。他正在设计一座现代化的非洲教堂。这件事他亲自向我暗示过。他是一个富于理想的人。他建筑出的东西会永存的。用砖石表现出的祈祷词。主教阁下来了。我们现在可以听听教会对奎里的看法了。”

主教身材高大，风度翩翩，胡须修剪得很整齐，眼睛则像爱在街头向女人献殷勤的老派绅士那样滴溜溜地四处张望。他一般尽量不把手伸给男人，免得他们对他行跪拜礼。可是女士们都很愿意吻他的戒指(这是一种无伤大雅的卖弄风情)，而且他也乐于给女人这种机会。

“这么说我们中间来了一位圣徒，主教大人阁下。”高乐太太说。

“您过奖了。总督先生呢？我怎么没有看见他?”

“他取威士忌去了。请原谅，主教大人阁下，我刚刚指的不是您。我可不愿意看见您成为一位圣徒——暂时我还不想。”

“奥古斯丁[①]思想，”主教含糊其词地说了一句。

“我们正在议论奎里，那位大名鼎鼎的奎里，”莱克尔解释道，“一个像他这么有地位的人隐居在麻风病院里，还陪着一个麻风病人在丛林里祈祷了一整夜——您必须承认，主教大人阁下，这种自我牺

① 奥古斯丁(351—430)，生于北非奴米狄亚，曾任非洲西波地区(今阿尔及利亚波奈城)主教。

牲的精神是罕见的。您对此有什么看法?”

“我倒想知道，他是否打桥牌?”正像总督刚才的评论对奎里的行为给予了官方的赞许，现在主教提出的问题则可以被看作是教会以其传统的机敏办法保留了自己的意见。

主教接过一杯橘子汁。玛丽·莱克尔悲哀地看了那杯橘子汁一眼。她把自己手中的贝利酒放下以后，不知道该把手放在哪儿才好。主教对她和蔼地说：“你应该学会打桥牌，莱克尔太太。我们这里可以凑上手的人太少了。”

“我怕打牌，主教大人。”

“我给牌祝祝福之后再教你。”玛丽·莱克尔拿不准主教是不是在开玩笑；她作了一个不易被觉察的微笑。

莱克尔说：“我想象不出来，像奎里这么有才干的人怎么能和那个无神论者柯林合作。我可以保证，柯林这个人连‘慈善’是什么意思都不懂。你们记得去年我想组织拯救麻风病人日吗?他对这件事采取不合作的态度。他说他承受不起慈善捐助。当时已经凑足了四百套衣服，可他就是不往下分发，唯一的理由是衣服不够分配。他说要是非发不可的话，他就只好自己掏腰包再买些衣服凑够数，不然在病人中间会产生嫉妒——一个麻风病人为什么要嫉妒呢?你应该找一天同他好好谈谈，主教大人，告诉他慈善事业是怎么一回事。”

但是主教大人已经向前走去，他的手托着玛丽·莱克尔的胳膊肘。

“您的丈夫似乎满脑子都是那位奎里。”他说。

“他觉得奎里也许能和他谈得来。”

“可您为什么一声不吭?”主教轻轻地逗弄着她，倒好像她真的是他从街头咖啡馆结识的女人似的。

“我不会谈他喜欢谈论的那些话题。”

“什么话题?”

“自由意志、上帝的仁慈和——爱。”

“噢——爱……你对这个很在行，对吗?”

“不，我对这种爱一点儿都不懂。”玛丽·莱克尔说。

2

轮到莱克尔夫妇告辞时，他们已经等了卡森太太好大一会儿了。莱克尔喝得马上就要过头了；开始时他看着谁都好，之后变成谁都不顺他眼，他到处挑旁人的错儿，最后连对自己也挑剔起来了。玛丽·莱克尔知道在这个时候要是能劝说他服一片安眠药可能一切就会过去；也许在他谈到宗教这个题目之前他就可以人事不省了。对于他，宗教就像红灯区敞开的大门，无疑是要通向性爱的。

“有的时候，”莱克尔说，“我希望我们有一位更注意灵魂的主教。”

“他对我很好。”玛丽·莱克尔说。

“我想他和你谈纸牌来着。”

“他说他愿意教我打桥牌。”

“我想他是知道我禁止你打牌的。”

“他不可能知道，这事我对谁都没说起过。”

“我可不希望我的妻子变成一个典型的殖民地白人。”

“我觉得我已经是这种人了。”她又小声地加了一句，“我不希望我和别人有什么不同。”

他厉声厉色地说：“他们把所有的时间都花在扯闲话上……”

“我愿意我也能这样生活。我多么希望我也能这样生活啊！只要有谁愿意教教我……”

每次都一样。她自己除了喝一点儿贝利酒外并没有喝别的酒，可她丈夫呼出来的酒精气味却弄得她喋喋不休地说起话来，倒好像威士忌进入了她自己的血液似的，而且这时她的话也最接近于真理。这个不知是谁说的可以使我们获得自由的真理，就像手指上的倒刺一样叫莱克尔非常恼火。他说：“瞎说八道。不要说这种言不由衷的话。有的时候你让我想起高乐太太。”夜晚从路两旁向他们发出不协调的歌声，森林里传出来的声音盖过了引擎的轰鸣声。纳米尔路是一条上坡路，两旁都是商店。她多么希望到所有那些店铺里转一转啊！她睁大了眼睛尽量想透过汽车窗玻璃看一看摆着女鞋的橱窗。她在制动器旁伸直自己的脚，喃喃地说：“我穿六号的。”

“你说什么?”

“没什么。”

通过前灯的光柱她看见路旁站立着的木笼像是一个来自火星的人。

“你这种自言自语的坏毛病越来越厉害了。”

她没有吭声。她无法告诉他，“没有人可以和我谈天”，谈谈街角的甜点心店，谈谈苔瑞斯修女摔断脚脖子的事，或是每年八月和父母去消暑的海滨地。

“这主要怪我自己，”莱克尔说，他到达了第二阶段，“我知道。我没能教会你像我似的看到真正的价值。你从一个椰油工厂厂主的身上又能希望得到什么呢？我不是过这种生活的人。我本来觉得甚至你都应该看到这一点。”他那张自负的黄脸像一张面具似地挂在她和整个非洲大陆之间。他说：“我年轻的时候想做一名传教士。”他每次喝了酒都要向她说这句话，自从他们结婚以来至少一个月讲一次。每次他说这句话的时候，她心中都清清楚楚浮现出一张图画——他们在安特卫普的一家旅馆里度过的第一夜。他从她身上爬起来，像装了半袋东西的口袋一样咔嗵一下躺在她的身旁，她心头涌上一股温情，因为她想她在某种程度上使他失望了。她摸了摸他的肩头（他的肩头又圆又硬，就像袋子中装的瑞典甘蓝菜）。他粗暴地问她：“你没满足吗？男人可不能没完没了地干。”之后他翻了一个身，把背对着她，那个他永远不离身的圣章在他们互相拥抱时扭了过来，现在挂在他的脊背中间，圣像的正面对着她的脸好像是在责备她。她想要为自己分辩分辩：“是你要和我结婚。我也懂得什么是贞洁——嬷嬷们教过我。”可是她心目中的贞洁是某种使她总是联想到洁白的衣服、光辉和温柔的东西，而他所谓的贞洁则是隐居沙漠穿着粗麻布衣服悔罪。

“你说什么？”

“没什么。”

“我是在对你谈我最深挚的感情，你就连这个也不感兴趣。”

她凄惨地说：“可能这是个错误。”

“错误?”

“和我结婚。我年纪太轻了。”

“你的意思是说我年纪太大了，无法使你得到满足。”

“不——不是。我不是指……”

“你只懂得一种爱，对吗？你觉得圣徒是这样爱的吗?”

“我不知道谁是圣徒。”她绝望地说。

“你不相信吗？虽然我是个渺小的人，我还是能够穿越灵魂的暗夜的。我不过是你的丈夫，和你同床共枕……”

她低声地念叨着：“我不明白。求求你，我不明白你的意思。”

“你不明白什么?”

“我本来以为爱情是为了使你感觉幸福的。”

“她们在修道院里就是这么教你的吗?”

“是的。”

他对她做了一个苦相，呼哧呼哧喘着气，汽车里一下子充满了一股酒精气味。他们从坐在椅子上的那个丑陋的人形身旁驶过。这时离家已经不远了。

“你在想什么?”他问。

她已经又回到了纳米尔路旁的商店里，正在看着一个上年纪的店员把一双高跟鞋轻轻地、轻轻地穿在她的脚上。于是她说：“没什么。”

莱克尔的语气突然变得非常柔和，他说："这可是祷告的好时机。"

"祷告?"虽然她的心还没有完全放下来，但是她知道口角已经过去了，因为根据以往的经验，阵雨过去以后，闪电反而来得更近了。

"当我没有事情可以考虑的时候，我是说在我需要考虑什么的时候，我总是要做祈祷，念一段天主经，圣母经，或者悔罪经。"

"悔罪?"

"悔恨自己对我爱的乖孩子无缘无故发了一顿脾气。"他的手放在她的大腿上，手指搓弄着她穿的丝裙子，就好像是在寻找一块可以捏住的肉体。车外那些遗弃在旷地上锈痕斑斑的锅炉告诉他们就要到达他们的住所了；再拐一个弯就可以看到卧室的灯光了。

她想直接进到自己的房间——那间又小又热、一点儿都不舒适的小屋，在她例假和不安全期他允许她独自留在那里。但是这次他碰了碰她，示意让她站住；她本来对能摆脱这件事也没抱多大希望。他说："你不生我的气吧，玛吕。"他总是在自己最不孩子气的时候故意大着舌头像小孩子似的喊她的名字。

"别。日子——不安全。"她把能逃避开他的希望放在他害怕要孩子这点上。

"来吧，出门之前我查看了一下日历。"

"最近两个月我不太正常。"有一次她买了一个灌洗器，他发觉后就把它扔掉了。后来他长篇大论地教训了她一顿，说她这种行动是违背自然的，是一种罪恶，他对天主教徒婚姻这件事慷慨激昂地大发了一通议论，最后这篇演讲以上床睡觉结束。

他把手放在她的腰下，轻轻地推着她向他想要去的方向走去。“今天晚上，”他说，“我们冒一次险。”

“可是现在正是危险期啊。我保证……”

“教会并没有让我们躲避一切危险。而且不能总是使用安全期啊，玛吕。”

她向他哀求道：“让我去一下我的屋子。我把东西放在那儿了，”因为她最不喜欢在他那仔细玩味的注视下脱衣服了，“我不会耽搁得太久。我保证不会耽搁得太久。”

“那我等着你。”莱克尔答应了。

她尽可能地延长脱衣服的时间，然后从枕头底下取出一件睡衣。屋里很小，只摆得下一张铁床、一把椅子、一个衣橱和一个五屉柜。五屉柜上摆着一张她父母亲的照片——两个愉快的老人，他俩结婚很晚，就只有她这么一个孩子。此外还有一张她堂姐寄来的布鲁日的明信片和一本过期的《时代周刊》。柜底下她藏着一把钥匙，她把它拿出来打开抽屉。抽屉里是她的秘密博物馆：一本她第一次领圣餐时拿到的弥撒经书，保存得像全新的一样；一个贝壳，一张布鲁塞尔音乐会的节目单，一卷安德烈·勒热内著的《欧洲史》，这是她在学校的教科书；一本练习本，练习本里有她在学校时最后一个学期写的一篇论宗教战争的作文（这篇作文她得的是最高分）。现在她在这些收集品里又加上一本旧的《时代周刊》。奎里的头像遮住了勒热内的历史书。把它放在她孩提时代的纪念品中间显得那么不协调。她清清楚楚记得高乐太太的话："他在某些方面名声狼藉。"她锁上抽屉，藏好钥匙——再耽搁下去就危险了。然后她沿着走廊向他们的房间走出，屋里莱克尔光着身子四仰八叉地躺在双人床的蚊帐里，头顶上挂着一个木头雕刻的耶稣受难像。他的样子看上去就像一个用渔网打捞上来的淹死的人——汗毛像水草似的贴在肚子和腿上。但在她进来的一刹那他马上就活过来了，他掀起了半边帐子。"过来，玛吕。"他说。过去她的宗教老师有多少次对她讲过，基督的婚礼象征着主与他的教会的结合啊。

第二章

院长按着老派规矩，彬彬有礼地伸脚踩熄了雪茄烟，可莱克尔夫人刚刚坐下，他就又心不在焉地点燃了另一支。桌子上乱七八糟堆满了小五金商品目录和他费尽心力计算价格的草稿纸，但他每次计算的结果都不一样，因为他的数学相当糟糕——遇到乘法他就把一个个数字加起来，遇到除法就用减法代替。一本商品目录打开的一页登着一张专为洗浴下体用的法式小浴盆照片，院长错把这种小浴盆当作新式洗脚盆了。在莱克尔夫人进来的时候，他正在计算，看看自己有没有这笔开支给麻风病院购买三打这种小浴盆：这种小浴盆用来给病人洗脚正合适。

“哦，莱克尔夫人，真没想到您能到这儿来。您的丈夫是不是……”

“不，他很好。”

“您独自一人走这条路可真不近。”

“到贝林家之前我都有旅伴。我在他们那儿住了一夜。我丈夫让我给您带来了两桶椰子油。”

“太让他费心了。”

“别这么说，我们可没给病院出什么力。”

院长忽然想到他没准儿可以请莱克尔夫妇捐赠几只这种新式脚

盆，但是他又拿不准他们有没有能力拿出这么多钱来。对于一个毫无家私的人来说，只要有点儿钱的人都是财主——他是应该只要求一个脚盆呢，还是要他们捐赠三打？他小心翼翼地把相片转过去，叫它对着玛丽·莱克尔，好像他只是随便摆弄这些图片似的。要是她惊叫一声："这种新脚盆多有意思啊！"他就可以很自然地接上一句——

可是她却突然转换了话题："那所新教堂的计划怎么样了，神父?"这使得院长有些狼狈。

"新教堂?"

"我的丈夫告诉我，你们正在着手建一座大教堂，而且是非洲式样的。"

"多么古怪的想法。要是我有建造教堂的钱，"——他就是用尽所有的纸片也计算不出建造一座大教堂该花多少钱——"是啊，我完全可以盖一百间设有洗脚盆的房子了。"他把商品目录又往她面前推了推，"我要是把钱浪费在盖教堂上，柯林医生这辈子也不会原谅我的。"

"那我丈夫为什么……"

院长把握不住这会不会是个暗示——莱克尔夫妇准备捐一笔款子……他几乎不敢相信这个椰油工厂的厂主会这么富有，不过莱克尔夫人当然可能收到一笔遗产。她继承的这笔遗产肯定是吕克居民的话题，但他一年才进一次城，很可能没听人谈论过。他说："您知道，老教堂还可以为我们服务一段很长的时间。我们这儿只有一半人是天主教徒。不管怎么说，当这里的居民还住在小泥屋的时候，盖个大教堂一点儿意义也没有。我们的朋友奎里找到一个办法可以减省住房造价的四分之一。他来之前我们这儿的人都是外行。”

“我丈夫说，所有的人都在谈论奎里正着手建造教堂的事。”

“哪儿的话，我们给他派了更好的用场。新医院离建成还早着呢。不管是讨来的还是偷来的，每一个铜板我们都用来购置医院的设备。我刚才就正在看这些价目表……”

“奎里先生现在在什么地方?”

“哦，我想他正在他的房间里工作，除非他到医院那儿去了。”

“两个星期之前，所有到总督家里作客的人都在谈论他。”

“可怜的奎里先生。”

一个还没有两英尺高的小黑孩子没有敲门就走进来，就像是从烈日炎炎的屋外飘进来的一个影子。他全身都光着，鼓鼓的大肚皮底下像是挂着一只小豆荚。他拉开院长办公桌的抽屉掏出一块糖，又转身走了出去。

“他们当时一个劲儿地称赞他，”莱克尔夫人说，“是真的吗——他的仆人迷路的事……”

“好像发生过这么一件事。我不知道他们都说了些什么。”

“他们说他在那儿呆了一整夜，祈祷……”

“奎里先生不是个喜欢祈祷的人。”

“我丈夫对他赞不绝口。这儿几乎没有我丈夫能谈得来的人。他让我到这儿来邀请……”

“我们非常感谢您送的那两桶油。这样我们就可以把买油的钱花在……”他把脚盆的相片又往莱克尔夫人面前移近了些。

“您认为我能和他说两句话吗?”

“问题是，莱克尔夫人，现在是他工作的时间啊。”

她央求道:“我只想在我回去以后能够告诉我丈夫我已经邀请过他了。”可是在她那微弱、平板的声音里并没有明显的恳求口气，院长的目光望着别处，注视着他还没有十分搞懂的小浴盆上的一个特殊结构。“您认为这个怎么样?”他问道。

“什么?”

“这个脚盆。我想为医院购置三打这种脚盆。”

没有听见她吭声，他抬头望了望，发现她的脸涨得通红，不禁吃了一惊。他猛地觉得她还是一个非常漂亮的孩子。他说:“您认为……”

她有些慌乱，因为她想起她在修道院的时候那些性格泼辣的伙伴们常常爱开的双关语玩笑，“这并不真是脚盆，神父。”

“那么它还能作什么用?”

她第一次幽默地说:“您最好是去问问医生——或是奎里先生。”她在椅子上稍稍移动了一下身体，院长误认为她要告辞了。

“到贝林夫妇家可不近，亲爱的。您要不要喝一杯咖啡?”

“不，不要，谢谢。”

“要不要喝一小杯威士忌?”多年的戒酒生活弄得院长丝毫不懂威士忌对于正午的毒日头过分强烈了。

“我不喝，谢谢您。对不起，神父，我知道您很忙。我不想给您添麻烦，我只想见见奎里先生，请他……”

“我会把您的意思转达给他的，亲爱的。我保证不会忘记的。您看，我就把这事记下来。”他犹豫了一下，想想怎么在备忘录上涂掉哪个数字好把这件事记下来：“奎里——莱克尔。”他不可能告诉她：他已经向奎里保证了不让别人打扰他，“特别是那位虔诚的白痴——莱克尔。”

“这不行，神父，不行。我答应过我要当面邀请奎里先生，要不然我丈夫不会相信我已经尽了力了。”她突然停顿了下来。院长想，“她马上就要向我讨一张便条了，就是那种孩子们拿给老师请假的条子，证明他们真的生了病。”

“我甚至不能肯定他现在在什么地方。”院长说，他故意加重“肯定”这个词的语气，以避免撒谎。

“那我是不是可以去找找他。”

“我们可不能让你在这么毒的日头底下瞎跑，否则你丈夫会怎么说?”

“我就是怕我丈夫说我。他绝不会相信我已经尽力给他办这件事了。”显然她在极力忍着才没让泪水流出来，这使她看上去更增添了孩子气，因此也就很容易认为她是在像一个小孩那样无缘无故地悲伤掉泪而减少了眼泪的分量。

“我可以告诉你，”院长说，“我让他给你打电话——线路一通就打。”

“我知道他不喜欢我丈夫。”她悲凄地坦白道。

“我亲爱的孩子，这全是你的想象。”院长已经束手无策了。他说：“奎里是个古怪的家伙。我们中间没有一个人真正了解他。可能他谁都不喜欢。”

“他住在你们这儿，不躲避你们这些人。”

院长忽然有些生奎里的气。这些人送给他两桶油，当然对人家也应该以礼相待。他说：“你在这儿等一等，我去看看奎里是否在他屋子，我们不能让你找遍病院……”

他离开书房，顺着走廊拐了一个弯，向奎里的房间走去。他路过托玛斯和保罗神父的房间，这两人的房间除了耶稣受难像和零乱程度不同外几乎没有什么区别。再走过去是礼拜堂，礼拜堂下面就是奎里的房间了。这是这里唯一没有任何标志的房间，几乎什么摆设也没有。既没有家乡的照片也没有双亲老人的照片。即使在这么炎热的天气，一进屋仍有一种阴森寒冷之感，就像是走进一座没有十字架的墓穴似的。院长走进屋子时，奎里正在桌子边看信。他并没有抬起头来。

“对不起，打扰你了。”院长说。

“坐下，神父。等一下，我这就看完。”他把信翻了过来，说，“你在信后怎样结尾，神父?”

“那要看给谁写的了。可能写‘你的信仰基督的兄弟’吧?”

“一切属于你。[①]我记得我也曾用过这句话。现在听上去多么虚伪啊。”

---

① 原文是法语。

“你来了一位客人。我遵守了我的诺言，极力替你挡驾。可我真无能为力了。不然的话也就不来打扰你了。”

“你来了我很高兴。接到这封信我正想找个人谈谈呢。你瞧信追来了。怎么会有人知道我在这里？是不是吕克市那家该死的杂志也在欧洲发行？”

“莱克尔夫人来了，想见你。”

“哦，至少不是她丈夫。”

他拿起了信封，“你看，她连邮政编号都没弄错。多么有耐心。她肯定给教会写过信。”

“她是谁？”

“我过去的情人。我三个月前离开她的，可怜的女人——这纯粹是虚伪。我没有怜悯。对不起，神父。我并不想使你尴尬。”

“你没有。莱克尔夫人倒使我有些尴尬。她给我们带来两桶油，想要和你说句话。”

“我值那么多吗？”

“她丈夫派她来的。”

“这是你们这里的习惯吗？告诉她我没兴趣。”

“她不过是来邀请你，可怜的孩子。你不能见她一面，谢谢她，婉言谢绝她丈夫的邀请吗？要是她不能对她丈夫说她已经当面同你谈过，她简直不敢回家了。你不怕她吧？”

“也可能怕，从某方面讲。”

“原谅我这么问你，奎里先生，可是你给我的印象不像是个怕女人的男人。”

“你难道从来没碰到过怕碰自己手指的麻风病人吗，神父？他们之所以怕碰手指是因为他们知道自己的手指已经丧失知觉了。”

“我知道那些恢复了感觉的人总是非常高兴——哪怕是疼痛的感觉。但是你总得给疼痛一次机会啊。”

“一个人可能会在截过肢的地方产生幻痛。这你可以问问截肢的人。好吧，神父，带她到这儿来。不管怎么说这要比见她那位该死的丈夫强得多。”

院长打开门，莱克尔夫人正站在门槛外边，站在强烈的阳光下面。院长看见她的嘴巴张得大大的，就像夜总会里闪光灯突然一亮，照见一个人抬头张望的神色一样——那是一张因痛苦而扭歪了的脸。她猛地转过身去，疾步向自己的汽车走去。他们听见她几次发动引擎都没成功。院长跟过去。一群从市集上回来的妇女挡住了他的去路。他在汽车后面跑了几步，嘴里仍然含着方头雪茄烟，他的白色遮阳帽的帽檐向上扬着，但汽车却很快地从写着“麻风病院”的圆形拱门底下开走了。莱克尔夫人的仆人从车窗里好奇地注视着院长的狼狈相。追汽车的时候他把大脚趾崴了，所以往回走的路上一瘸一拐的。

“傻孩子，”他说，“她干什么不呆在我屋里等着？她完全可以和嬷嬷们住一夜，天黑以前她绝对赶不到贝林家。但愿她的仆人是个靠得住的人。”

“你想她听见咱们说的话了吗?”

“肯定听见了。在你提到莱克尔的时候，声音一点都没有降低。

要是你爱一个人，听到人们在背后议论他……”

“要是你根本不爱这个人，神父，那就更糟糕了。”

“她当然爱他。他是她丈夫。”

“爱情并不是结婚的要素，神父。”

“他们俩都信奉天主教。”

“那也一样。”

“她是个好孩子。”院长固执地说。

“对，她是个好孩子，神父。她不得不孤零零地一个人同那个人生活在一起，那是多么荒凉的沙漠啊！”他看了看桌上放的那封信和信尾那句人人都使用、而且有些人真心实意想这样做的自我牺牲的话——一切都属于你[1]。他突然觉得，在一个人已经失去感觉后却依然可能感到别人的痛苦。他把信装进了口袋；应该对得起她，起码叫自己感到口袋里有这张纸在窸窣作响吧。“她已经远远离开潘戴勒了。”他说。

“潘戴勒是什么？”

“我也不知道——朋友家中举办的一次舞会，一个生着纯朴、光洁的脸庞的年轻人，星期日和家里人去做弥撒，也可能意味着在单人床上睡觉。”

“人们总要长大的。我们迟早要做一些比你说的这些更复杂的事。”

① 原文为法语。

“是吗?”

“在我们幼年时期我们想的也都是小孩子想的问题。”

“引证《圣经》中的警句我可比不上你，神父。但是《圣经》里肯定还有这样的话：我们必须保持赤子之心才能够继承……我们已经长大成人，可惜生长得不太理想，复杂的事物变得太令人费解了——我们还是应该停留在阿米巴阶段，不，应该比那个还早，应该在硅酸盐的阶段就不再进化了。假如你相信的那个上帝想创造一个成年人的世界，他就应该给我们一副成年人的头脑。”

“我们大多数人都是自己把事情搞得复杂化了，奎里先生。”

“假如他想要我们头脑清楚，为什么又要给我们生殖器官？一个医生是不会因为让你思想清晰而给你开大麻药的。”

“我记得你曾经说过，你对什么事情都没兴趣了。”

“是的，没兴趣了。我已经走到另一头儿了，到达虚无的状态了。尽管如此，我还是不愿意回首往事。”他说道。在他转动身体时，信在他口袋里发出沙沙的声音。

“悔恨也是一种信仰。”

“啊，不，不是信仰。你总是想把一切事情都扯到你的信仰之网中去，神父，但你不可能把天下的一切美德都窃走的。温顺不属于基督教义，自我牺牲不属于基督教义，慈善、悔恨也不属于。我猜想洞穴人在看到别人的眼泪时也会哭泣。你没看见过狗也会掉眼泪吗？就是在最后一次冰期来临，你的信仰最后暴露出其空洞无力的时候，世界上也总还有这种傻瓜，企图用自己的身体去温暖别人的身体，为了使另外一个人多活一小时。”

“你相信会有这种事吗？但是我记得你曾说过你已经失去了爱的能力。”

“我说过。可怕的是，我知道我将是接受别人给予温暖的人。给我温暖的几乎肯定是个女人。女人对死人总是怀有感情。她们的弥撒经本里到处夹着记忆的卡片。”

院长一边向门口走一边把雪茄烟掐灭，但马上又点燃了一支。奎里在他身后大声说：“我走得已经够远了，不是吗？不要叫那个姑娘接近我，也不要叫我看到她那该死的眼泪。”他恼怒地用手重重地拍了一下桌子，因为他觉得自己好像说了一句述说身上带有圣痕[①]的话语。

院长走后，奎里大声喊叫着迪欧·格拉蒂亚斯。迪欧·格拉蒂亚斯拄着一根拐杖走了进来。他看了看脸盆里的水是否需要倒掉。

“不是让你倒水，”奎里说，“坐下。我想问你点儿事。”

迪欧·格拉蒂亚斯放下拐杖，蹲在地上。失掉脚趾和手指的人连蹲在地上的样子也很古怪。奎里点着一支烟，把它放在迪欧·格拉蒂亚斯嘴里，开口说，“下次你要是想离开这里，把我也带上行吗?”

迪欧·格拉蒂亚斯什么也没说。奎里又说：“你不用回答我。当然你想带着我。告诉我，迪欧·格拉蒂亚斯，那片水是什么样子？像那边那条大河吗?”

迪欧·格拉蒂亚斯摇摇头。

---

① 根据基督教传说，在某些虔诚的教徒身上可以出现与耶稣受难时相同的伤痕。

“那么像毕可罗的湖水吗?”

“不像。”

“到底像什么，迪欧 · 格拉蒂亚斯?”

“那水是从天上落下来的。”

“瀑布?”但是这个词对于生活在只有平缓的河流和茂密丛林的地区的人毫无意义。

“当你被背在母亲背上的日子里时，你还是一个孩子。那时候有很多其他的孩子吗?”

他摇摇头。

“告诉我到底是怎么回事?”

“那时我们是幸福的[1]。”迪欧 · 格拉蒂亚斯说。

① 原文为法语。

第四部

第一章

1

奎里和柯林医生坐在医院的台阶上。清晨的气温很凉爽，每根柱子都投射出一道阴影，每块阴影里都蜷缩着一个麻风病患者。路那面，院长正站在祭台上做弥撒，因为这天正好是礼拜日。教堂并没有墙壁，只用砖砌起一些花格子遮挡阳光，所以奎里和柯林医生可以望到教堂里被分割成一块一块的做弥撒的教徒，像是拼板游戏的一块块图板。前排椅子上坐着修女，修女后面是坐在一英尺高的长凳上的麻风病人；凳子是用石头垒的，因为石头比木头更容易消毒，也消得彻底。从他俩坐的地方望过去，阳光东一条西一道地照射在修女们的长袍和黑人妇女的花衣服上，景象十分炫目。当那些黑人妇女跪下去祈祷时，她们腿上戴的金属环像念珠似的丁铃丁铃地撞击着。因为隔着一段距离又有砖墙挡住脚，那些残废人现在都变得像健康人一样了。医生身后的最高一层台阶上坐着一位患橡皮病的老人，他的肿胀的睾丸一直垂到第二层阶梯上。奎里和医生压低声音谈着话，为了不妨碍路那边正在进行的弥撒礼——神父的低沉的说教声、铃声、脚步擦地声和其他神秘的动作。他们早已忘记这些事的含义了；他们很久之前就不望弥撒了。

“真的不可能做手术吗?”奎里问。

“太危险了。他的心脏可能经受不住麻药。”

“这么说，他到死都得拖着这东西?”

“是的。但是并不像你想象的那么重。这有些太不公正了，对吗?除了麻风病之外还要受这份罪。”

教堂里，望弥撒的人群坐下来，随着传出一阵轻微的叹息声和身体移动的窸窣声。医生说:“总有一天我要从哪位阔佬身上挤出点钱来，给那些最严重的病人造几只轮椅。当然，这个人需要一张特制的。你这位有名望的教堂建筑师能为巨睾症设计一张轮椅吗?”

“我想法给你画张图。”奎里说。

院长的声音从路那边传过来。他使用的是法语和克利奥尔语的混合语，时不时还蹦出几个佛兰芒语词汇。有一两个词奎里估计是蒙果语或是沿河部落的语言:

“讲心里话，听到这个人劝我时讲的话，我感到羞愧。他对我说:‘你们基督徒都是贼——你们偷这个，偷那个，无时不偷。哦，我知道你们不偷钱。你们没有溜进托玛斯·奥斯陆的小屋中偷走他的新收音机，但是这并不能说明你们不是贼。你们是比偷收音机更坏的贼。你们看见一个人和他妻子生活在一起，他不打她，当她在医院里吃了药身体不舒服的时候还照料她，你们就说这是基督徒的爱。你们去法庭，听见一个公正的法官对一个从白人的柜橱里偷白糖的人说:“你犯了罪，但是我不罚你，而你，你也不要再到这儿来了。别再偷糖了。”你们听了这话就说这是基督徒的怜悯。可是当你们说这些话的时候，你们就是最大的贼——因为你们偷走了这个人的爱，偷走了那个人的怜悯。在你们看见一个人背上插着刀子，流血不止，奄奄一息的时候，你们为什么不说，“这是基督徒的愤怒呢?”’”

“我真的相信院长是在回答一些我向他提过的问题，”奎里说，他的嘴角一歪，柯林已经懂得这是他在表示笑意了，“不过当时我使用的词汇不同罢了。”

“亨利·奥卡巴有了一辆新自行车，在他自行车的闸皮被人卸掉的时候，你们为什么不说，‘这是基督徒的妒嫉’呢? 你们就像一个只偷好水果，却叫坏水果烂在树上的人。

“不错。你讲我是天字第一号窃贼，可我说你弄错了。任何一个人在法官面前都要为自己辩护。你们坐在教堂里的所有的人，你们现在都是法官，而这就是我的辩护。”

“我好久没有听神父讲道了，”柯林医生说，“这使你想起孩提时代那些漫长乏味的时刻，不是吗?”

“你们向耶稣祈祷，”院长接着说，他出于习惯扭动了一下嘴，仿佛是在把雪茄从一边嘴角移到另一边，“但是耶稣不仅仅是一位圣人。耶稣是上帝，是他创造这个世界。当你创作一首歌曲的时候，你本身也就在歌曲里面；当你烤制面包的时候，你本人也就在面包里面；当你生出一个婴儿的时候，你也存在于婴儿的身上。因为耶稣创造了世人，他就在你们每人身上。在你爱的时候，那是耶稣在爱，在你怜悯的时候，也是耶稣在怜悯。但是当你仇恨和妒嫉的时候，和耶稣却没有关系，因为创造出的一切都是好的。坏的东西根本没有——

它们是不存在的。仇恨就是没有爱，妒嫉就是没有公正。它们是耶稣应该占据的空间。”

“他是在用未经证明的道理作为证据。”柯林医生说。

“现在我告诉你们：当一个人爱的时候，他肯定是个基督徒。在这个村落里你们认为只有自己才是基督徒吗——只有你们这些到教堂来的人？有一个医生住在玛丽·阿金布家过去的一口井附近，他配制假药。他礼拜邪恶的上帝。但是有一次一个人病了，他的父母都在医院里，这医生就不要他的钱，他给他的当然是假药，但是他不收钱。他招待那个人吃了一顿丰盛的饭，他也没收钱。我可以说，这个医生也是一位基督徒，是一位比那个毁掉亨利·奥卡巴自行车的人更好的基督徒。他不信仰耶稣，但是他仍然是一个基督徒。我把他的仁慈偷走献给耶稣，我不是贼。我不过把耶稣创造的东西还给了耶稣。耶稣创造了爱，创造了仁慈。世上所有人身上都有耶稣创造出来的某种东西。从这点讲世上所有的人都是基督徒。所以说，我怎么可能是个贼呢？没有哪个人邪恶到这样的地步：在他的心中一次都不显示上帝赋予他的慈爱。”

“这么说我们两人都是基督徒了，”奎里说，“你觉得你是基督徒吗，柯林？”

“我对这个没有兴趣，”柯林说，“我希望基督精神能使可的松降点儿价，仅此而已。咱们走吧。”

“我不喜欢把事情搞得简单化。”奎里说，他继续坐在那里没有动。

院长继续传道："我并不是告诉你们为了爱上帝而去做好事。这非常困难。对我们绝大部分人都太困难了。但是如果你们因为一个孩子哭泣而表示怜悯，因为中意一位姑娘或某位年轻小伙子而表示爱，那就容易多了。这没有错，这是好事。千万记住你们感受的爱，你们显示的仁慈都是上帝赋予你们的。你们一定要使用这些感情，如果你们能向基督祈祷，也许事情就更容易一些，你们就能第二次、第三次显示仁慈……"

"就能第二次、第三次爱一个女人了。"奎里说。

"为什么不呢?"医生问。

"仁慈……爱……"奎里说，"他难道不知道人们也会出于爱或是出于仁慈而去杀人吗？一个传教士只能对着祈祷的人、对着参加礼拜的人们讲这些话；离开教堂这些话就毫无意义了。"

"我看这就和他想表达的意思完全相反了。"

"他想让我们因为爱而责备上帝吗？我倒宁愿责备人类。假如真有一个上帝存在的话，至少应该让他天真些。走吧，柯林，趁你还没有皈依上帝或是相信你真是一个不自觉的基督徒之前，快点走吧。"

他们站起身来，离开了嗡嗡的诵经声向诊室走去。

"可怜的人，"柯林说，"他过的日子很苦，可没有多少人感谢他。他为所有的人尽心尽力。假如让他觉得我心里还是暗暗相信上帝的话，对我不是一切都方便一些吗？很多神父不喜欢和无神论者为伍。"

"他从你这儿应该认识到，一个知识分子不相信上帝也完全可以生活下去。”

“我的日子比他好过多了——每天我的时间都被塞得满满的。我知道在一个人治愈了病的时候，他的皮肤试验会呈现阴性反应。但是对于一件善举却没有皮肤试验可以验明。在你跟着你的仆人走进森林的时候，奎里，你的动机是什么呢?”

“好奇心。骄傲。绝不是基督之爱，这点儿我可以向你保证。”

柯林说：“不管怎么说，你谈话的口气听起来还是像失掉了一件你所爱过的东西似的。我没有失掉。我觉得我一直很喜欢我周围的人。喜欢要比爱安全得多，它不需要哪个人为它牺牲。谁是你的牺牲品，奎里?”

“现在没人是我的牺牲品了。我安全了。我被治愈了，柯林。”他说最后一句话时并没有很大的信心。

2

保罗神父拿起一块所谓的奶酪酥，然后又为自己倒了一杯水，好使奶酪酥下咽时容易一些。他说：“奎里今天和医生一起吃午饭算是对了。你不能劝嬷嬷们变变饮食花样吗?不管怎么说礼拜天也该吃点儿好的啊。”

“她们做奶酪酥就是想款待款待我们，”院长说，“她们以为我们整整一礼拜都在盼着吃奶酪酥呢。我不想让这些可怜的人失望。她们放了不少鸡蛋。”

神父们的饭食都由修女们照料，把做好的食物从厨房送到餐厅每次都要在太阳底下走四分之一英里的路。那些修女们从没想到过这段路对奶酪酥也好、对肉馅菜卷也好，都是个大灾难，甚至对饭后的咖啡也是如此。

托玛斯神父说："我想奎里不太注意吃的问题。"他是这些神父中院长与之相处唯一感到不自在的人。他似乎仍然保留着神学院那种紧张、焦灼的态度。实际上，他离开神学院要比其他神父早得多，可是他好像注定一生永远是一个愁眉苦脸的年轻人。同成年人在一起的时候，他永远惶惑不安。这些人更关心的似乎是发电站和砌砖的质量，而不是人的灵魂。灵魂可以等待。灵魂是永远不死的。

"不错，他是一位不讨人嫌的客人。"院长说，有意避开托玛斯神父可能接着谈下去的话题。

"他是个了不起的人。"托玛斯神父尽力把话题拉回来。

"我们现在已经有钱给医院观察室配备一台电风扇了。"院长故意把话题引开。

"我们以后还要给宿舍安空调呢，"让恩神父说，"再有个商店，订一些有碧姬·芭铎相片的最新的电影画报。"让恩神父个子高高的，瘪谷脸，皮肤白皙，留着像从不修整的树篱一样的乱蓬蓬的大胡子。他在正式做神父之前研究伦理神学，很有成绩。现在他正小心翼翼地把自己培养成一个电影迷，好像这样就可以帮助他洗去不愉快的往事似的。

"我宁愿礼拜日午饭吃一个煮鸡蛋。"保罗神父说。

"臭鸡蛋煮了也不会好吃。"让恩神父说，他又拿起一块奶酪酥。尽管他老是一副病怏怏的样子，却同所有佛兰芒人一样，胃口永远好得出奇。

“她们要是能把鸡养好，鸡蛋是不会不新鲜的。”约瑟夫神父说，“我准备马上派些人，盖几个适合大规模养鸡的鸡舍。从她们的住处很容易把电线拉过去……”

菲利浦修士第一次开口讲话：“电扇，鸡舍……小心点儿，神父，发电机很快就会超负荷了。”在同那些他认为神职比他更高的人在一起时，他一向很少插嘴。

院长知道在他身旁的托玛斯神父这时心中正郁积着怒火。他巧妙地解围道：“那间新教室的事，神父，你需要的东西都有了吧？”

“都有了，只是还缺少一位有一点宗教信仰的老师。”

“噢，是吗？我看只要能教会字母就成了。总得分个轻重缓急。”

“我以为教义问答要比字母重要一些。”

“莱克尔今天早上打来一个电话。”让恩神父给院长解围说。

“他有什么事？”

“当然又是找奎里。他说他得到一个消息——关于一个英国人的什么事，可他不告诉我。他威胁说，只要渡口一通，他很快就来。我让他给我们带几本电影画报，可是他说他从不看那玩意儿。他还要请葛里苟-拉格朗神父做一个关于预定说的讲演。”

“有些时候，我真觉得奎里先生还不如别来好。”院长尽量把话说得很温和。

“可是我觉得他虽然给我们添了一些小小的麻烦，我们对他还是应该感到高兴的。”托玛斯神父说，“再说，他也没有弄得我们寝食不安。”他给自己拣的一块奶酪酥始终放在盘子里没有动。他把一小块面包揉成一个硬球，像吃药丸一样用水送了下去。“只要他住在这儿，人们就不会叫我们平静。奎里不只是一位名人，他的宗教信仰也很虔诚。”

“我可没觉得，”保罗神父说，“今天早上他就没参加弥撒礼。”院长又点燃了一根方头雪茄。

“不，他参加了。我向你保证，他的目光没有一秒钟离开过祭坛。他在路那边和病人们坐在一起。这和坐在前排背对着病人是一回事，对不对?”

保罗神父张嘴刚要回答，院长递过一个眼色把他止住。“不管话怎么说，这样看问题还是仁慈的。”院长说。他把雪茄烟放在盘子边上，站起身来对主表示了感恩，在胸上划了一个十字，接着重又把雪茄拿起来。“托玛斯神父，”他说，“我能单独和你说几句话吗?”

他带着托玛斯神父走进自己的房间，把托玛斯神父安置在文件柜旁边他为客人准备的一张椅子上。托玛斯神父坐得笔直，全神贯注地望着他，神情就像一条眼镜蛇盯着一只鼬鼠。“身上带着雪茄了吗，神父?”

“你知道我不抽烟。”

“当然，对不起。我脑子里想的是另一个人。椅子不舒服吗？可能弹簧都坏了。在热带坐弹簧椅真是愚蠢透顶，可这些椅子是随着一大堆其他破烂儿给我们送来的……”

“椅子很舒服，谢谢。”

“我很抱歉，你的教教义问答的老师不合你的意。你看我们已经有了三个班的男学生了，找个好老师不那么容易。嬷嬷们似乎比我们搞得好。”

“假如你认为玛丽 · 阿金布作老师合格的话。”

“我听阿格妮斯嬷嬷说，她工作很努力。”

“当然，假如你把每年跟一个不同的男人生一个孩子叫作努力工作的话。我看让她带着摇篮在教室里上课很不合适。她现在又怀孕了。这给学生们树立的是什么榜样啊?”

“噢，不错，你知道，不同的国家有不同的习俗[①]。我们到这儿是来帮助，不是来谴责人家的，神父，而且我觉得我们也不好插手嬷嬷们分内的事。她们比我们更了解年轻的女人。还有，你应该知道，这里的人没有几个知道自己的生身父亲到底是谁。孩子是属于母亲的。可能这正是为什么比起新教来，孩子们更喜欢我们、更喜欢圣母的原因。”院长在寻找合适的词汇，“让我想想，神父。我记得你和我们一起——已经有两年了吧?”

“到下个月整两年。”

“我觉得你的营养不够。这种奶酪酥不是很能引起人们胃口的……”

---

① 原文为法语。

“我对奶酪酥倒没有什么。我现在凑巧因为个人的一点儿事进行斋戒。”

“你的告解神父一定同意你这样做了?”

“只斋戒一天，用不着征求他的同意啦，神父。”

“选中吃奶酪酥这天倒是个好主意，可是你知道这里的气候欧洲人很难适应，特别是初来乍到。等六年过去，我们适应了，也轮到我们回去的时候了。有时候我都有些害怕回国。刚回国的几年……千万别自己开车。”

“我看不出来自己开车有什么不合适，神父。”

“我们的第一个职责，你知道，就是要活下来，即使这意味着做事要稍微松弛一些。你具有伟大的自我牺牲精神，神父，这是一种高尚品质，但这并不是一种战场上永远需要的精神。一个优秀的战士绝不会自己去寻找死亡。”

“我真不知道……”

“我们所有的人有时都会感到束手无策。可怜的玛丽·阿金布，我们不得不凑合着点儿，有什么材料就使用什么材料。就是在列日[①]的某些教区我也不敢保证你准能找到更合适的人才，虽然有时候我也想，里日的日子会好过得多。并不是每个人都适合于到非洲来做教会工作的。如果一个人不能适应这里的生活，他完全可以要求调走，这算不得丢脸的事。你睡眠好吗，神父?”

① 列日，比利时东部的城市。

“我的睡眠足够了。”

“你也许应该让柯林医生检查一下身体。在必要的时候，服上一片什么药还是很有好处的。”

“神父，为什么你这么不喜欢奎里先生？”

“我希望不是这种情况。我没有觉察出我有这种表现。”

“像他这样有名声、地位的人——他是世界闻名的人，神父——即使保罗神父从来没听说过这个名字。换了哪一个肯默默无闻地呆在这儿，帮助我们建造医院呢？”

“我不管他是什么动机，托玛斯神父。我只是希望我带着感激之情接受他为我们所做的贡献。”

“可是，我这个人是要研究别人动机的。我和迪欧·格拉蒂亚斯谈过。我真希望我也能像奎里那样，深夜到森林里去寻找一位仆人。可是我怀疑……”

“你害怕黑暗？”

“我是害怕，尽管承认这一点叫我觉得很惭愧。”

“这么说你需要的是更多的勇气。可是我还得想办法知道一下有没有什么叫奎里先生感到害怕的。”

“是吗？他那样做不是一件英勇的行为吗？”

“噢，不是这么回事。一个无所畏惧的人就和一个没有心肠的人一样，使我感到不安。恐惧能够使我们避免很多灾难。当然我不是说奎里先生……”

“整夜守着他的仆人，为他祈祷，难道这是没有心肠的表现吗？”

“他们在城里是这么说，这我知道，不过他当时真的祈祷过吗?奎里先生告诉医生的时候可没有这么说。”

“我问过迪欧·格拉蒂亚斯。他说是。我问他奎里念的是什么祈祷经——是不是圣母经。他说是。”

“托玛斯神父，你在非洲再住一段时候，就能学会不向非洲人问这些他可以回答‘是’的问题了。他们回答你‘是’是出于礼貌。这种回答一点儿意义也没有。”

“我在非洲已经住了两年，我觉得我能够分辨出一个非洲人说的是真话，还是假话。”

“他并不是在说假话。托玛斯神父，我完全理解你为什么那么崇拜奎里。你们俩都是走极端的人。不过在我们这种生活里，最好还是不要有英雄——就是说，最好还是不要有什么活着的英雄。我们已有的圣徒已经够了。”

“你的意思是说世上没有活圣徒?”

“当然不是这个意思，可是在教会承认他们之前，我们还是不要自作主张。这样我们就不会过于失望了。”

3

托玛斯神父站在他房间的纱门前面，透过网眼注视着病院灯光昏暗的甬路。他身后的桌子上放着一根点着的蜡烛，在没有灯罩的电灯泡下发出苍白的光芒；再过五分钟就要停止供电了。这正是他恐惧的时刻，就是祷告也无法驱散他对黑暗的恐怖。院长的话又唤醒了他心中对欧洲的思念。可能列日是一座丑陋、野蛮的城市，但是在那里，如果夜间掀起窗帘绝不可能看不见照在对面墙上的灯光或是晚归的行人。而在这里，晚上十点钟发电机停止运转后，却需要一个坚定的信念才能相信森林并没有逼近到你的房间门槛前。有的时候他甚至都能听到树叶蹭着系蚊帐的绳子，刷刷作响。他看了看表——还有四分钟。

他向院长承认了他害怕黑暗。可是院长却根本不理会他这种恐惧心理。他很想把自己的心里话说一说，可是他不能向他的会友坦白，正像一个士兵不能向他的战友坦白承认他的怯懦似的。他不能对院长说："我每夜都祈祷，不要叫我去照看医院里或是小厨房里垂死的病人吧，不要叫我点亮自行车的车灯，独自骑车驶过暗夜吧。"几个星期之前就有一个老人这样死去了，那次是约瑟夫神父去料理后事的。尸体坐在一张东倒西歪的帆布椅上，膝盖上放着一个信奉恩赞比的偶像或是类似的玩艺儿，脖子上却挂着一块圣章。因为找不到蜡烛，约瑟夫神父只好借助车灯的光亮给死者行涤罪礼。

他相信院长不喜欢他对奎里的崇拜。他觉得他的同伴们把生命都耗费在一些琐碎的小事上，他们经常在一起谈这些问题：脚盆的价格啊，发电机出了故障啊，砖瓦窑窝了工啊，等等，但是他却找不到一个人谈谈他感到忧虑的问题。他羡慕婚姻美满的人，他们在床上和饭桌上总有个可以说说知心话的伙伴。托玛斯神父把自己献给了教会，而教会却只是用告解室里的那些陈词滥调来回答他的心里话。他清楚地记得，就是在神学院里，只要他谈的问题稍稍超出一点儿常规，听告解的神父就把他的话打断。不管你的思想朝哪个方向走，“疑虑”总像一块交通标志牌那样竖在前面，把你的去路挡住。“我想要找人谈谈，我想要找人谈谈，”托玛斯神父在发电机沉寂下来、所有的灯光都熄灭以后不出声地对自己喊道。有人在黑暗中向露台走来；脚步声经过保罗神父的门口，马上就要从他的门口走过去了，这时候他叫了一声：“是你吗，奎里先生?”

“是我。”

“你不进来坐一会儿吗?”

奎里打开门，走进蜡烛的小小的光环里。他说：“我刚才向院长说明小浴盆和脚盆不是一回事。”

“你为什么不坐一会儿？我从不这么早睡觉，我的眼睛又不好，蜡烛光下看不了书。”只这一句话，他向奎里坦白的已经比以往这么长时间向院长坦白的还要多了。他知道，要是他向院长这么说，院长一定会给他一只手电筒，还会答应他在停电以后愿意阅读多久就阅读多久，但是这种额外的恩典只会引起别人对他弱点的注意。奎里看看四周有没有椅子。屋里只摆着一把，托玛斯神父赶紧把床上的蚊帐往后掀了掀。

“到我屋里去吧，”奎里说，“我那儿还有点威士忌。”

“今天我斋戒，”托玛斯神父说，“就坐那把椅子吧，我坐在这儿。”蜡烛的火焰笔直朝上，顶端冒着黑烟，像一支画笔。“你在这儿过得还好吧?”托玛斯神父说。

“大家对我都很好。”

“自从我到麻风病院以后，你还是第一个到这里来访问的客人。”

“是吗?”

托玛斯神父生着一个瘦长的鼻子，鼻子尖古怪地歪向一边，这使他的样子看去像是在嗅旁边飘来的什么气味。“要使自己的生活在这里合辙，得有一段时间。”他神经质地笑了起来，“可我不敢肯定我自己的生活是不是已经合辙了。”

“我明白你的意思。”因为没有别的话好说，奎里只回答了这么一句客套话，可是这句老生常谈马上就被托玛斯神父像一口酒似地吞咽下去。

“是啊，你的理解力很好。我有时候觉得一个世俗的人理解力比神父还强。”他又加了一句，“有时候信仰也更深。”

“就我来讲，可绝不是这么回事。”奎里说。

“我这话和谁都没说过，”托玛斯神父说道，那神情就像给了奎里一件什么宝贵物品，会使奎里永远欠着他的情似的，“在我从神学院毕业以后，我有时候想只有殉教才能拯救我自己——假如我能在失去一切以前死去就好了。”

“一个人不会死的。”奎里说。

“我希望被派到中国去，可是他们没有要我。”

“你在这里工作同样有价值。”奎里说，他就像是在发牌一样飞快地、机械地回答着托玛斯神父的问题。

“教字母?”托玛斯神父在桌上移动了一下身体，蚊帐一下子掉下来蒙在他的脸上，像是一块新娘的面纱或是养蜂人的面罩。他撩了撩，但没撩上去，就仿佛一个无生命的物件也有足够的意识知道这是折磨人的最好时刻似的。

“好啦，该睡觉了。”奎里说。

“对不起。我知道我妨碍你睡觉了。我使你厌烦了。”

“一点也不，”奎里说，“再说我睡眠很不好。”

“是吗？天气很热。我也是这样，一天睡不了几个小时。”

“我可以给你几片药。”

“不用，不用，谢谢你。我很习惯这里的生活——是上帝派我到这里来的。”

“你一定是自愿来的吧?”

“当然了，可要不是主的意旨……”

“也许主的意旨要你服一片南布脱安眠药。我这就去给你取一片来。”

“和你谈一会话对我要好得多。你知道，在教会里一个人根本不能谈话——不能说任何重要的事。我是不是耽搁你的工作了?”

“我在蜡烛光下没法儿工作。”

“我这就放你走。”托玛斯神父说，勉强做了一个笑脸，之后又沉默不语了。森林可能正在逼近，但是终于有一个人给他作伴了。奎里就坐在他跟前，两只手夹在膝盖中间，等待着。一只蚊子在蜡烛火焰旁边嗡嗡地飞着。在托玛斯神父心灵里，想和第二者谈谈心里话的欲望就像性欲的高潮一样无法控制了。他说：“你不会明白，有的时候一个人多么需要找一个志同道合的人谈一谈，使自己的信念更加巩固。”

奎里说：“你可以同那些神父们谈。”

“我们的话题只局限在发电机和学校这些事上，”他说，“有时我觉得，要是我在这里呆下去的话，我可能要把自己的信仰丢个精光。你明白我的意思吗?”

“哦，明白，我懂你的意思。可是我觉得，这些话你应该找你的告解神父去谈，不应该同我谈。”

“迪欧·格拉蒂亚斯对你谈了，是吗?”

“谈了，不过不多。”

“人们愿意同你谈话，莱克尔就……”

“绝没有这种事。”奎里不安地在硬椅子上移动了一下身体，“我能够同你讲的，对你不会有任何帮助。你必须相信我的话。我不是一个——有信仰的人。”

“你很谦虚，”托玛斯神父说，“这一点大家都看到了。”

“假如你知道我骄傲的程度……”

“为建筑教堂、建筑医院而感到骄傲，这不是坏事。”

“你千万不要用我来坚定你的信仰，神父。我是没有这种力量的。我不想说什么刺激你的话——可是我真没有什么东西好给你，——什么也没有。除非在军队服役和在监狱里，我甚至不承认自己是天主教徒。我只是从法律角度上来看是个天主教徒，如此而已。”

“我们两人都抱着怀疑的态度，”托玛斯神父说，“也许我比你更甚。甚至当我站在祭坛上，手里拿着圣体的时候，怀疑也常常到我心头来。”

“我早就不再怀疑了。神父，假如要我说实话，我根本不信上帝。一点儿都不相信。这是从我自己的一套思想摸索出来的结论——正像我对女人的看法一样。我不想劝说别人放弃信仰，甚至不想叫他们感到不安。假如你允许的话，我想保持缄默。”

“你想象不出这场谈话给我多大的好处，”托玛斯神父兴奋地说，“这里没有一个神父，我同他能像同你这样谈话。有的时候一个人真需要找一个同自己有同样弱点的人谈谈心呵。”

“可是你误解我了，神父。”

“你难道还不清楚，也许你这种精神空虚是上帝给你的恩宠吗？很可能你现在走的是圣十字约翰[①]走的路，正在经历‘灵魂的暗夜’呢。”

“你说得太玄了。”奎里边说边作了一个绝望、也许是反对的手势。

“我一直对你进行观察，”托玛斯神父说，“我会判断一个人的行动。”他向前凑了凑，脸几乎挨到奎里的脸上，连他身上涂的避蚊油的味奎里都闻到了。“从我到这儿来以后，我第一次觉得自己还有点用。如果你什么时候要悔罪，千万记着来找我。”

“我只可能对治安推事悔罪。”奎里说。

---

① 圣十字约翰，十六世纪赤脚嘉梅尔教派（一称白袍僧）的创始人，著有《灵魂的暗夜》等宗教书籍。

“哈哈，”托玛斯对待这句玩笑话就像对待小学生的皮球一样，在半空中就把它截住，立刻没收到自己的法袍下面了。他说：“你的那些怀疑，我向你保证，我也知道得很清楚。但是难道我们不能从哲理的角度探讨一下吗……这对我们双方都有好处。”

“对我一点儿好处也没有，神父。任何一个十六岁的中学生都可以把它们批驳得体无完肤，而且不管怎么说，我根本不需要帮助。我不希望把话说得太苛刻，神父，但我就是不想再信仰什么了。我已经治愈了。”

“可我从你身上比从这里任何其他人身上看到更多的信仰，这又是为什么呢?”

“因为在你自己心里有信仰，神父。你在寻找它，而且据我看，你也找到了。可是我并没有寻找。我不想要任何我所熟知、又已失去的东西了。如果信仰就长在林荫道尽头的一棵树上，我向你发誓，我也绝不会再往那儿走了。我不是想说什么伤害你的话，神父。假如我有这份能力的话，我一定帮助你。假如你因为怀疑而痛苦，显而易见你感到的是信仰的痛苦，我祝你一切顺利。”

“你真的把什么都看清了吗?”托玛斯神父说。奎里实在抑制不住自己，不禁露出疲倦、厌烦的神色。“别生气。可能我了解你比你自己了解自己更清楚。我还从没有发现人对人这么了解，在全以色列也没有，假如你可以管我们这个团体叫以色列的话。你做了那么多的好事。也许——再找一个晚上——我们可以再在一起谈谈。谈谈我们的问题——你的问题和我的问题。”

“也许，但是——”

“为我祈祷吧，奎里先生。你的祈祷我是很看重的。”

“我不祈祷。”

“可是我从迪欧·格拉蒂亚斯那里听来的跟你说的不同，”托玛斯神父说着笑了笑，他的笑容像是一根甘草棍儿，黑黑的、甜甜腻腻的、挂在脸上很久也不消失。他说：“你要知道，有一种内心的祈祷，不出声音的祈祷。当一个人对别人充满良好的祝愿时，甚至有不知不觉的祈祷。你的一个思念在上帝眼中就可能是一种祈祷。只要你偶然想到我就成，奎里先生。”

“当然我会想到你。”

“你对我有很大的帮助，我愿意我对你也能这样。”他顿了顿，仿佛是在等着对方提出请求，但是奎里只把一只手举到脸上，拂掉了一只蜘蛛在他和房门之间吐的一根游丝。“我今天夜里可以睡觉了。”托玛斯神父预言道。

第二章

1

大约每月两次，主教的小轮船定时给医院运来大宗供应物品，但是有的时候也可能一连几个星期不露面，他们只好强耐着性子等着轮船到来。有时奥特拉柯公司运送邮件的小船船长会带来它的这家竞争对手的消息——河里的一块暗礁把主教小轮船底剐破了；搁浅在泥泞的岸边了；船舵被沉在河里的树干撞歪了；船长发高烧病倒了；再不然就是主教派他去教希腊语，一时找不到合适的神父接替他的职务。教会里没有什么人愿意干这个差事，当船长不需要任何驾船知识，甚至用不着懂得机械，因为实际上负责引擎与船桥上事务的是一位非洲籍大副。每一次航行都要在河上孤独地过四个星期，每到一个停泊处都要设法寻找一些没有和奥特拉柯公司签订合同的货物，这种生活同在吕克的教堂里工作或者哪怕是在丛林里的神学校中任职相比，条件差远了。

黄昏的时候麻风病院的人听到误期很久的汽船上传来的钟声。柯林和奎里也听到了钟声，当时他们正坐在医生住房的露台上喝夜晚的第一杯酒。“终于来了，”柯林说着，喝干了杯中的威士忌，“但愿他们这次把新爱克斯光机运来了……”

沿着长长的通道，白色的花朵在傍晚开放了；晚饭的炊烟已经升起，仁慈的黑暗终于降临，遮盖住丑陋与残废的肢体。夜晚的嘈杂声响还没有开始，四周一片宁静，就像一朵你可以触摸得到的花瓣，像是你可以嗅到的一股木柴的青烟。奎里对柯林说，“你知道我在这里很幸福。”虽然话刚一脱口他就把嘴闭住，这句像是供词的话却已逃到夜晚芬芳的空气里去了。

2

“我还记得你来的那天，”柯林说，“你就是沿着这条路走来的，当时我还问过你，准备在这里呆多久。你说——记得吗？——”

奎里一言未发，柯林看得出来他已经后悔自己刚才说的话了。

白色的汽船缓慢地从河流的转弯处驶过来；船头亮着一盏灯，客舱里点燃着一盏汽灯。一个除了腰下围着一块布便一丝不挂的黑色人体一动不动地站在浮筒边，手里拿着一根缆绳准备抛出去。身着白色法衣的神父们聚集在走廊上就像一群蛾子拥在蜜糖罐的周围。柯林回头望了一眼，看见院长的雪茄烟的闪亮正跟在他们后面。

柯林和奎里在河边陡峭的岸边停住了。一个非洲人从浮筒上跳到水里，向岸边游过来，引擎慢慢停了下来。他接住绳子，把它系在一块石头上；甲板上堆满货物的汽船靠了岸。一名水手架好一块板子，一位妇女登上了岸，头上顶着两只活火鸡；她摆弄了半天裙子才把它系好。

“繁华世界到我们这儿来了。”

“你指的什么?”

船长从客舱的窗口向岸上挥着手。狭窄的甲板上，主教的舱门关着，但一缕微光还是从防蚊纱帘后边透过来。

“哦，你永远猜不出汽船每次会运来什么。它不是把你也带来了吗?”

“他们好像有一名旅客。”奎里说。

船长从窗口对他们作着手势，示意叫他们到船上去。“他哑了?”院长一边说一边凑到他们身旁，接着他拢起双手，作了个喇叭形放在嘴边，大声喊道:“喂，船长，你误期了。”白色法衣的袖子在暮色里挥动了一下，船长伸出一个指头放在嘴唇上。“噢，上帝啊，”院长说，“他把主教带来了吗?”院长第一个走下岸坡，跨过舷板。

柯林说:“你先走。”他知道奎里有些犹豫，他说:“我们可以去喝一杯啤酒。这是惯例。”但奎里还是没有动。“船长一定很高兴又见到你。”他继续说道，一只手托在奎里的肘下帮助他走下岸坡。院长正在女人、山羊和甲板上散乱堆放的盆盆罐罐中穿行着，向引擎旁的铁梯子走去。

“你怎么说繁华世界?”奎里说，“你不是真的觉得……”他突然打住话头，目光望着他曾经住过的小客舱，客舱里的烛光被河上的微风吹得摇曳不定。

“不过是句玩笑话，”柯林说，“我问你——这不像是繁华的世界吗?”非洲的夜幕降临得很快，船一下子就被黑暗笼罩住，只有主教舱中的蜡烛和客舱中的汽灯闪着光亮。汽灯下两个白色人影正在互相问候。梯子下面还点着一盏防风灯，旁边坐着一名妇女在给丈夫作晚饭。

“我们走吧。”奎里说。

船长在梯子顶端迎接他们。他说：“你还在这儿，奎里。又看见你真高兴。”他的声音很低，好像在说什么隐秘话。客舱里啤酒瓶已经打开，在桌上摆好。船长把门关上，第一次抬高了嗓门说：“快把它喝了，柯林医生。我这儿有一名病人等着你呢。”

“船员吗?”

“不是船员，”船长一边说一边举起酒杯，“一名真正的乘客。两年来我只有过两名真正的乘客，第一位就是奎里先生，现在又来了这个人。一位付钱的乘客，不是神父。”

“什么人?”

“他是从外面繁华世界到这儿来的，”船长说，这正好应了柯林那句话，“这可苦了我。他不会说佛兰芒语，法语也不行。在他发烧病倒以后，事情就更麻烦了。我真高兴船已经到达目的地了。”说完了这些话他似乎又恢复往常那种寡言少语的习惯了。

“他干吗要来这儿?”院长问。

“我怎么知道？我告诉你——他不会说法语。”

“他是医生吗?”

“肯定不是医生，不然他也就不会因为发点儿烧就吓成这个样子。”

“也许我应该立刻去看看他，”柯林说，“他讲什么语言?”

“英语。我试过和他讲拉丁语，”船长说，“我甚至也试过希腊语，但是没有用。”

“我会说英语。”奎里不大情愿地说。

“他发烧发得厉害吗?”柯林问。

“今天最厉害。明天就会好些了。我对他说，‘过去了’[①]，可是我觉得他一定以为我是说他就要死了呢。”

“他在哪里上的船?”

“吕克。莱克尔把他介绍给主教的，我这么想。他没有赶上奥特拉柯公司的船。”

柯林和奎里沿着狭长的甲板向主教的舱房走去。甲板尽头挂着一条变了形的救生带，像是一条干鳝鱼。他们走过淋浴间、厕所，厕所的门已经破烂不堪，紧挨着厕所放着一张餐桌和一个圈着两只兔子的木箱，兔子在黑暗里啃着什么。船上什么都没变样，也许只有兔子已经不是原来的两只了。柯林打开舱房的门，里面挂着那张覆盖着白雪的教堂照片。但是在那张奎里觉得应该还留着自己躺过痕迹的凌乱的床上，如今却躺着一个赤身露体的肥胖男人。这个人仰面朝天躺着，脖子上挤出三条肉缝，像排水沟一样，缝里充满了汗水，一直淌到枕头上脑袋陷进的凹坑里。

“我想我们得把他弄到岸上去，”柯林说，“不知道神父那儿还有没有空房。”桌子上放着一架禄莱福莱照相机和一只莱明顿牌手提

① 原文是拉丁语。

打字机，打字机上卷着一张纸，上面已经打了几行字。当奎里把蜡烛拿近一些时，他看清上面有一句英语：“永恒的森林笼罩着河岸，多少年来一直没有变化，自从斯坦利[①]和他的小队——”句子没有标点就中断了。柯林拿起那个人的手腕，摸了摸他的脉搏说：“船长说得对。过不了几天他就可以下床。这一觉过后烧就会退了。”

“那为什么不让他留在这儿呢?”奎里说。

“你认识他吗?”

“从来没见过。”

“我刚才听你的话好像你有些担心，”柯林说，“要是他的船费只付到这儿，我们就不好让他坐船回去了。”

柯林放下那个人手腕的时候，他醒过来了。“你是医生吗?”他用英语问。

“我是。我是柯林医生。”

“我是帕尔金逊，”那个人坚定地说，听上去倒仿佛他是帕尔金逊一族人中的唯一幸存者似的，“我快死了吗?”

“他想知道他是不是快要死了。”奎里翻译道。

“这儿他妈的简直热得让人受不了。”帕尔金逊说。他望着奎里，“感谢上帝，到底来了一个会说英语的人。”他把头转向打字机，又说：“白种人的坟墓。”

“你的地理位置搞错了，这不是西非。”奎里冷冰冰地纠正

① 亨利·莫尔顿·斯坦利爵士(1841—1909)，英籍非洲探险家。

他说。

“他们不会知道这他妈的有什么区别。”帕尔金逊说。

“斯坦利从来没有到过这儿。”奎里继续说，一点儿也不想掩盖他的敌意。

“不，他来过。这条河不是刚果河吗?”

“不是刚果河。一个星期之前你离开吕克就不是刚果河了。”

那个人语义不清地说：“他们不会知道这他妈的有什么不同。我的头都快炸了。”

“他说他的头不好受。”奎里告诉柯林。

“告诉他，我们把他弄到岸上以后我会给他开点儿药的。问问他能不能走到神父宿舍那儿去。要是抬他可太重了。”

“走路!”帕尔金逊惊呼道。他扭了扭脑袋，汗水顺着脖子上的肉沟全部流到了枕头上，“你要我死吗?这可他妈的是个好故事，除了我谁都爱听。帕尔金逊安息在斯坦利曾经……”

“斯坦利从没到过这儿。”奎里说。

“我不管他来过没来过。为什么老是谈这个问题?我热得要命。应该有一台电扇。如果这家伙是医生，为什么他不能把我送进一家像样的医院去呢?”

“我怀疑你会不会喜欢进我们的医院，”奎里说，“这里的医院是给麻风病人看病的。”

“那么让我呆在船上吧。”

“船明天就回吕克。”

帕尔金逊说："我听不懂这位医生的话。他医术高明吗？我可以相信他吗?"

"不错，他是一位好医生。"

"可是他们从不对病人讲真话，不是吗?"帕尔金逊说，"我父亲临死的时候还认为他得的病只不过是十二指肠溃疡呢。"

"你不会死的。你不过是染上了疟疾。发作期已经过去了。你要是能自己走上岸，对我们大家都方便得多。除非你愿意回吕克去。"

"只要我开始一件工作，"帕尔金逊含糊不清地说，"就要把它完成。"他用手抹了抹脖子上的汗。"我的腿和面条一样软，"他继续说，"我肯定掉了几十磅体重。我怕的是心脏吃不住劲儿。"

"别同他废话了，"奎里对柯林说，"我看只好找人把他弄上岸了。"

"我去安排一下。"柯林说完就走了。当舱里只剩下他们两人时，帕尔金逊说："你会照相吗?"

"当然。"

"用闪光灯呢?"

"也行。"

他说："你能不能帮我一个忙？在把我往岸上抬的时候给我拍几张照片。尽量照出点气氛来——你知道该照什么，几张黑人的面孔围在我周围，焦虑、怜悯……"

"他们为什么要焦虑?"

"很容易做到，"帕尔金逊说，"他们担心把我摔了，自然会有这种表情——那些人看不出这里面的区别来。”

“你要这种照片作什么?”

“这正是他们喜欢要的东西。照片是不会骗人的，人们都这样认为。你知道，从你进到这间舱房，我就又能说话了，我的病好多了。我的汗也不像刚才那么多了，是不是？而且我的头……”他小心翼翼地扭了扭头，呻吟了一声，“是啊，假如我没有染上疟疾，我敢说我也得装一装。这种事最能引起人们的同情心。”

“如果我是你的话，我就少说点儿话。”

“我这趟航程总算到头了，我他妈的真高兴。我说的是真话。”

“你到这儿来干什么?”

“你认识一个叫奎里的人吗?”帕尔金逊说。

他挣扎着侧过身来，脸上的汗珠和大片的汗水反射着蜡烛光，就像雨后一条人来人往的马路。奎里肯定在这以前他从没见过这个人，他一下子想起柯林对他讲过的话：“繁华世界到我们这里来了。”

“你找奎里干什么?”他问。

“我的工作需要找找他。”帕尔金逊说。他又开始呻吟起来，“这可不是好玩的。关于医生的事儿你没骗我吧？他说了些什么?”

“什么也没说。”

“是我的心脏出了毛病，我刚才就告诉你了。一个星期体重掉了二十八磅。本来很结实的肌肉都松软了。要我告诉你一个秘密吗？这位天不怕地不怕的帕尔金逊有的时候却怕死。”

“你是谁?”奎里问。那人带着令人恼怒的冷淡神情转过脸去，闭上了眼睛。很快地他又睡着了。

他们把他抬到岸上的时候他并没有醒过来。他们把他用雨布裹起来就像抬着一个死人去下葬一样。六个人才抬得动他，弄得抬他的人彼此碍手碍脚，连步子都迈不开。在往岸上走的时候，一个人脚下一滑，摔倒了。幸亏奎里一把扶住才没有把帕尔金逊摔下来。帕尔金逊的头撞了他的胸膛一下，一股头油气味污染了夜间清新的空气。他从没抬过这么重的东西，当他们把帕尔金逊抬上岸坡以后，累得他气喘吁吁、汗流浃背。他们朝着托玛斯神父走去；托玛斯神父站在那里，举着一盏防风灯。另一名非洲人把奎里接替下来，奎里和托玛斯并排走在后面。托玛斯神父说："你不该干这个——这么重，天气又这么热——，像你这样年纪的人太不顾惜自己了。这个人是谁?"

"我不认识。一个陌生人。"

托玛斯神父说："也许从不顾惜自己身体这一点就能判断你是怎样一个人。"院长雪茄的亮光穿过黑暗向他们凑过来。"在这个地方是找不到那么多舍身为人的人的，"托玛斯神父有些恼怒地接着说，"我们这些人考虑的不过是砖、砂浆和每月的账单，绝没有想到耶利哥的路上的撒玛利亚人[①]。"

"我也一样。我不过帮了他们几分钟的忙。这没有什么。"

"我们本应该向你学习。"托玛斯神父一边说，一边挎住奎里胳膊的上部，就好像奎里是一个需要门徒搀扶的老人。

---

① 见《路加福音》第十章。耶利哥是巴勒斯坦的一个古都。

院长赶上他们。他说："我还没想好把他安置在什么地方。我们连一间空房都没有。"

"就让他住在我的屋里吧。我那地方够两个人住的。"托玛斯神父说着捏了捏奎里的胳膊。他仿佛叫奎里知道："我至少从你身上学习了一些好品质。我和我那些兄弟们并不一样。"

第三章

1

柯林面前摆着一张硬纸卡，纸卡上画着一个人体的轮廓。人体图是他自己画的；硬纸卡是他发现国内绝对不可能寄来后在省会吕克订做的。毛病就出在这种卡片价钱太低，凡是他向国内提出的购物单都要经过机关里的文件格，有一些用品就像细砂子似的从文件格上筛了下去。部里的下层官员谁也没有权利批准六百法郎的开支，但是也没有谁有这样的勇气，敢于为他提出的这一笔琐屑的开销去和上级办交涉。现在他每次使用这种卡片时，都为自己笨拙的图画生气。他用手指摸了摸一个病人的后背，在左肩胛骨下面发现一个新的硬块。他把这一病变在人体图上标明，接着又叫下一个病人。如果新医院已经建成、测试皮肤温度的仪器安装了起来，说不定他早已发现这一病灶了。“我已经干了些什么，这倒不关紧要，”他想，“问题是我还要干什么。”对于柯林医生来说，这句乐观的话语含有讽刺意味。

他刚到这个地方时，吕克住着一个开小铺的希腊老头，已经快七十岁了，人人都知道这人寡言少语。几年以前他娶了一个年轻的非洲女人，既不会读书也不会写字。人们都很奇怪，这两个人怎么会在一起相处。希腊人年纪很老，不爱说话，而那个非洲女人又那么无知。

有一天这个希腊人看见他铺子里的售货员在货栈里一些咖啡袋子后面正同自己的老婆谈情说爱。他当时什么也没说，但是第二天就到银行里把他的存款全部提了出来。大部分存款他都放在一只信封里，写上本地一个孤儿院的地址寄了出去(孤儿院里收容了很多父母都不要的混血儿)。剩下的钱他带在身边，走到山上法院后面的一家出售旧汽车的店里。他买了一辆价钱最便宜的汽车。汽车又老又破，可能因为这位经理同希腊人是同乡吧，商店的经理真有点儿不好意思卖给他。这辆汽车只能从山上推下来才能发动起火。但希腊老头说他不在乎，他一生中唯一梦想的就是在死前能够开一次汽车——如果你愿意的话，也可以把这叫作他的奇思怪想吧。于是卖汽车的人教给他怎样换挡、怎样踩油门，最后在汽车后面跑着推了一程，把汽车发动起来。老头开着汽车来到吕克的广场；他经营的商店就在广场上。他一到广场就拼命按喇叭，惹得行人都驻足观看——快七十岁的老头第一次学开汽车真是奇观。在他经过自己的店铺时，他雇用的那个售货员也到门口来看热闹。老头儿开着汽车又绕着广场转了一圈儿——他不能把车停住，因为车在平地一停下来就发动不起来了。他再次转过来的时候，售货员正在店铺门口向他挥手打气。这时只见他把方向盘一扭，脚下一加油门，汽车一下子从售货员的身上轧过去，闯进店铺里，直撞到现金收入记录机上才停住。希腊老头儿这时不慌不忙地下了汽车，对自己惹的这场祸连看也不看一眼，就走进自己的起居间，等着警察光临。售货员并没有死，但是两条腿都被轧断，骨盆也被挤碎，对于女人说来从此以后就是个废物了。没过多久，警察专员走了进来。专员是个年轻人，这是他遇到的第一个案件，希腊人在吕克的身份又比较高。“你干了什么事啦?”专员在走进起居间以后问道。“我干了什么事倒没有什么要紧，”老头儿说，“问题是我还要干什么。”话一说完，他就从椅垫下面掏出一支手枪，对准自己脑袋开了一枪。从发生了这次事件以后，柯林医生经常重复希腊老头儿措辞审慎的话，他好像很能从中取得安慰。

他继续喊下一个病人。这一天天气热得出奇，而且非常潮湿。病人不多，个个无精打采。人们从来也无法适应自己当地的气候，医生每次想到这件事都感到很惊奇。非洲人同欧洲人一样怕热，正像他过去认识的一个瑞典人非常不习惯北欧的漫漫寒夜，倒好像这个人是出生在温暖的南方似的。下面一个来到医生面前的人躲着医生的目光，不看他的眼睛。他在病历上登记的名字是阿屯申[①]，但是他现在的心思肯定是在另外什么地方。

“又犯了那天夜里的那种病了吗?”医生问。

病人从医生的肩头望过去，好像他非常害怕的一个人正在从医生背后走过来。“是的，”他说。他的两只眼睛非常昏浊，布满血丝。他的胸部凹陷，两个肩膀向前耸着，像是在把两页书折起来，不叫人看见里面的什么东西。

“很快就会过去的，”医生说，“你要忍着一点儿。”

“我很害怕，”病人用当地的土话说，“夜里请你叫人把我的两

① “阿屯申”英语有注意的意思，所以作者有下面这句话。

手捆起来。”

“有那么严重吗?”

“是的，我担心我的孩子。他就睡在我旁边。”

服用 D. D. S. 治疗麻风病不是一个简单的疗法。服药后的反应有时是非常可怕的。如果只是神经疼痛，可以叫病人服用可的松；但也有些病人夜里神志混乱，出现癫狂的迹象。这个病人说:“我害怕我会把自己的孩子掐死。”

医生说:“这种现象会过去的。再过一夜，就不会犯了。记住，你一定要挺过来。你会看表吗?”

“我会。”

“我给你一个小座钟，能发光的，夜里你可以看。八点钟开始你就不舒服了。十一点你会觉得很难受。不要挣扎。我们要是把你的手绑起来，你反而会挣扎的。你只要看着钟就行了，但是这以后就开始好转了。三点的时候，你还会有一点儿难受，但同现在差不多。三点钟过后，就一点儿一点儿地好起来了——癫狂劲儿就慢慢过去了。你只要看着钟、记住我告诉你的话就成了。你愿意不愿意这么做?”

“愿意。”

“天黑以前我把钟给你送去。”

“我的孩子……”

“别担心你的孩子。我会告诉修女们，叫她们在你夜里犯病的时候看着你的孩子。你只要看着钟就行了。你要是手脚乱动，疯劲儿也就跟着发作。五点钟的时候钟上的铃会响起来。那时候你就可以放心睡觉。你的疯劲儿也就过去了。再也不会犯了。”

他尽量想把自己的话说得能叫对方信服，但是他觉得炎热已使他的语调都模糊起来。当病人走后，他感到自己身体里好像有什么东西被拽出去，扔掉了。他对药剂师说：“我今天不能再给人看病了。”

“只剩下六个病号了。”

“难道只有我一个人不该感觉天气的炎热?”话是这么说，在他离开诊所——这是人世大战场中一块小小的阵地——的时候，还是有一种逃兵似的羞愧感。

也许正是这种羞愧感把他的脚步引向另一个病人。在经过奎里的住房时，他看到后者正在绘图板上忙碌着。他继续往前走，来到托玛斯神父的房间。托玛斯神父这一天上午也放了自己的假——在这样炎热的天气里他的学校也同诊所一样不会有几个人来。帕尔金逊坐在屋子里唯一的椅子上，只穿着一条睡裤，裤带系得松松的，像系在一个鸡蛋上。柯林医生进来的时候，托玛斯神父正在非常兴奋地谈什么，他说的英文连医生都听得出发音非常奇怪。他听出“奎里”两个字。在屋里两张桌中间几乎没有站人的地方。

“你看见了，”柯林说，“帕尔金逊先生，你并没有死。发点烧是死不了人的。”

“他说什么?”帕尔金逊问托玛斯神父，“你们说的话我一点儿也听不懂，真把我烦死了。到现在咱们彼此还语言不通，我真纳闷儿诺曼底人征服英国起了什么作用。”

“他到这儿来干什么，托玛斯神父？你弄清楚了吗?”

“他在打听奎里的事，问了我一大堆问题。”

“为什么打听奎里？这跟他有什么关系？”

“他对我讲他到这儿来就是为了找奎里谈一谈。”

“那他最好还是乘原班船回去，因为奎里是不会谈什么的。”

“奎里，一点儿也不错，就是奎里，”帕尔金逊说，“他想躲起来未免太愚蠢了。只要碰到我蒙太古·帕尔金逊，任何人也甭想躲起来。‘难道我不是每个人愿望的终点吗？’我在引证斯温伯恩[①]的诗句。”

“你对他讲什么了，神父？”

托玛斯神父为自己辩解说：“我说的只不过证实一下莱克尔已经告诉他的那些事。”

“莱克尔告诉他了。这么一说他已经听了一脑袋的瞎话了。”

“迪欧·格拉蒂亚斯的事儿难道是瞎话吗？新建医院的事难道也是瞎话吗？我只是希望我能把他的事安排在一个正确背景上。”

“什么正确背景？”

“天主教的背景。”托玛斯神父说。

托玛斯神父的桌上挂着耶稣钉在十字架上的受难像，十字架一边摆着一台莱明顿牌的手提式打字机。另一边墙上用皮带挂着一架禄莱福莱相机，像是陪伴耶稣钉死的第二个强盗。柯林医生看了一眼桌上打好字的一页纸。他阅读英语要比说英语省力得多。纸上的标题是

① 阿尔杰农·查尔斯·斯温伯恩(1837—1909)，英国诗人。

《大河畔的隐士》。柯林医生用谴责的目光望着托玛斯神父，“你知道他写的是什么吗?”

“他在写奎里的故事。”托玛斯神父说。

“他真会胡扯。”

柯林又看了看那张打着字的纸。“这是土人起的名字；他们看到一个初到黑非洲内陆来的陌生人，就叫他‘隐士’。”柯林说。

“你是谁[①]?”

“帕尔金逊，”那人回答说，“我已经告诉过你了。蒙太古·帕尔金逊。”他有些不高兴地又加添了一句：“这个名字对你一点儿意义也没有吗?”

柯林读了一下标题下面的字：

在河上驶行三周后才到达这一蛮荒地区。最后七天采采蝇和蚊虫把我折磨得不成样子，我被抬上岸时昏迷不醒。在斯坦利曾经用马克辛机枪打出一条血路的地方，现在又在进行着另一场战斗——这次是站在非洲人一方——为了扑灭麻风病的传播……从高烧中苏醒过来时，发现自己正躺在麻风病院里……

“这都是一些谎话。”柯林对托玛斯神父说。

① 原文是法语。

“这个人在叨唠什么?”帕尔金逊问道。

“他说你写的这些东西——不完全真实。”

“告诉他这比真实还要真实，”帕尔金逊说，“我写的是近代史的一个篇章。难道你真相信恺撒大将说的话‘布鲁图斯，你也在内吗[1]?’这倒是他应该说的一句话；另外还有一位现场目击者——希罗多德[2]吧，不是，希罗多德大概是希腊人，那就是别的什么人，也许是苏埃托尼乌斯[3]吧，看到了需要的是什么。真实情况总是被人们遗忘。皮特[4]临死的时候要吃贝拉米牌的猪肉馅饼，可是历史学家把它篡改了。”帕尔金逊的这种思想跳跃甚至连托玛斯神父也跟不上。“我写的文章一定要像历史学家一样叫读者记住。至少要记住一个星期——从一个星期天到下一个星期天。下星期天的连载是‘一个想埋葬往事的圣徒’。”

“他说的这些话你能听懂几个字吗，神父?”柯林问道。

“懂得不多。”托玛斯神父承认说。

“他到这儿来是为了跟咱们找麻烦吗?”

“不，不是的。不是这么回事。看来他是一家报社派来报道英国殖民地什么动乱的。他来得太晚了，但是却赶上咱们省会这里出了麻烦，所以他就到这儿来了。”

“他连法文都不懂就来了?”

---

① 恺撒大将遇刺后对布鲁图斯说的一句话，见莎士比亚《裘力斯·恺撒》第三幕第一场。

② 希罗多德(公元前485?—前425?)，古希腊历史学家，人们称为历史之父。

③ 苏埃托尼乌斯(69—150)，古罗马传记作家。

④ 威廉·皮特(1708—1778)，英国政治家，曾任内阁首相。

进来；只有帕尔金逊一个人发觉他们正在谈论的这个人已经迈步走进托玛斯神父的房门。

“你好，奎里，”帕尔金逊说，“我在船上看见你的时候没有认出你来。”

“我也没有认出你。”奎里说。

“感谢上帝，”帕尔金逊说，“你并没有像这里的暴乱似地也成为过去。我至少还赶上一件值得报道的事。咱们得好好谈谈，你我两个人。”

2

“这就是新盖的医院?”帕尔金逊说，“对于这些事我当然是个外行，但是我觉得这里看不到什么独特的风格……”他俯身到图纸上，带着明显的挑战的口气说：“这张图纸使我想到咱们新修建的哪个卫星城市里的一座建筑物。也许就是海梅尔·罕普斯台德城，要不然就是斯蒂文埃治城。”

“这算不得建筑，”奎里说，“这只是一种廉价房屋。越省钱越好，只要盖起来能经得住风吹雨淋，能够抗御炎热潮湿就成了。”

“盖这种房子需要像你这样的人吗?”

“需要我。他们这里没有建筑师。”

“你要呆在这地方，一直等到房子完工吗?”

“我呆的时间比你说的还要长。”

“这么一说，莱克尔告诉我的至少有一部分是真的了。”

“我怀疑莱克尔说的话有哪句是真的。”

“你要是想在这里隐居，必须首先做个圣徒，对不对?”

“不对，我不是什么圣徒。”

“那你是怎样一个人？你的动机是什么？关于你的事我已经知道许多了。我已经把你的情况打听出来了。”帕尔金逊说。他肥大的身躯往床上一坐，像告诉对方什么秘密似地说道：“你对于世人没有什么感情，对不对？当然了，女人除外。”他的语调像是在极力引诱对方堕落；帕尔金逊确实是这样一个人，他自己的身体里就充满了道德败坏，一直泛到皮肤的表层，好像毛孔里闪着磷光，一眼就能看到。在他那座大肉山似的身躯里，因为缺少新鲜空气，道德感早已腐烂、死亡了。一个传教士对人们身上存在着缺点是不会震惊的，他最多只是感到难过或者失望；但帕尔金逊却欢迎别人道德堕落。除了支票的数目太小，任何东西也不会叫他难过或失望。

“你听见刚才医生说什么来着——一个自行发完病毒的病人。所谓病毒发完，就是说有些麻风病人已经失去了所有能被病毒侵蚀的肌肉，因而病也就算好了。”

“谁都看得出来，你的肢体一点儿也没有残缺。”帕尔金逊一边说一边仔细打量着奎里放在绘图板上的手指。

“我已经走到尽头了。这个地方就可以叫做旅途终点。陆路也好，水路也好，都不再通往别处去了。你也是偶然来到此地的，不是吗?”

“啊，我可不是。我到这里来是有目的的。”

“在船上的时候我有些怕你，现在不怕了。”

“我不懂你为什么要怕我。我同别人没有什么两样。”

“对的，”奎里说，“你和我是同一类的人。有自己天职的人同一般人不一样，这些人有更多的东西会失掉。在我们背后总有一个这样或那样的神父在监督着我们。你应该承认，自己也曾经有过天职，如果写文章也可以算作一种天职的话。”

“算不算天职无关重要。大多数新闻记者都是这样开始了自己的事业。”帕尔金逊在床上移动了一下自己像沉重的大口袋似的屁股，床凹陷了一个大坑。

“也这样结束了自己的事业?”

“你这是什么意思?在故意贬低我吗?我的声名你是贬不倒的。”

“我贬低你干什么?我们俩是一类人。我以一个建筑大师开始，以一个盖房子的工匠结束。这一过程并没有给我什么乐趣。你对自己走上最后一个阶段感到快乐吗，帕尔金逊?”他看了看自己从托玛斯神父屋里带来的那张打着字的稿纸。

“这是我的职业。”

“当然是。”

“我靠这个谋生。我至少在享受生活的乐趣。”

“啊，不错。享受感官给你的各种乐趣。喜欢吃东西，帕尔金逊?”

“不能过量。”他撩起蚊帐耷拉下来的一角擦了擦脑门上的汗。

“我体重二百五十二磅。”

“喜欢女人，帕尔金逊?”

“我不明白你为什么要问我这些问题。我到这儿来是要采访你的新闻。我有时候当然需要个女人，但每个人在他一生中早晚都会有一天……”

“你比我年轻。”

“我的心脏不那么好。”

“你真同我一样，也到了尽头了，帕尔金逊。所以咱们俩才在这里相会。咱们是两个自行发完病毒的病例。世界上像咱们这样的人一定还有许多许多。应该制定出一个行帮的暗号，叫咱们一见面就能够彼此认出来。”

“我可不是这种病人。我有自己的工作。最大的联合通讯社……”他似乎下定了决心想要证明自己有别于奎里。他像一个病人似的把自己的身体交给医生检查，想要证明自己皮肤既没有硬块，也没有小瘤，他没有任何病征可以被诊断为麻风病人。

“……早晚都会有一天，”奎里说，“不再写你写的那种关于斯坦利的神话。”

“我只不过在地理上犯了个小错儿，这不算什么。有时候得夸大一些。这是他们给《邮报》记者上的第一课——记者写的每一个故事都必须有耸动性。小地方是不会有人注意的。”

“你报道我能不能报道真实情况?”

“你不知道有所谓诽谤罪吗?”

“我绝对不会以诽谤罪控告你。这一点请你放心。”奎里大声读了连载预告的题目：“《一个埋葬掉往事的圣徒》。我算得上哪门子圣徒！”

“你怎么知道莱克尔对你的看法就一点儿对的地方也没有？我们谁也不了解自己。”

“如果我们想把自己的病治好的话，就必须了解自己。当疾病到了最严重的阶段，我们是决不会弄错的。当手指和脚趾都烂掉了，当皮肤切片检查都是阴性的，我们对别人就没有什么危险了。如果我把真实情况告诉你，你肯不肯如实写下来，帕尔金逊？我知道你不会写的。你身上的病毒并没有发尽。你还有传染性。”

帕尔金逊用浮肿的眼睛望着奎里。他像是一个受到严刑拷问的犯人，只好招认了。“如果我这样做，他们会把我解雇的，”他说，“一个人在年轻的时候要冒点风险并不难。当想到我距离天国还那么远，等等，等等。这是艾德加·爱伦·坡的话。”

“爱伦·坡没有讲过这样的话。”

“这些小事是不会有人注意的。”

“你认为我埋葬了什么样的过去呢？”

“譬如说，关于安妮·摩瑞尔的案子，有这回事吧？连英国报纸也登了。不管怎么说，你有一个英国籍的母亲。当时你刚刚修建完布鲁日的现代式样的大教堂。”

“不是在布鲁日。关于摩瑞尔的事他们是怎么说的？”

“他们说她因为爱你而自杀了。年纪才十八岁。为了爱一个四十岁的人。”

“这是十五年以前的事了。报纸有这么长的记忆吗?”

“没有。但是资料储存室在这方面帮了我们的忙。我要用我的最好的星期日报道文章风格描写一下你是怎么到这里来忏悔赎罪的……”

“你们这种报纸总要在一些小地方把事实弄错。那个女人的名字是玛丽，而不是安妮。年纪是廿五岁，而不是十八。她也不是因为爱我而自杀的。她想要逃开我。就是这么一回事。所以你看，我没有什么要赎罪的。”

“她想要逃开她所爱的人?”

“一点儿也不错。女人每天晚上同一个效能极高的工具同床共枕一定是一件很可怕的事。我从来没有叫她失望过。她有好几次想离开我，但每次我都把她弄回来了。你知道，如果叫一个女人把我甩掉，这伤害了我的自尊心。要是不能在一起生活下去，首先离开的总是我。”

“你是怎么把她弄回来的?”

“我们这些人既然从事一种艺术，对另外一种一般也就不会是个门外汉。画家可以搞创作。诗人可以作曲。在那些日子里我凑巧是一个业余演员。这样我有一次就利用了眼泪，另一次多服了一些戊巴比妥钠，但我准知道那剂量绝无危险。后来我又同另外一个女人谈恋爱，叫她知道如果她离开我，她将失掉什么。我甚至叫她相信，没有她我就不能再工作了。我给了她一种印象：如果我没有她的支持，我就不再有信仰了——她是个虔诚的天主教徒，甚至和我同床共枕时也是这样的。当然了，早在若干年前我思想上已经不再有信仰了，但是她从来没有察觉这一点。我自然和许多人一样，还保留着一点点儿信仰，譬如说在几个重大的节日里，在圣诞节和复活节这些日子，儿时的记忆就会引起我们这些人一种虔诚感。她总把这种感情误认为对上帝的爱。”

“不管怎么说，你到这里来，置身于一群麻风病患者中间，总有某种原因的。”

“不是为了赎罪，帕尔金逊先生。在玛丽·摩瑞尔之后我还认识了许多女人，正像在她之前也有许多女人一样。大约有十年之久我多多少少一直相信我自己的感情——‘我最最亲爱的’‘一切属于你[①]’以及这一类的话。一个人总是想尽量不要重复这些陈词滥调，但是这种表示亲爱的称呼实在数目不多。最能使女人动情的还是那些最常用的词语。我认识到自己根本没有爱情只不过是个时间问题。我从来没有真正爱过人。我只是接受别人的爱。从这以后我对生活就开始感到无法忍受的厌腻。因为，既然在对女人的爱情上我欺骗了自己，在工作上我又何尝不是自欺欺人呢。”

“对你的声誉从来没有人怀疑过。”

“将来会有人怀疑的。布鲁塞尔的一条偏僻的街道上，现在正有一个小孩坐在绘图板前，将来他会把我的神话拆穿的。我希望我能看到有

① 原文为法语。

一天他将建筑起的教堂……不，我不会看到的，不然我也就不会在这儿了。他不会成为一个不合格的教士，他会成为见习修道士的。”

“我不知道你在说什么，奎里。有时候你谈话同莱克尔一样。”

“是吗？说不定他也有我们这一行帮的暗号吧……”

“如果你对什么都感到厌烦，为什么不在舒适生活里去厌烦呢？在布鲁塞尔买一套房屋，或者在卡普里买一座别墅。不管怎么说，你是个有钱的人啊，奎里。”

“在舒适生活中厌烦更令人不能忍受。我想这个地方也许有足够的痛苦、足够的恐惧能分散我的精神……”他看了看帕尔金逊，“如果说有谁能理解我，我想你肯定能的。”

“我一点也不理解。”

“难道我就是那么一个怪物，甚至连你也？……”

“那么你的工作呢，奎里？不管你说什么，你对自己的工作总不会感到厌烦吧？你曾经获得那么大的成功。”

“你指的是金钱？我不是告诉过你，我设计的建筑并不怎么好吗？我设计的那些教堂有哪座比得上沙特尔大教堂呢？那些教堂当然都是我的建筑风格——谁也不会把奎里的建筑物当成是科比西埃[1]的，但是建筑沙特尔大教堂的是什么人，我们有谁知道？别人知道不知道，他并不在乎。他建筑时怀着的是爱而不是虚荣和自负——可能还怀着信仰，我想。建筑教堂而并不信仰上帝，这似乎有些亵渎，是不是？当

① 勒·科比西埃(1887—1965)，瑞士籍的法国建筑师。

我发现我正是这样做的时候，我就接受另外一项建筑任务——建造一座市政礼堂。可是我对政治也没有信仰啊！我在那个可怜的城市广场上修了一座大建筑物，我想你从来也没有见过这样奇形怪状的大盒子。你知道我只不过发现自己的毛衣松了一根线——我揪啊揪的竟把整件毛衣都扯散了。人们说，你要是不爱世人就不能相信上帝，也不可能不相信上帝而爱世人；也许这句话是有道理的。人们爱说‘做爱[①]’，是不是？但是请问，我们谁有这么大的创造力可以‘制作爱情’呢？我们只能接受别人的爱——如果走运的话。”

“你为什么要跟我说这个，奎里先生——即使你说的都是真实的话?”

“因为你至少是个不在乎别人讲实话的人，尽管你多半不会把它写出来。也许——谁知道呢？——我能说服你打消这个念头：不去报道莱克尔先生讲的那些有关我的事，不去报道他的一派虔诚的胡言乱语。我并不是什么施韦策[②]。我的上帝，他差点儿想叫我勾引他的老婆，我要是真的这样做了，倒可以叫他改变一下他的调子。”

“你真的会那样做吗?”

“如果叫我做这件事的是经验而不是虚荣心，那可太可怕了。”

帕尔金逊做了个躬身施礼的姿势。他说：“让我周围的人都是一些大胖子吧。这是莎士比亚的话。这回我不会弄错的。讲到我自己，我

① 英语成语 make love。
② 阿尔贝特·施韦策(1875—1965)，德国神学家、哲学家、管风琴家，赤道非洲传教医师，获 1952 年诺贝尔和平奖。

可不知道该怎样下手。”

“先从你那些《邮报》的热心读者中间下手吧。你在她们中间很有名气，名气就是一服效果非常强的春药。最容易上手的是结了婚的女人，帕尔金逊。少女怕担风险，但结了婚的女人却已经找到了不冒风险的办法。丈夫在机关上班，孩子们在托儿所，同你我这样年纪的人交朋友，保险不会发生争风吃醋的场面。”

“你说的这些同爱情没有什么关系，对不对？你刚才说别人爱过你。如果我没记错的话，你说你不喜欢这样——也许我记错了。你知道得很清楚，我只不过是个倒霉的新闻记者。”

“爱情常常产生于感恩，只要有感激的心情，很快就会发生爱情。就是最漂亮的女人对于像我这样上了年纪的人也会感激，如果这种交往给她生活增加了一些乐趣的话。一朵小花骨朵儿要是在一张床上睡上十年就会打蔫了。但是现在它又开放了，她的丈夫注意到她娇艳的面容，她的孩子不再叫她烦躁厌恶，她像刚结婚那些日子似的对家务事又有了兴趣。对于几位亲密的朋友她透露了她的小小的秘密，因为做一个有名人物的情妇增加了她的身价。这件事不冒什么风险，而是一段罗曼史。”

“你真是个厚脸皮的坏蛋。”帕尔金逊带着深深的敬意说，就好像对方是《邮报》的经理似的。

“为什么不写这个，而偏要写你计划中的那些虔诚的胡说八道?”

“这不能写。我们的报纸是供家庭阅读的。当然了，我用‘过去’这个词是有某种含意的。但它意味着抛弃了过去的蠢行，而不是抛弃从前的美德。摩瑞尔小姐的事我会提一提——非常含蓄地提一下。此外还有一个人，一个叫格里逊的，对不对?”

奎里没有回答他的话。

“否认是办不到的，”帕尔金逊说，“格里逊储存在报纸的资料室里，就像陈尸所里停放的木乃伊一样。[①]”

“不错，我想起这个人来了。这件事还是忘掉的好，因为我不喜欢闹剧。格里逊是邮政局的一名高级职员。在我甩掉了他的妻子之后他提出来要和我决斗。那种演戏般的现代化的决斗——双方谁也不把手枪向对方瞄准。我本来想破坏这种规程，对着他的胳臂打上一枪，可我又怕他的妻子误认为我对她真有了感情。格里逊这个可怜的家伙，在我同他的妻子鬼混时，他倒过得心安理得，可后来我离开了她，她在公众场合就一直叫他当众出丑，下不了台……她对自己的丈夫一点也不可怜，还不如我呢。”

“真奇怪，你怎么会把这些事都坦白告诉了我，”帕尔金逊说，“一般说来，人们同我谈话都非常谨慎。只有一次例外，我记得那是一个杀人犯——他同你一样，把什么秘密都告诉我了。”

“也许这是杀人犯的特点——爱和人唠叨。”

“他们没有判处这个家伙绞刑。我假装他的兄弟，每个月去探望他两次。虽然如此，你的态度还是叫我无法解释。我第一次见到你的时候，看你不像是一个爱说话的人。”

① 在英语中报社的“资料室”（morgue）一词也可作“陈尸所”解。

“我一直在等着你呢，帕尔金逊，或者说等着一个像你这样的人。但这不等于说，我就一点儿也不怕你。”

“是吗？你为什么要怕我?”

“你是我的一面镜子。我可以对着一面镜子讲话，但一个人也有一点儿害怕自己。镜子照出来的是一个人的面影，一点儿也不走样。如果我同托玛斯神父像我同你这样谈话，他就要把我的话都歪曲了。”

“感谢你这样抬举我。”

“抬举你？我非常讨厌你，就像讨厌我自己一样。你刚到这儿来的时候，帕尔金逊，我差不多可以说是很幸福的，我现在同你作了一番长谈，只是为了不让你再找什么借口继续呆在这里。你不需要听我谈对格罗庇乌斯[①]的意见，是不是？你的读者根本不知道格罗庇乌斯是谁。”

“随便你怎么说，我这里还是记下几个问题，”帕尔金逊说，“既然咱们已经扫清了道路，我想我们不妨谈谈这些问题。”

“我的意见是，你对我的访问已经结束了。”

帕尔金逊坐在床上，先是向前探着身子，这时又往后一倒，样子活像一个中国不倒翁。他说：“你是不是认为，爱上帝和爱人类是你工作的动力，奎里？你对于基督教的前途有什么看法？你决定献身为麻

---

① 瓦尔特·格罗庇乌斯(1883—1969)，德国名建筑师，1937 年移居美国。

风病患者谋福利，是不是受了山上宝训[①]的影响？你最崇拜的是哪个圣徒？你相信不相信祈祷？”他呵呵地笑起来，肥胖的大肚皮像海豚一样抖动着，“现在还有没有奇迹发生？你去拜访过法蒂玛吗？”

他从床上跳了下来。“其他的胡说八道我就不说了，你听听这一段：‘在黑非洲的腹地，当代一位最伟大的建筑师、曾经名噪一时的天主教徒向《邮报》的记者暴露了自己的全部隐秘。蒙太古·帕尔金逊上月曾赴南朝鲜作现场采访，今天又来到非洲。在下一期连载文章中他将向读者报道，对过去的忏悔如何成为奎里今天行动的力量。奎里决心献身于麻风病患者，为自己青年时代的轻浮赎罪。圣佛兰西斯教堂是翡冷翠——对你我说来，是佛罗伦萨——的五光十色的古城中的最绚丽的花朵。’”

帕尔金逊走到户外，置身于刚果的强烈的阳光中，但是他觉得自己的话还没有说尽。他又回到屋里，把脸贴近蚊帐，吐沫飞溅地说道：“‘下星期日连载报道：一个为了殉情而死的少女’。我也不喜欢你，奎里，正如你不喜欢我一样。但是我还是要把你捧起来。我要把你捧得高高的，叫他们在河边给你建造一座雕像。当然，他们的雕塑风格糟不可言，这你是知道的；但是你躲不掉，因为到那时候你将不在人世了，人们早已把你埋葬了。——你的雕像会是一个跪着的姿势，围绕着你的是你那些该死的麻风病人。你正在教给他们如何向你自己并不相信的上帝作祷告。鸟儿把粪屙在你雕像的头上。我不在乎你是否

① 据《圣经》马太福音记载，耶稣在加利利传教曾登山讲道，下山后又为麻风病人治病。

成为一尊偶像，奎里，但我要让你看到，你是不能利用我来减轻良心对你的苛责的。我一点儿也不惊奇：二十年之后，将有朝香者来到你的宝座前面；历史就是这样写成的。归宿是坟墓。这是维吉尔的名言。”

奎里从自己衣服口袋里拿出一封毫无意义的信来，那上面的亲昵称呼可能是真心实意的。写这封信的女人帕尔金逊并没有提到；《邮报》的陈尸所无论如何还停放不下所有的尸体。刚才同帕尔金逊的一场谈话使他思潮起伏，他就在这种心绪中又读了一遍手中这一封信。“你还记得吗?”她是那种决不承认感情枯竭后对过去经历的记忆也要随之死亡的女人。奎里必须相信她的回忆都是真的，因为她从来都不说谎。她使他想到的是：在宴会结束，杯盘狼藉的桌子上，一个客人满有把握地认出自己失落的一盒火柴。

奎里走到床前躺下来。脖子一挨枕头便满是汗水，但他还是决定这一天中午不去餐厅吃午饭，免得和那些神父们谈话应酬。他想：我在这儿只有一件事好做，这件事也使我有了充分的理由呆在这里。我可以向你发誓：玛丽，我全部都属于你，只属于你一个人，不论出于厌烦或虚荣我都永远不会再把另一个人牵入我的没有爱情的存在里。因为避免传染，一个麻风病患者多年被隔绝起来，最后当他获得自由时一定非常快乐。我现在感到的就是这样一个重获自由的麻风病人的快乐，他想，他再也不会伤害别人了。他有好几年没有想到玛丽·摩瑞尔了；现在他却记起了自己第一次听到她名字时的情景。喊玛丽名字的是一个学建筑的年轻学生。奎里当时正帮助这个学生学习。有一次他们在布吕格呆了一天，晚上回到了霓虹灯照耀下的布鲁塞尔，在北站外面偶然碰到了这个女孩子。当他看到路灯照耀下这个少女的容光焕发的面庞，他对自己身边的那个平凡、粗鲁的年轻大学生不禁有些醋意。有谁看见过男人对一个女人微笑会像女人对她倾心的男人那样笑得满面生辉？在汽车站，在火车车厢里，正在一家百货店里买杂货，邂逅相遇，她从心坎里发出的快乐的笑容，那么自然，一点儿也不做作，一点儿也没有顾虑。当然了，反过来男人见到他所爱的女人也可能是同一情况。男人从不会像妓院会客间里妓女那样假情假意地笑。但是妓院里的女郎，奎里想，是在模仿真挚的微笑，而男人却没有什么可模仿的。

不久以后他对那天晚上的同伴就不需要嫉妒了。甚至在最初的那些日子他已学会了如何转变一个女人的爱情的方向了。一个女人？不，她当时比那个他如今已记不起姓名的大学生——很难听的一个姓，是霍格吗？——还要年轻。这个大学生可不像玛丽·摩瑞尔似的，他如今多半还健康地活着，大概正在某个市郊给资产阶级建筑别墅，建筑可以居住的“机器”呢。奎里躺在床上大声说：“我太对不起你了。我当时真的相信我不是在伤害你，我真的认为我的行动是完全出于爱的。”在人的一生中常常有一段时间，只要他有一点演戏的才能，就会连他自己也欺骗过去。

第五部

第一章

人们迁来徙去的习惯是非洲的一个特征，似乎这块没有开发的大陆的空旷、辽阔的天地鼓励这种流动似的；就好像涨潮时潮水把一些漂浮物带到岸边，退潮时又把它们冲走，带到其他什么地方去了。没有一个人料到帕尔金逊的到来，他事先没有和任何人打招呼一下子就来到这里，几天以后，他又带着禄莱福莱相机和莱明顿打字机登上了开往其他什么地方的奥特拉柯公司的小轮船离去了。两个星期后，一艘摩托艇在黄昏时分逆流驶来，一位年轻的官员下了船，他和神父们玩了一局猜赌的骰子戏，临上床之前喝了一大杯威士忌，第二天早上没有吃早饭就走了。他重又消失在灰蒙蒙的天际和绿树荫荫的森林之中，只留下一本《建筑周刊》，倒好像这是他此次航行的唯一目标似的。在这篇周刊上除了有几篇批评新干线工程的文章外，还登了英国某个殖民地新落成的一座形状丑陋的教堂的几张照片。可能那个年轻人觉得这些照片对奎里是会起警告的作用。又是几个星期平平淡淡地过去了——有几个病人死于肺结核，新医院的基础又加高了几尺——之后从奥特拉柯公司的小轮船上走下来两名警察，他们来打探一个某个省会通缉的救世军头头的事。据说他劝说邻近部落的村民把毛毯卖给他，因为毯子在死者复活的时候披着太重，之后他又让村民们把卖毯子的钱交给他，他可以替他们把钱存在一个安全可靠的地方，免得被贼偷走。作为回报，他给村民们发了执照，保证他们不会被天主教或是新教的传教士绑架走。按照他的说法，这些传教士借助妖术把人装进密封的货车厢内，成批地向欧洲出口尸体；那些尸体一到了欧洲就变成标着“美味非洲金枪鱼”标签的罐头了。警察在病院里一无所获，两个小时之后他们搭乘原船离去了。他们乘坐的小轮船随着长满了风信子的小岛以同一速度、向同一方向漂浮去了，仿佛这艘船同漂浮的小岛都是大自然的一部分似的。

帕尔金逊逐渐在奎里的记忆中淡漠了。外部世界闯入了这里，搅扰了一番又离去了，一种宁静重又降临。莱克尔没来打扰他，遥远的欧洲报刊上即使刊登了什么文章，余波也没有影响到奎里。甚至托玛斯神父有一段时间也不在麻风病院，他到丛林里的一所神学院去为一个即将成立的新班物色一位教师。奎里的两脚对从他住所通往病院的红土路渐渐熟悉了；傍晚，一天中的酷暑过去后，红土闪着荧光，像是一朵夜间怒放的花朵，泛着玫瑰紫和红艳艳的颜色。

神父对于别人的私生活漠不关心。一个男人在被治愈后离开了医院，他的妻子搬进了另一个男人的小屋；神父们对此不会发表一点异议。一个肢体残缺的传道师，他失去了整个鼻子，手指和脚趾也全烂掉了(样子看上去就像被一把刀子连砍带剔地修整过一番)，竟和一个女人生了一个孩子。那个女人是小儿麻痹症患者，只能拖着萎缩的双腿在地上爬。这个人把孩子抱到教堂来为孩子作洗礼，孩子在那里被起名叫艾门纽尔——丝毫没有责难与训戒。神父们事情多得没有工夫去关心教会视为罪恶的事务(道德伦理是他们最少关心的题目)。假如托玛斯神父在场，他可能出于本能间接地表示出自己的不满，可他这时已经走了，不能用他的顾忌和焦虑搞得病院上下不安了。

医生这个人让人不太容易理解。他和神父们不一样：神父们用对上帝的信仰来支持自己进行艰辛的工作，他却没有信仰。有一次，在奎里评论他的生活时——这是在奎里看到了一个可怜的肮脏的病人时触景生情想到的问题——医生抬起头来看了他一眼，他的眼神与刚才查看病人时的一样。他说："也许我现在给你做皮肤检查会得到第二次阴性反应。"

"你这话怎么讲?"

"你又一次显示出你对别人的好奇心。"

"谁是第一个使我感到好奇的呢?"奎里问。

"迪欧·格拉蒂亚斯。你知道，就职业来讲我要比你幸运得多。"

奎里低头望了望那长长的一排破垫子，垫子上七扭八歪地蜷缩着包扎着绷带的病人。空气中散发着一股腐烂肉体发出的甜丝丝的气味。"幸运?"他说。

"只有非常坚强的人才能长期忍受一种需要独个儿探索的、孤独的职业。我认为你不够坚强。我承认我忍受不了你的这种生活。"

"为什么一个人要选择你这类职业?"奎里问。

"他是被选中的。哦，我不是指被上帝选中，他是被偶然性选中的。有一个丹麦医生，现在这个人仍然出诊，他在晚年时成为一名麻风病专家，完全出于偶然。他在挖掘一个墓地的时候发现了一些缺少手指的骨架——那是一个十四世纪麻风病人的墓地。他给那些骨架做了爱克斯光检查，结果在鼻骨区域有了一些新发现，对我们是非常新奇的——你知道大多数人是没有什么机会研究死人骨骼的。从此之后他成为一名麻风病学者。只要在国际性麻风病的学术会上你都会遇见他，他总是把他的人头骨放在一只短途旅行袋里随身带着。那只旅行袋已经不知经过多少海关检查员的手。他们看见那个骷髅肯定会大吃一惊，但是我相信他们不会为此而向他索要海关税。”

“那你呢，柯林医生？你的偶然性又是什么？”

“只是出于我的性格，这也可以叫作一种偶然性吧。”医生闪烁其词地回答。他们一同走到室外污浊、潮湿的空气中。“哦，别误解我。我和达米恩[1]不一样，我不想死。我们现在既然有办法治愈麻风病，这种自己追求死亡的职业就要减少了，但过去是有很多人抱着自我牺牲的精神干这种事的。”他们穿过道路走向诊室的荫影，一些病人正坐在台阶上等候接受治疗。医生在被阳光烤得火热的红土路中心站了一会儿，“麻风病医生中间自杀的比例曾经相当高——我想是因为他们不愿等下去，他们知道早晚有一天他们自己的皮肤检验会是阳性反应。都是些稀奇古怪的自杀方式，这也是因为他们从事的就是一种古怪的职业。我就认识一个人，往自己身上注射了一针蛇毒，另外还有一个人往家具、衣服和自己身上浇了很多汽油，之后点了一把火，活活把自己烧死了。你会注意到这两起例子中有一个共同点，那

① 达米恩，比利时籍天主教神父，曾赴夏威夷摩洛开岛麻风病区传道。

就是一定要使自己受一些没必要非受不可的痛苦。这也可以说是一种天职。”

“我不明白你的意思。”

“一个人不是宁愿忍受痛苦也不愿意感到不舒适吗？不舒适就像蚊子叮人一样激怒我们。我们越感到不舒服就越意识到自我存在，可是痛苦却完全是另一回事。有的时候我觉得自寻一些痛苦、记住自己在受痛苦折磨，这是我们使自己和整个人类相通的唯一方法。只有痛苦能使我们成为基督教之谜的一部分。”

“这么说我得请你教会我怎么才能受苦，”奎里说，“我只知道蚊子叮人。”

“假如我们再在这里站一会，你就会饱尝痛苦了。”柯林医生边说边拉着奎里离开路中央走进荫影，“今天我让你看几个很有意思的眼疾病例。”他坐在外科手术台前，奎里拉过一把椅子坐在他身旁。除了在圣诞节孩子们戴的代表贪婪或是老态龙钟的假面具上，他还从没有看见过这么血红的眼睛。“你只需要有点儿耐心，”柯林医生说，“找些痛苦并不困难。”奎里恍惚记得几个月前好像也有一个人说过类似的话，但因为怎么也想不起这个人到底是谁，他有些气恼。

“你是不是对受苦这种事已经说滑了嘴？”他问，“上个星期死的那个女人……”

“不要为那些死时受了些罪的人过分伤心。他们受的那些罪恰恰可以使他们决心离开这个世界。设想一下，正当你年富力壮、朝气勃勃的时候听到死刑的宣判会有什么想法！”柯林医生转过身去用当地语言和一个患眼皮瘫痪症的老太太说起话来；那个老太太的眼皮一眨都不会眨。

那天和神父们一起吃完晚饭后，奎里慢慢向医生的住处走去。病人们都坐在他们小屋外乘凉。一个人摆了一个小摊卖肉虫，五个法郎一把，那些肉虫都是他从森林里捉来的。隔着一两条街一个人在唱歌，围着一堆篝火，奎里看见一群人在跳舞，迪欧·格拉蒂亚斯在他们中间，他正蹲在地上用他那双像鼓槌似的拳头在一只旧汽油桶上敲着鼓点儿。甚至那些因为打架耳朵撕烂的狗都一动不动地蜷伏在地上，像是墓石上的雕像。一个袒裸着上身的年轻女人在一条通往森林的小路上等着什么人。月光下她脸上那些麻风痕迹似乎消失了，皮肤上的疤痕也不见了。她完全变得和任何一个等待着自己恋人的年轻姑娘一样美。

他觉得，那次对那个英国人发泄了一通以后，郁积在自己体内的那种持久不散的毒素似乎都已排泄出去了。自从那天晚上他最后修改完设计蓝图的初稿（可能这是最使他满意的设计图）之后，他记不起有哪个夜晚能和这个夜晚一样心情平静。那些建筑物的主人后来当然把他设计的那些建筑都毁掉了，正像他们要毁掉一切事物一样。没有一座建筑物能逃避掉马上就要把它填塞满的家具、绘画和人。但是在最初的日子里总存在着这样一种宁静，在圆满做完一件事以后[①]，痛苦过去了，宁静像假死一样降临到你身上。

① 原文为拉丁语。

在他喝完第二杯威士忌之后，他开口对医生说："当皮肤检验呈现阴性反应后，是不是就不会再出现反复了?"

"不尽如此。把一个病人就这样放回到社会上还略嫌早些，要连续六个月一直呈现阴性反应才行。即使用我们现在使用的药物，也还有反复的可能性。"

"是不是他们有时会觉得不习惯回到社会上去?"

"常常这样。你知道，他们已经变得离不开他们的小屋和这块地方，当然了，对那些自行发完病的病人来说，在外部生活也不是一件容易事。他们无法掩盖他们患过麻风病的烙印。人们总是怀着偏见，认为一旦染上麻风病，就永远是麻风病患者了。"

"我开始觉得你的职业比较容易理解了。尽管如此——那些神父们认为自己身后有基督教真理在支持着他们，这对他们在这里工作是个很大的帮助。你、我没有这种精神支柱。仅仅你口头上读的那一点儿基督教神话对你够用的吗?"

"我愿意自己处在进化的过程中，"医生说，"假如我生出来是一个会思想的阿米巴，那我就要梦想着进化成灵长目的那一天。而且为了那一天的到来，我要贡献自己的一切。进化，就我所知，已经最终地印记到人类的头脑中了。蚂蚁、鱼，甚至人猿都已经没有什么继续进化的余地了，但是在我们的头脑中进化仍在进行——我的上帝——而且是以那么快的速度前进！ 我记不清从恐龙进化到灵长目中间过去了几亿年，但是在我们活在这个世上的短短几十年内我们就已经看到从柴油发动机发展到喷气式发动机，看到了原子的分裂，看到麻风病的有效治疗。”

“变化真像你说得那么好吗?”

“这由不得我们。我们不过随着进化的九级风浪漂泊。甚至基督教神话也是这风浪的一部分，天知道，也许它却是最有价值的那部分。假定爱在我们头脑中也像技术发展得那么快，世界该会是什么样子？不多的几个例子中确实是这样的，譬如在那些圣徒身上……在耶稣基督身上，如果世上真有过这个人的话。”

“你真的能用这些思想安慰自己吗?”奎里问，“听上去就像是一首古老的进步歌曲。”

“十九世纪并不像我们想象中的那么坏。只是因为我们耳闻目睹人类最近四十年中所干的那些可怕的事，我们对进步才采取了讥讽的态度。尽管如此，阿米巴还是经过尝试与失败最终才变成类人猿的。即使那时，我想也存在着开始走错了步子和走弯路的问题。今天进化仍然可能造就希特勒那样的恶棍和背着十字架的圣约翰那类圣徒。我怀有一个微小的希望，一个非常渺茫的希望，但愿那个被大家叫作基督的人实际是一粒肥硕的种子，正在寻找一个墙缝生根发芽。我希望基督应是一个没有走错路的阿米巴。我要站在能生存下去的进步一方面。我不是翼龙的朋友。”

“但是假如我们没有能力去爱呢?”

“我不敢肯定会有这样的人。爱已被种植在人们的体内，即使在某些人的身上只是阑尾，不能起作用也罢。当然，有的时候人们把它叫作恨。”

“我在自己身上找不到它的痕迹。”

“可能你是在追求一种过于巨大、过于重要的东西，或是一种过于活跃的东西。”

“你的话我听着迷信的味道太重，就像那些神父们所相信的东西一样。”

“谁在乎这个？我正是靠这种迷信生活。此外还有一种迷信——完全没有被验证过——哥白尼相信的——那就是地球绕着太阳转。要是没有这种迷信我们就不能朝着月亮发射火箭了。一个人必须依靠自己的迷信赌博。就像帕斯卡[①]一样。”他一口喝下杯中的威士忌。

“你觉得你幸福吗？”奎里说。

“我自己认为很幸福。我从没问过自己这个问题。一个幸福的人会这样问自己吗？我只不过一天一天地活下去。”

“在你的风浪尖上游泳，”奎里嫉妒地说，“你从来不需要女人吗？”

“我需要的唯一的女人已经死了。”医生说。

“所以你到这儿来了。”

“你弄错了，”柯林说，“她就埋在离这里一百码以外的土里，她是我的妻子。”

---

① 帕斯卡（1623—1662），法国数学家、理学家、哲学家。

第二章

最近三个月新医院的建筑工程进展很大，看上去不再像是挖掘出来的一座罗马别墅的砖基了。墙已经砌起来，窗户上安装纱窗的地方也留了出来，甚至连上屋顶的时间也可以估计出来了。看到完工在望，麻风病人们工作的速度更快了。奎里和约瑟夫神父穿过建筑物进行观察；他们像鬼魂一样穿过没装门的门框，走进还不能称之为屋子的房间，之后又穿过未来的手术室、爱克斯光室、放着大桶石蜡的带有防火设备的蜡疗室(这是准备治疗那些上肢瘫痪病人的地方)，又走过诊室，最后进入那两间主病房。

“这儿完工之后，你以后打算做什么?”约瑟夫神父问。

“你呢，神父?”

“那当然需要院长和医生的决定，可是我倒想再为那些残废人建设一个学习手艺的地方——我指的是职业疗法，我记得他们在欧洲是这么说。修女们都可以替人做一些事，特别是替那些残废病人。谁也不想特殊。把他们组织起来，学习的速度就快多了，他们在一起还可以开开玩笑。”

“之后呢?”

“二十年之内有的是要建筑的东西，就是厕所也有的是要盖的。”

“这么说，我就不愁失业了，神父。”

“一位像你这样的建筑师在我们这里干纯粹是浪费。这里只有泥瓦匠的活儿。”

“我已经变成一个泥瓦匠了。”

“你难道不想再看一看欧洲了吗?”

“你呢，神父?”

“你我完全不同啊。从我们教会这个角度来看欧洲和这里没有什么不同——一片建筑物，和我们现在这些很相像，我们的住房也没有什么区别，小教堂也一样(甚至许愿堂也一样)，一样的教室，一样的食物，一样的衣服，一样的面孔。但是对于你，欧洲就远远不止这些了——剧院，朋友，饭店，酒吧间，书籍，商店，还有和你身份地位相同的那些伙伴——这是你的名声为你带来的，不管人们对名声怎么理解。”

奎里说：“我在这里很满意。”

快到中饭时间了，他们一同向神父们的住房走去，路上他们经过修女们和医生的住房，还路过一个不很整齐的小墓地。墓地维护得很糟——活人的事已经占据了神父们所有的时间。只有在万灵节人们才会想起这片墓场。在这一天每座墓前都点亮一盏灯或是一根蜡烛，不管死者是异教徒还是基督教徒。大约有一半坟墓前竖着十字架，那些十字架外形一样，不加任何装饰，就像是战争期间死难的官兵们的墓地一样。奎里现在知道哪个是柯林夫人的墓了。柯林夫人的墓前没有十字架，稍稍离开别的坟墓一点儿，这只是为了柯林医生死后可以和她埋在一起。

“我希望你在那里也能为我留块地方，”奎里说，“但是不值得为我立十字架。”

“这事在托玛斯神父那里不会通得过的。他会说一个人一旦受过洗礼就终身是一个基督徒了。”

“那我宁愿在他回来之前就死。”

“那最好快点儿。他回来会比我们预料的早得多。”甚至同托玛斯一起工作的神父也希望他不在眼前；对这个枯燥乏味的人不可能不稍微给他一些怜悯。

约瑟夫神父的警告很快就证明是对的。他们专心查看新医院，所以没听见奥特拉柯公司轮船的钟声。托玛斯神父已经带着那只装着他私人用品的破纸板箱登上了岸。在他们经过他的住房的时候，他正站在门口向他们打招呼。他的神情奇特、不安，倒好像把他们作为客人接待似的。

“哦，约瑟夫神父，你看我提前回来了。”

“我们看到了。”约瑟夫神父说。

“噢，奎里先生，我有件很重要的事情要和你商量。”

“是吗?”

“不忙。要耐心些。我离开的这段时间，这里变化可真不小啊。”

“有话你快说吧，别让我们悬心了。”约瑟夫神父说。

“吃午饭的时候再说，吃午饭的时候再说。”托玛斯神父回答道，说着他像捧着圣体匣一样捧着那只破纸板箱走进自己的屋子。

他们走到下一个窗口的时候，看见院长站在床边，他正在把一把拢梳、一只海绵袋和一匣雪茄烟塞进一只卡其布的背囊里。这只背囊还是上次大战留下的遗物，他带着它像是带着个记忆似地走遍世界。他又从书桌上拿起一个包在两层手绢里的十字架，装了起来。约瑟夫神父说："我预感到最坏的事情要发生了。"

院长吃中饭的时候一直心事重重地坐在那里，一声不吭。托玛斯神父坐在他的右面。他板着面孔一本正经地把面包捏碎。直到吃完饭院长才开口讲话。他说："托玛斯神父给我带来了一封信。主教要我去一趟吕克。我可能要离开几个星期，或许要几个月。在我离开期间我请托玛斯神父接替我的工作。"他又加了一句，"你是唯一有时间照看一下账目的神父。"这句话既是对其他神父表示的一种歉意，也是对托玛斯神父的喜形于色表示一种含蓄的责备。托玛斯神父和一个月之前那种可怜巴巴、心事重重的形象大不相同了，很可能即使一次暂时的提升也能给一个不称职的人鼓鼓劲儿。

"你就放心把事情交给我好了。"托玛斯神父说。

"我可以放心把事情交给这里任何一个人。我的工作在这里是最无足轻重的。我既不会像约瑟夫神父那样盖房子，也不会像菲利浦修士那样照看发电机。"

"我将尽力不使学校的工作受到损失。"托玛斯神父说。

"我肯定你会成功的，神父。你会发现我的本职工作不会占用你的时间的。谁都能胜任院长的工作。"

生活越是贫乏，我们就越害怕改变它。院长祷告完毕后，找了找他的雪茄，可是他已经把雪茄打在行李里了。他接过奎里递给他的一支香烟，他抽香烟的姿势就像他穿着一身俗人衣服一样笨拙可笑。神父们不习惯这种分别，情绪不高地围着院长站着。奎里觉得自己就像置身于一家人的悲哀气氛中的一个外人一样。

“医院在我回来之前可能就完工了。”院长用一种凄惨的调子说道。

“等你回来我们再上梁。”约瑟夫神父回答。

“别这样，千万别这样。答应我什么事都不要往后拖。托玛斯神父，我最后要叮嘱的就是这件事。尽快地把梁上起来，找得到施主的话，多喝些香槟庆祝庆祝。”

多年一成不变的平静日子使他们忘记了他们必须服从安排，可是现在，一下子他们又意识到了这一点。谁知道把院长叫去干什么，谁又知道主教和欧洲总会之间交换过什么样的信件？他说几个星期之内就回来（主教说是叫他去商量点儿事情），但是大家心里都明白他可能一去就不复返了。此事在别处可能已经作出决定。他们依依不舍地默默地注视着院长，但那神情就好像一个人在看着一个临终的人（唯有托玛斯神父不在场，他已经去把自己的文件往另一个人的房间里搬动了）。院长逐一地看了他们一遍，接着又望了一眼这间简陋的饭厅，他一生最好的年华是在这里度过的。约瑟夫神父说得不错，无论他去什么地方工作，建筑物总是非常相似；饭厅和殖民地飞机场没多大差别；但是也正是因为这个，一个人就更加习惯于这种细微的区别。到处都挂着同一颜色的主教画像的复制品，可是这张画像的角上染上了一小块胡桃色的漆斑，那是做框子的病人不小心滴上的。椅子也是病人照着政府低级官员通常坐的那种式样制作的，所有的教会都在使用这种椅子，只有一把椅子因为不结实有些与众不同；自从那次亨利神父到这里来作客，模仿马戏团的把戏，只用后腿着地坐在这把椅子上以后，他们就总是把它靠着墙放。甚至书橱也有它独特的缺陷：有一层的一个角有些倾斜，墙上的污斑使每个人都有自己不同的联想。每面墙上的污斑都组成一幅不同的图画。不管一个人走到哪儿，他周围的人都有很多和他以前的伙伴重名的（圣徒并不很多，所以可供他们挑选的名字也就是那有数的几个），但是新的约瑟夫神父也绝不会和老的那个完全一样。

河边传来轮船召唤的钟声。院长从嘴中取下香烟，看了一眼，那神色好像他在纳闷香烟怎么跑到他的嘴中去了。约瑟夫神父说："我想我们应该喝一杯……"他从柜橱里翻出几个星期之前过节时喝剩下的小半瓶酒，还够每个人分一口。"一路顺风，神父。"轮船的钟声又敲响了一遍。托玛斯神父走到门口说："你该走了，神父。"

"对，对。可我得先去取我的背囊。"

"我给你拿来了。"托玛斯神父说。

"是啊，这么说……"院长暗中又扫视了一眼屋子：污斑组成的图画，那把摇摇晃晃的椅子，倾斜的书架。

"平安归来，"保罗神父说，"我去叫柯林医生。"

"别，别去了，现在他正在午睡。奎里先生会向他解释的。"

他们向河岸走去向他最后告别，托玛斯神父为他提着背囊。在跳板旁边院长接过背囊，以一种稍稍带有军人气质的动作一下子把它甩在肩上。他碰了碰托玛斯神父的胳膊，“我想你会看到账目都记得很清楚。下个月你尽量先别登账……万一我回来了呢。”他犹疑了片刻，勉强露出笑容，说道：“多保重，托玛斯神父。干什么事别过于热心了。”说完这话，船和河流就把他从大家身边带走了。

约瑟夫神父和奎里一起回到屋里。奎里说：“他为什么要选中托玛斯神父？托玛斯神父到这里的时间比你们谁都要短。”

“就是院长的那话。我们都有自己的工作，而且和你说实在的，托玛斯神父最缺乏管理账目的能力。”

奎里在自己的床上躺下。一天当中这个时间的热度根本使人无法工作，也几乎使人无法入睡，除非干脆服上几片安眠药。他觉得他和院长乘同一条船离开了，可是在他梦中船是朝着与吕克相反的方向驶去的。船沿着狭窄的航道驶进比这里更茂密的森林，而且船也变成主教的那条船了。主教的舱房里放着一具尸体，他们俩准备把它带到潘戴勒去埋葬。当他想到在船到达病院的时候他居然听信了别人的瞎话，相信船已经到达内陆的终点，不禁大吃一惊。他现在又开始往前走了，向更深的地方驶去。

椅子吱吱扭扭的声音惊醒了他。他开始还以为是船底在河里蹭到礁石。他睁开了眼睛，看见托玛斯神父坐在他的床边。

“我本来不想惊动你。”托玛斯神父说。

“我刚才也没真正睡着。”

“我从你朋友那儿给你捎了个信来。”托玛斯神父说。

“除去我在这里认识的人以外，我在非洲没有朋友。”

“有些朋友是你没有想到的。我的口信是莱克尔给你的。”

“莱克尔不是我的朋友。”

“我知道他这个人有些毛毛躁躁的，可是他对你是很崇拜的。他从他妻子的口中听说，他可能对那位英国记者说了一些对你不太适宜的话。”

“这么说他妻子比他还敏感一些。”

“幸运的是，结果意想不到的好，”托玛斯神父说，“这多亏莱克尔先生。”

“意想不到的好?”

“那位英国记者把你和这里所有的人都描写成非常高尚的人。”

“他已经报道了吗?”

“他把他第一篇报道从吕克用电报拍了出去。是莱克尔先生在邮局帮他拍的。他的条件是，要自己先把那篇报道过过目——当然了，莱克尔先生是绝不会允许任何对我们不利的文字报道出去的。那位记者在报道里非常赞赏你的工作。那篇报道已经译成法文登在《巴黎星期日》上了。”

“那家乌七八糟的刊物?”

“它的发行范围很广。”托玛斯神父说。

“一种专登丑闻的报纸。”

“你的信息在报纸上一出现，就会更受到赞赏了。”

“我不懂你的话——我没有什么信息。”他不耐烦地避开托玛斯神父询问和讨好的注视，翻了一个身面对着墙壁。他听见纸张的窸窸窣窣的声音——托玛斯神父正从他穿的长袍子的口袋中掏出一件什么东西。托玛斯神父说：“我来给你读其中几句话。我向你保证，你听了以后会高兴的。报道的题目是：《一位灵魂建筑师，刚果的隐士》。”

“令人作呕的胡说八道。我告诉你，神父，这个人写的东西是不会有什么叫我感兴趣的。”

“你这个人真是太苛刻了。遗憾的是，我没时间把这个给院长看看。记者只是在教会的名称上犯了个小错，可是对一个英国人你还能希望什么呢？你听听他是怎么结尾的，‘当一位颇负盛名的法国政治家为了躲避繁忙的公务，隐居在偏僻的乡间时，据说来登门拜访的人踏出了一条直通他住所的小径。’”

“他什么也搞不对，”奎里说，“什么也搞不对。那是个作家，不是个政治家。而且那位作家是美国人，不是什么法国人。”

“这些都是无足轻重的小事，”托玛斯神父语含谴责地说，“听听下面的话，‘整个天主教世界对伟大的建筑师奎里的神秘失踪一直争论不休。奎里的成就是巨大的，从美国最新式的大教堂，一座玻璃和钢结构的大宫殿，到蔚蓝海岸上的黑袍教团的白色小礼拜堂……’”

“他把我和那个业余建筑师马蒂斯弄混了。”奎里说。

“别计较那些琐事。”

“为了你的缘故，我倒希望在小事上福音全书比帕尔金逊先生写的东西更精确一些。”

“‘在奎里过去经常出现的地方已有很长一段时间没人看见他了。我从一家他喜欢进餐的地方、嫩羊肉饭店一路追踪到……’”

“这简直荒谬绝伦。难道他把我当作个老饕?”

“‘在非洲腹地，在靠近斯坦利在野蛮部族中扎营的地点，我终于找到了奎里……’”托玛斯神父抬起头来看了看，“接下去他对我们的工作说了不少好话。‘无私……献身……穿着白色法衣，过着无可指摘的生活。’你知道，他写东西时确实懂得该用什么文体。

“‘到底是什么最终使伟大的奎里毅然抛弃掉为他带来声名和财富的事业，叫他把自己的余生献给这些不可接触的麻风病患者呢?我无法询问他这个问题，这时我突然发现我的寻求已经终结了。我从独木舟上被抬到岸上的时候发着高烧，神志昏迷，我乘坐的简易的木船终于进入这个约瑟夫·康拉德[①]称之为黑暗的心脏的地带。几个忠实的土人跟随着我从大河上漂流下来，他们所表现的忠诚不亚于他们的祖父一代对斯坦利的忠心耿耿。’”

“他总是把斯坦利牵扯进去，”奎里说，“到非洲腹地来过的人不止斯坦利一个人。我想英国人可能从来没听说过他们。”

“‘我清醒过来的时候发现奎里的手正在给我把脉，他的目光直视着我的眼睛。马上我就感觉到一种巨大的神秘感。’”

“你真的欣赏这篇文章?”奎里实在忍耐不住了，一下子从床上坐

① 约瑟夫·康拉德(1857—1924)，英国小说家，《黑暗的心脏》是其名著之一。

了起来。

“我看过很多描写圣徒的文章，比这篇写得更糟，”托玛斯神父说，“文体不能取代一切。这个人的本意还是好的。你可能不是个最好的评判者。”他接着往下念，“‘正是从奎里口中我才知道神秘的含意。奎里对我讲的话可能是他对其他的人从来没有吐露过的。他谈话时对他的前半生流露着深深的悔恨。他的前半生花天酒地，风流艳事不断，正像圣徒弗兰西斯年轻时在阿诺河畔一座城市的暗巷里过的生活一样……’我真后悔你讲这些话的时候我没在场。”托玛斯神父惋惜地说，“我跳过下一段，这一段主要是叙述麻风病人的事。他好像只注意到那些残废人了——真是遗憾，这样我们这里只会留给欧洲一个过分阴郁的印象。”托玛斯神父一旦代替了院长的职务，比一个月以前对麻风病院满意多了。

“从这里起他开始讲他所谓的核心问题。‘从奎里最亲密的朋友椰油厂主莱克尔嘴中，我获悉了这个秘密。这也许是奎里的一个特点：他把自己出于谦逊而向同他一起工作的那些神父隐瞒着的事都毫无保留地讲给这位工厂主听。你绝对想不到这位伟大建筑师会同这么一个人建立起友谊。“你想知道他的动机吗?”莱克尔先生对我说，“肯定是出于爱，出于一种不受种族和等级限制的无私的爱。我还从没见过这么一个信仰坚定的人。我就是坐在这张桌子旁边和伟大的奎里先生讨论什么是神圣的爱，一直讨论到深夜。”这样，奎里的两个奇特的自我汇合到一起了——对我，奎里讲到了他在欧洲爱过的女人，而对置身于丛林中一座工厂里的他这位无名的朋友他谈的却是上帝的爱。

当今这个原子时代的世界是需要一些圣徒的。当一位有名的法国政治家为逃避繁忙的公务，隐居在偏僻的乡间时，据说来登门拜访的踏出了一条直通他住所的小路。世人既已发现了隐居在朗巴伦的施韦策，就不会找不到退隐到刚果的这位隐士。’我想他把圣徒弗兰西斯的几句话删去了。”托玛斯神父说，“可能怕引起读者的误解。”

“这个人在扯什么谎话，”奎里叫嚷起来。他从床上爬起来，站到制图板上铺开的一张蓝图旁边说：“我不允许这个人……”

“他是位记者，当然了，”托玛斯神父说，“这些都是职业性的夸大。”

“我不是说帕尔金逊。这是他的工作。我是说莱克尔。我从来没有和莱克尔谈到什么爱或是上帝。”

“他对我讲他曾经和你做了一次有意思的探讨。”

“根本没有这么回事。从没有什么探讨。我向你保证，那次完全是他一个人在讲话。”

托玛斯神父低头看了看手里的剪报。他说：“还有第二篇报道，一个星期之后发表。这里说了：‘下星期日。圣徒的往日。以痛苦来赎罪。在丛林中失踪的麻风病患者。’我想他指的是迪欧·格拉蒂亚斯，”托玛斯神父说，“这里还有一张这位英国人和莱克尔谈话时的照片。”

“把它给我。”奎里把报纸撕得个粉碎，把碎纸片撒到地板上。他问：“路通吗?”

“我离开吕克的时候不通。怎么?”

“我开卡车去。”

“去哪儿?”

“去找莱克尔谈谈。你还看不出来，神父，我要叫他立刻闭嘴。再这么下去可不行。我是为了我的生存而斗争。”

“你的生存?”

“我只能在这里生存。也只有这一点还属于我。”他无力地坐在床上。他说:“我走了很长的路才来到这里。假如我离开这里就没地方可去了。”

托玛斯神父说:“对于一个好人来讲，名声是一个棘手的问题。”

“神父，可我并不是一个好人。你不相信我吗? 难道你也一定要像莱克尔和那个人一样把什么都歪曲了吗? 我到这里来并没有怀有什么高尚的动机。我不过像我以往那样在寻求自我，但是肯定地讲，即使一个自私的人也有权力获得稍许幸福吧?”

“你这个人太谦虚了，这是你高贵的品质。”托玛斯神父说。

第六部

第一章

1

玛丽·莱克尔看到她丈夫一入睡就放下手中的《效仿基督》，但她还是不敢动，生怕惊醒他。当然了，她丈夫完全有可能是在玩花招。她能想象出来他会怎么训斥她："你就不能看护我一小时吗?"因为她丈夫总是爱极力模拟装假的。那张凹偻脸扭到另一侧，所以她看不到他的眼睛。她想只要他的病没好，她就不需要把自己的消息告诉他，因为人们是不应该把像她这样的坏消息告诉病人的。透过纱窗飘进一股变了质的人造黄油的气味，她一闻到这种味就不禁想到她的婚姻。从她坐的地方她可以看到锅炉房的一角，工人们正往炉子里添椰子壳。

她为自己的恐惧、无聊和厌腻感到羞愧。她一直被培养做一名生活在殖民地的白人，她很清楚地知道生活在殖民地的白人是不应该有这种感觉的。她的父亲当初也在她丈夫现在工作的公司服务，不同的是她父亲的工作是流动性的，因为他的妻子比较娇嫩，所以在孩子出世之前就把她送回欧洲老家去了。她母亲坚持要和他在一起，因为她是一个彻头彻尾的殖民地白人，而且她还是个殖民地白人的女儿。"殖民地白人"这个词在欧洲人嘴里带着轻蔑的意味，但对他们来说却是荣誉的标记。甚至在欧洲度假期间，他们这些人也成帮搭伙地居住在一起。他们到那些过去在殖民地居住过的白人经营的饭馆和咖啡馆吃饭，去固定的海滨湖畔消暑。妻子们在盆栽的棕榈树间等待着他们的丈夫从遍生棕榈树的国度归来；她们一起打桥牌，互相高声朗读她们的丈夫寄来的信，信的内容无非是那些在殖民地居住的白人们中间传播的闲言碎语。信封上往往贴的是野兽、小鸟和花朵图案的光彩夺目的邮票，邮票上盖的都是异国的邮戳。玛丽从六岁起就收集这些邮票，她总是连同信封和邮戳一同保存，这样她就可以不用集邮簿而把它们放在盒子里。其中一封信上的邮戳就是吕克的。她那时可没想到有一天她对吕克会比纳米尔路更熟悉。

出于一种自觉有罪的心理，甚至冒着惊醒莱克尔的危险，她轻轻地用一条浸过香水的手帕替他揩了揩脸。她知道自己不是一名地道的居住在殖民地的白人。这就像对祖国的背叛——甚至比背叛祖国还要坏，因为祖国离自己终究是遥远的，可以想到它的许多坏处。

一个工人从榨油坊走出来，对着墙小便。在他回过身的时候，他才看见她在注视着自己。他们之间的距离只相隔几码，但是他们却像隔着遥远的距离通过望远镜互相观望的人一样。她忽然想起一次早餐的情景，外面的水面上笼罩着欧洲特有的苍白的阳光，几个喜欢在清晨游泳的人已经浸到水里，他的父亲在教她说蒙果语的“面包”、“咖啡”和“果酱”。直到现在她还是只会说蒙果语的这三个词。可是在外面对人只说面包、咖啡和果酱是不够用的。这些词在交往中没有丝毫意义，她甚至不能像她父亲和丈夫那样用外面那个工人听得懂的语言责备他。那人转过身，走进油坊，她感到自己背叛了居住在这块殖民地的白人，一阵孤独感袭上她的心头。她想对留在家中的老父亲道歉；她不能因为那些邮戳和邮票而责备他。她的母亲不愿和他分离。她没有认识到她的这种软弱是一件多么不幸的事。莱克尔睁开眼，问道："几点了?"

"我想大概有三点了。"

他还没有听清楚她说什么就又沉入了梦乡。她继续坐在他身旁。院子里一辆卡车倒着开进油坊，车上准备榨油和燃火的椰子堆得高高的；那些椰子看上去就像干枯的头颅，一次惨无人道的大屠杀的产物。她试图使自己的注意力回到书上，可是那本《效仿基督》怎么也不能使她安下心来。每个月她都收到一期《玛丽－香妲儿》，但她只能等莱克尔忙着干别的事的时候才能偷偷地读上面刊登的小说连载，因为莱克尔非常看不起他所谓的妇女小说，常常攻击说那种作品都是白日做梦。难道除了梦境她还有什么别的消遣吗? 梦是希望的一种形式。这一切她都瞒着他，就像一个抵抗运动的成员把氰化钾药片偷偷藏起来一样。她不愿意相信这就是终结，就这样和自己的丈夫孤独地走向老年，终日在炎热和潮湿的气候中闻着人造黄油的气味，看着黑色的脸庞和废铜烂铁。她日复一日地等着哪一天忽然宣布解放来临。有的时候她想她为了争得解放得付出很大的代价。

《玛丽－香妲儿》是用平邮邮寄来的，寄到的时候常常要晚两个月，但这无关紧要，说起来小说连载和其他任何形式的文学作品一样，都有着永恒的价值。她现在读的这一期正讲到一位姑娘在蒙特卡洛[1]的

---

① 蒙特卡洛，摩纳哥城市，欧洲著名的赌城。

一家大赌场下了一万二千法郎的赌注，这是她手中的最后一笔钱了。她把钱押在十七上，但就在球滚动的当儿，一只手从她肩膀上面伸过来把她的筹码移到十九上，球正好掉在十九号的口袋里，她转过身来看看到底是谁救了她……但是她还得等三个星期才能得知这个人的身份。他现在正坐在开往西非海岸的邮船上到她这里来，可是即使他到达了玛塔迪，前面还有一段漫长的内河航程。院子里的狗叫了起来，莱克尔醒了。

“看看谁来了，”他说，“可别让他进来。”一辆汽车停了下来。很可能是两个敌对的酿酒厂随便哪一方的代表。双方代表每年都要到这些边远地区的销售点旅行三次，举行一次晚会，邀请当地有名望的人和村民免费品尝他们厂出产的啤酒。他们认为通过这种神秘的办法可以扩大他们的销路。

她走到院里去的时候，工人们正在把那些干枯的“头颅”从卡车上铲下来。两个人坐在一辆帕热欧牌子的小型卡车的司机室里。一个人是非洲人，因为阳光正照射在挡风玻璃上，反光使她看不清另一个人的面孔，可是她听见他说：“我在这里待不了一会儿。我们十分钟就可以到达吕克。”

她走到车门旁看见说话的人是奎里。她一下子回忆起几个星期前自己含着眼泪驾车离去时那个令人羞耻的场面。后来她在路边过了一夜，饱尝了蚊子叮咬的痛苦，可这也比面对着一个那么看不起自己丈夫的人好受得多。

她宽慰地想：“他不请自来了。他那时所说的话不过是发泄一时的情绪。当时讲话的是他的虚伪做作，而不是他自己。”她想回到屋里告诉她丈夫，可是她忽然想起他告诉过她：“别让他进来。”

奎里从车里爬出来，她看见和他同车来的仆人是病院里的一名残废病人。她对奎里说：“你来看我们吗？我丈夫一定很高兴……”

“我去吕克经过这里，”奎里说，“我想先和莱克尔先生说件事。”他表情里有某种东西使她想起她丈夫某些时刻的表情。如果那次是虚伪做作叫他说出了那些侮慢的话，那么他现在还是在受着它的支配。

她说：“他病了。我恐怕你不能见他。”

“我非见他不可。从病院到这里的路程花了我三天的时间……”

“那你只能把事情告诉我了。”他站在车门旁。她说：“你好不好讲给我听？”

“我可不能揍一个女人。”奎里说。他嘴边突然显现出的痉挛吓了她一跳。可能他是想笑一笑来冲淡他这话的分量，可这使他的脸变得更丑了。

“这就是你想见他的目的？”

“多少是这么回事。”奎里说。

“那你最好到屋里来。”她头也不回地慢慢在前面走，他对于她好像是一名荷枪实弹的暴徒，她必须装出一副满不在乎的样子。只要她走到房子那儿她就脱离危险了。对于他们这个阶层的人暴力总是发生在空旷的地方；沙发和古董装饰是可以抑制暴力的。在她走进门的时候，她真想一下子逃到自己的房间去，把病人留给奎里，他爱怎么处置就怎么处置吧！可当她想到在他走后莱克尔会怎么责骂她的时候，她还是强忍住没有逃跑，只是瞟了一眼面前那条通向安全的道路。她走进走廊，奎里的脚步声在后面跟着她。

来到走廊之后，她又换了一副女主人的腔调，就好像她又穿上一件刚刚浆洗的外衣。她说："要不要我给你拿点饮料来?"

"还不到时候。你丈夫真的病了吗?"

"当然是真的。我告诉过你，这里的蚊子非常厉害。我们又住得离水太近了。他的疟疾一直没好，我也不知道怎么会闹这么久。你知道近来他脾气不太好。"

"我想帕尔金逊就是在这里发起烧来的吧?"

"帕尔金逊?"

"就是那个英国记者。"

"那个人，"她厌恶地说，"他还在这儿吗?"

"我不知道。在你丈夫把他弄到我那里去之后，你们是最后见到他的人。"

"假如他给你添了不少麻烦，我很抱歉。我不会回答他提出的任何问题。"

奎里说："我已经清清楚楚地告诉你丈夫，我到这里来不想同任何人打交道。他在吕克就硬要和我拉关系。他又把你派到病院去找我，之后又弄来个帕尔金逊。在城里他到处给我胡说八道。现在又搞了一篇文章登在报纸上，紧接着还要来一篇。我是到这儿来告诉你丈夫，这种迫害必须停止了。"

“迫害?”

“你还能找到其他什么词来解释这种行为?”

“你不知道，我丈夫从你一到这里就非常激动。碰到你之前，他在这个地方找不到一个人能和他谈得来。他很孤独。”她的目光一直没有从河水、渡口上的绞盘和河对岸的森林移开，“只要他被一件事物激起热情，他就想要占有它。就像个小孩子一样。”

“我从来就不喜欢小孩儿。”

“这是他身上唯一残留的一点童心。”她说，这句话无意识地、一下子从她口中说出来，就像从伤口迸射出来一样。

他说：“你就不能劝劝他，让他不要再这么谈论我了?”

“我对他没有影响。他从不听我的。再说他凭什么要听我的话呢?”

“要是他爱你的话……”

“我不知道他是不是爱我。有时候他说他只爱上帝。”

“那只能我自己去找他谈了。发一点儿烧还不至于妨碍他听听我该说的话。”他又加了一句，“我不知道他的房间在哪儿，不过这里的房间不算多，我能找得到。”

“不行，请你不要这样。他会认为这是我的过失。他会生气的。我不想叫他生气。我有件事要对他讲。他生了气我就不能讲了。你就是不来，事情已经够糟的了。”

“出了什么事?”

她绝望地望着他。眼泪从她眼眶里涌出来，像汗珠一样不文雅地滴落下来。她说："我觉得我怀孕了。"

"可是我觉得女人们一般都喜欢……"

"他不想要孩子。可是他又不让我采取安全措施。"

"你找过大夫吗?"

"没有，我找不到借口去吕克，况且我们只有一辆车。我不想让他起疑心。他通常每隔一段时间就要了解一下我是不是一切正常。"

"他这次没问过你吗?"

"我想他已经忘了上次之后我们又有过什么事了。"

他不由自主地被她那可怜的表情打动了。她还很年轻，确实相当漂亮，可是她好像从来都没想到男人做过这种事是不该忘记的。她说："那是在总督举办的鸡尾酒会之后。"她好像认为这样一说一切就都解释清楚了。

"你自己拿得准吗?"

"我已经两次没来了。"

"亲爱的，在这种气候中这事并不稀罕。"他说，"我劝你——你叫什么来着?"

"玛丽。"这是女人们最普通的名字，可是对他来说这却像是一个警告。

"说啊，"她急切地说，"你劝我……"

"先不要告诉你的丈夫。咱们尽量找一个借口去吕克找医生看看。你不要太着急。你不想要一个孩子吗?"

"他要是不想要孩子，只我想要有什么用。"

“我现在就可以带你走——要是咱们能找到个借口的话。”

“只有你能说服他。他非常崇拜你。”

“我要到医院去给柯林医生拿些药，还得去给神父们买些稀罕的食物，为庆祝上房梁时准备些香槟酒。所以明天晚上之前我是无法把你送回来的。”

“噢，”她说，“他的仆人照顾他要比我强得多。他一直跟着他。”

“我是怕他可能不相信我……”

“有几天没下雨了。路很好走。”

“那我去和他谈谈吧。”

“你本来要和他说的其实不是这些，对吗?”

“我尽量对他客气一些。你使我火气消了不少。”

她说：“我一个人去吕克肯定是件好玩儿的事。我是说只同你在一起。”她用手背擦干了眼泪；她对自己动不动就掉眼泪这件事并不比一个孩子更觉得不好意思。

“也许医生会对你说这是虚惊一场。哪一个是他的房间?”

“从过道尽头的那扇门进去。你真的不会对他发火吗?”

“不会的。”

他走进屋的时候，莱克尔正坐在床上。他那副愁眉苦脸的样子就像是戴着一副假面具，可是在他见到他的客人时，他马上把这副假面具摘下，换上一副热情欢迎的面孔。“噢，奎里？是你啊?”

“我是去吕克经过这里来看看你。”

“你能到我病榻前来看我，真太感谢你了。”

奎里说：“我是来和你说说那个英国人写的混蛋文章的。”

“我把那篇文章交给托玛斯神父，让他带给你了。”莱克尔的眼睛不知因为发烧还是高兴变得闪闪发光，“《巴黎星期日》在吕克还从来没这么好的销路，我可以向你保证这一点。书店已经向报社发了补购函，据他们说下一期他们订了一百份。”

“你就没想过这种事对我来说多么讨厌吗?”

“我知道这家报纸不是第一流的，不过这篇文章大家反应都很好。你一定不会想到它在意大利都再版了。我听说主教大人在罗马也问起这件事了。”

“你愿意不愿意听我说两句，莱克尔？我尽量说得客气点儿，因为你还在生病。这一切到此为止吧。我不是天主教徒，连基督教徒都不是。不管是你还是你的教会都不会把我当教徒看。”

莱克尔坐在十字架下，脸上露出会意的微笑。

“关于上帝的事我什么都不相信，我也不信仰什么灵魂和永恒。我对这些事甚至不感兴趣。”

“不错，托玛斯神父告诉过我，你由于没有信仰而特别痛苦。”

“托玛斯神父是个虔诚的傻瓜，我到这个地方来就是为了躲开傻瓜们的，莱克尔。你能不能答应我别再找我的麻烦了，还是逼得我非再从我来的路回去不可？在发生这件事之前，我还是很快乐的。我发觉我还可以工作。我觉得我对生活有了一点儿兴趣，做点什么事……”

“让天才隶属于尘世，这是对天才的一种惩罚。”

如果他注定要受折磨的话，他倒是真希望那位玩世不恭的帕尔金逊来折磨他。在那位疯疯癫癫的帕尔金逊身上毕竟还能找到一条裂缝，可能成为真理偶然寄生的隙地。可是莱克尔却像是一堵用教会箴言涂抹的厚厚的墙壁，在他身上，他连砖缝都看不见。他说：“我不是天才，莱克尔。我这个人不过是具有某种才能而已，还不是很高的才能，况且这种才能已经枯竭了。以后我也不会有什么创新了。顶多是重复表现自我而已。所以我放弃了。这事既简单又平常。就像我放弃追求女人一样。干那种事大不了就是那几种姿势。”

“帕尔金逊跟我讲过你心中的悔恨……”

“我从来没有感到过悔恨。从来没有过。你把生活看得太戏剧化了。我们可以十分自然地从感情中退却出来，正像在工作之后退休一样。如果你不再假装对某件事关心，莱克尔，你对它还真的会有感情吗？莱克尔，假如你的工厂明天在一场骚乱中被烧掉，你会特别介意吗?”

“我的心思不在那上面。”

“你的心思也不在你妻子身上。关于这一点你在我们初次见面时就向我表白得很清楚了。你想让别人把你从圣保罗用以吓唬人的欲火中解救出来。”

“基督教式的婚姻没有什么不对头的地方，”莱克尔说，“这要比那基于情欲的婚姻好得多。不过你要想知道事情真相的话，我可以告诉你，我全部的心思都是放在信仰上的。”

“现在我开始觉得我们之间没有多大区别了，在我和你之间，我们都不懂爱是什么。你装作爱上帝是因为你什么都不爱。可是我却不愿作这份假。我身上唯一残留的一点儿东西就是对真实的尊重。这是我小小才能中最有价值的一部分。你却自始至终都在作假，莱克尔，你说是不是？有很多男人大谈特谈对妓女的爱情——在他们没有制造一种浪漫的口实来原谅自己之前甚至不敢和女人睡觉。为了证明你有道理，你居然对我也进行了一番虚构。可我并不想同你玩这种把戏，莱克尔。”

“在我看着你的时候，”莱克尔说，“我就看到一个受折磨的人。”

“啊，不可能。二十年来我没有任何痛苦。要想激起我的痛苦，需要一个比你强大的人。”

“不管你愿意不愿意，反正你已经为我们大家树立了一个榜样了。”

“什么榜样?”

“无私和谦虚的榜样。”莱克尔说。

“我警告你，莱克尔，除非你立刻停止散布这些谣言……”

但是他感到自己无能为力。他落入了这个同对方比赛口舌的陷阱。在这种情况下，给对方一拳头更简便得多，也有力得多，可是现在已经太晚了。

莱克尔说：“圣徒往往是众人的赞美树立起来的。我不知道这种方法是不是不如在罗马受宗教法庭审判。我们已经找到你了，奎里。你不再属于你自己了。当你在森林中和那个麻风病人祈祷的时候，你自己就丢失了。”

“我并没有祈祷。我只不过……”他忽然住了嘴，解释又有什么用呢？在这场辩论中莱克尔占了上风。他走了出去，砰的一声把门关上，这时他才想起来关于玛丽和她要去吕克的事他一句也没提起。

当然了，她正在走廊的另一头焦急地但还是非常耐心地等着他。他真希望随身带来一盒糖果来安慰她。她激动地问：“他同意了？”

“我没提这件事。”

“可你答应我了。”

“我发了脾气，结果忘了。真对不起。”

她说：“那我也照样和你到吕克去。”

“你最好别去。”

“你非常生他的气吗？”

“还好。我大部分火气都冲着自己发的。”

“那我就去。”没容他有时间开口劝阻，她已经离开了他。过了一会儿她回来时，手里只拿着一个小提包。

他说：“你真是轻装旅行啊。”

当他们走到卡车前边，他又说：“我最好还是回去和他说一声吧？”

“他也许反对，那我怎么办？”

他们把人造黄油气味和那堆破旧的锅炉远远抛在后面，森林的阴影从道路两旁笼罩过来。她用女主人的语气客气地说：“医院里一切都好吧?”

“很好。”

“院长怎么样?”

“他走了。”

“上星期六你们那儿雨下得大吗?我们这里下得特别大。”

他说:“你不用强迫自己和我谈话。”

“我丈夫说我太不会讲话了。”

“沉默并不是坏事。”

“在你不高兴的时候沉默不语是坏事。”

“对不起,我忘了……”

他们默默地行驶了几公里。她又开口问:“你为什么到这里来,不到别的地方去?”

“因为这里很远。”

“别的地方也很远,比如说南极吧。”

“在我到机场的时候恰好没有去南极的飞机。”她咯咯地笑了。想叫年轻人开心并不难,即使那些不高兴的年轻人也很容易把他们逗笑。“有一架飞机去东京,”他又加了一句,“不过这个地方还是比东京远得多。而且我对日本的歌伎和樱花都不感兴趣。”

“你是不是说你真的不知道你该去哪儿?”

“拿到一张航空信用卡的优点之一就是不到最后一刻你不用下决心去哪儿。”

“你有家吗?”

“没有家。我只离开了一个人，可是没有我她可能生活得更好。”

“她真可怜。”

“啊，不，她没有失去任何有价值的东西。要一个女人同一个不爱她的男人一起生活是很难受的。”

“是的。”

“一个人不能一天到晚总装假。”

“是的。”

直到天黑他俩谁都没有再说话。他打开大灯，车灯照在路前方一个坐在一张摇摇晃晃的椅子上的雕像上，雕像的头是用椰子做的。她吓得倒吸了一口气，紧紧靠在他的肩膀上。她说：“我害怕那些我不了解的东西。”

“那你该害怕的东西太多了。”

“是的，我正是这样。”

他用手搂住她的肩膀安慰她。她问：“你和她告别了吗?”

“没有。”

“可她肯定看见你收拾行装了。”

“没有，我也是轻装旅行的。”

“你什么也没带就走了?”

“我拿了一把剃刀和一把牙刷，还有一本美国银行的信用卡。”

“你当时真不知道该去什么地方吗?”

“不知道。所以带衣服也没用。”

道路坎坷不平，他得用两只手才能把握住方向盘。他过去从来没有仔细考虑过自己的行为。在他看来，那次出门是当时唯一符合逻辑的举动。他那天的早饭吃得比平常多得多，因为他不知道下顿饭要等到什么时候。然后他乘上一辆出租汽车。他的旅行是从一个空荡荡的机场开始的——这个机场原来是世界博览会的会址，博览会已经关闭了许多年了。你在候机室的长廊里走上一英里也看不到几个人。在一间大厅里，人们东一个西一个地坐在那里等着飞往东京的飞机。这些旅客看上去就像一座艺术画廊里的雕像。他订一张飞往东京的飞机票，之后才注意到一个标着非洲地名的指示牌。

他问："那架飞机还有空座位吗?"

"有。不过从罗马起飞后就没有换乘去东京的中转站了。"

"我要一张全程票。"他把信用卡递给对方。

"您的行李在哪放着?"

"我没带行李。"

他现在才想到，当时他的举止一定有些奇特。他对那个售票员说："请只填写我的姓就够了。在乘客名单上也这么写。我不希望新闻界找我的麻烦。"名声给人带来的好处不多，但是有一个好处就是，他不会因为举止怪僻而引起人们的怀疑。他本以为这样就可以很容易地销声匿迹，但是他并没有完全办到这一点，否则那封签着"一切属于你"的信也就寄不到他手里了。也许她亲自去机场打听过。那个售票员肯定把他搭乘飞机的事原原本本给她讲了。虽然如此，在他到达目的地的时候，还是没有人认出他来。在他停歇的那个小旅馆里——这家旅馆没有安装空调设施，淋浴喷头也是坏的——也没有人知道他的名字。所以泄露他行踪的人除了莱克尔不会是别的人。莱克尔的兴趣掀起的小小风波像无线电波一样传遍了半个地球，连国际新闻机构都知道了。他忽然说：“我真希望我从没遇到你丈夫。”

“我也是。”

“我和他相识对你是没有什么损害的。”

“我的意思是说——我过去没有遇到他就好了。”车灯照在一个用木桩支在半空中的笼子上。她说：“我恨这里，我想回家。”

“我们已经走了不少路了，回不去了。”

“那不是我的家，”她说，“那只是工厂。”

他清楚地知道她希望他说什么，可是他不愿意说。你说上几句同情的话——不管多么虚伪，多么陈腐——经验告诉他随后而来的将是什么。不幸就像一只饥饿的野兽在路旁窥伺着它的牺牲品。他说：“你有朋友在吕克可以留你过夜的吗?”

“我们在那儿没有朋友。我准备和你去旅馆。”

“你给你丈夫留了条子没有?”

“没有。”

“留张条子就好了。”

“你上飞机前留条子了吗?”

“我和你不一样。我是不准备再回去了。”

她说：“你能不能借我点钱买票回家——我是说回欧洲?”

“不行。”

“我本来也怕你不肯。”好像这句话说出口后，一切就都解决了，她沉入了梦乡。他脑子飞快地想到：这只吓破了胆的小动物——她还太年轻，不会构成什么危险的。只有在她们长大以后，你才不能因为怜悯而轻信她们。

2

将近午夜十一点钟，他们才驶过河边的小码头进入吕克市区。主教的小轮船停靠在码头上。一只猫在跳板中间停下来审视着他们。奎里猛地转动方向盘避开路上的一条死狗——它直挺挺地躺在路当中等着喂清晨的秃鹫。对着总督府前小广场的旅馆仍然悬着彩饰——那是某次庆典的残迹。不是当地酿酒厂的老板们刚刚举办过年会，就是某位自认为走了鸿运的官员为他被召唤回国进行过庆祝。酒吧间里，钢管椅子上面悬着紫红色和粉红色的纸环彩带，使整个房间显得毫无生气，像是一间机器房；灯架上立着一个月球上的人形，笑容满面地俯瞰着餐厅。

楼上的房间里没有空调设备。间墙与天花板之间留着一段空隙，所以客人们任何私下的活动都不能保守秘密；隔壁房间里的动静从另一个房间里听得一清二楚。奎里通过声响知道那个姑娘上床前的每一个动作——旅行袋的拉锁拉开了，挂衣钩哐啷地一响，一只玻璃瓶碰到瓷盆的声音。接着是鞋落在没铺地毯的地板上，放水的声音。他坐在那里考虑着，如果明天早晨医生断定她怀了孕，他该如何安慰她。他想起了他陪着迪欧·格拉蒂亚斯熬过的那个漫长的夜晚。那次他也是极力克服恐惧的心理。他听到隔壁的床发出吱吱扭扭的响声。

他从袋子里拿出一瓶威士忌给自己倒了一杯。现在轮到他发出叮叮当当的声音了，他得打开水管子，挂衣服；他就像禁锢在牢房里的一名囚犯用暗号回答自己的同谋犯一样。一种奇怪的声音从隔壁传进他的耳朵里——听上去她好像在哭泣。他没有同情心，有的只是恼怒。她自己非要和他一起来，现在又要搞得他一夜无法入睡。他还没有脱衣服。他拿着那瓶威士忌，敲了敲她的房门。

他立刻看出自己搞错了。她正坐在床上读一本平装本小说——这本书也一定是她临走前偷偷藏在萨本纳航空公司旅行包里带来的。他说："对不起——我以为你在哭呢。"

"哦，我没哭，"她说，"我笑呢。"他看见她手中拿着一本描写一名英国上校在巴黎生活的通俗小说。"可笑极了。"

"我把这个拿来，看你是不是需要喝一点儿。"

"威士忌吗？我从来没喝过。"

"你可以试试。不过你可能不会喜欢的。"他涮了涮她的漱口杯，给她倒了一小口。

"你不喜欢吗？"

她说："我喜欢这种做法。半夜三更在自己屋里喝威士忌。"

"现在还不到半夜。"

"你知道我的意思是什么。还可以躺在床上看书。我丈夫不愿意我在床上看书。特别是这类书。"

"这本书又有什么不好呢？"

“不严肃，和上帝无关。”她说，“当然，他的道理不错。我没受过正规教育。修女们尽了心，可是我一离开修道院就都忘了。”

“我很高兴看到你没为明天的事焦急。”

“没准儿是好消息。我有点肚子疼。不会是威士忌引起来的吧？也许是那件倒霉的事。”她那女主人的腔调和修女的教导一样都被抛到九霄云外了，她回到了女生宿舍中。要是认为这么一个幼稚的孩子会构成危险，那也未免太可笑了。

他问道：“你上学的时候快乐吗?”

“整天无忧无虑。”她蜷起双腿，说道，“你为什么不坐下?”

“你该睡了。”他感到不把她作为一个孩子看待简直不可能。莱克尔不但没有夺去她的贞洁，反而把它永远安全地保存了下来。

她说：“你还打算干些什么？我是说在医院完工以后。”所有的人都问他这个问题，可这次他没有回避答复：有一种理论认为对年轻人应该永远讲真话。

他说：“我准备留下来。我永远不会回去了。”

“你怎么也得回去——休假什么的。”

“对别人可能是这样，可我用不着。”

“老在这里呆着会生病的。”

“我这个人身体很结实。再说生病不生病我也不在乎。早晚我们都会得一种病——衰老。你没看见我手背上这些棕色的斑点？——我母亲把它们叫作‘入土斑’。”

“那是雀斑。”她说。

“才不是呢，雀斑是晒出来的。这些是黑暗造成的。”

“你真有些病态，”她说，口气就像是学校的校长，“我真不理解你。我是不得不呆在这里。要是我像你那样自由，上帝啊……”

“我给你讲个故事，”他说，又为自己斟了一杯苏格兰威士忌。

“你斟得太多了。你不太能喝酒吧？我丈夫酒量很大。”

“我不过是经常喝而已。这一杯是帮我讲故事的。我不会讲故事。该怎么开始呢?”他慢慢呷着酒，“从前有一次。”

“说实在的，”她说，“我们都是大人了，别讲童话故事了。”

“你说对了，一会儿你就会看到从某种角度讲这正是我要讲的故事。从前有一个孩子，住在偏僻的乡下。”

“那个孩子是你吗?”

“不是，你不要想我在影射自己。人们都说，作家是从自己的一般生活经验中，而不是在具体事件中取材。来这之前我从没离开过城市。”

“继续讲吧。”

“这个孩子和他的父母住在一个农庄里——农庄并不大，可是养活他们一家人再加上两个仆人，六个雇工，一条狗，一只猫，一头母牛，还是绰绰有余的。我想他们也许还养了一口猪。对于农庄的情况我不太了解。”

“那么一大家子啊。我要把他们全记住的话，我就会睡着了。”

“我讲这个故事就是想哄你睡觉。他的父母常常给他讲故事。说有一个国王住在一百英里以外的地方——差不多和离地球最远的星球一样远。”

“你胡说。星星离我们有几万万、几万万里……”

“不错。可是这个孩子总认为星星只有一百里远。他不懂得什么叫‘光年’。他想不到他看到的一些星星在我们这个世界被创造出来之前就已经毁灭了。他们告诉他，国王住得虽然很远，却能看到世界上发生的一切事情。一只母猪生下猪崽，一只蛾子烧死在油灯上，他什么都知道。一男一女结了婚，他也知道。他特别高兴他们结婚，这样在他们生了孩子以后，他臣民的数量就增多了；所以他奖赏他们——人们无法看到这种奖赏，女人们常常生孩子时死去，而且有的时候孩子们一生下来就是聋子或者是瞎子，不过，空气你也是看不见的——但是据那些知道的人说，确实有空气存在。假如一个仆人同另一个在草堆里睡觉，国王就要惩罚他们。这种惩罚你也看不到。有时候那个男仆人找到一个比现在更好的工作，那个女的在失掉贞操之后变得更漂亮了，而且还嫁给了管家，不过这仅仅是因为国王的惩罚推迟了而已。有时直到他们死还没有受到惩罚，但是这也不要紧，因为国王也管死人。你不会想象出来，他在这些人进了坟墓以后还会怎样可怕地惩罚他们。

“孩子长大以后，他规规矩矩地结了婚，因而得到国王的奖赏。虽然他的独生子死了，他在事业上也没什么成就，可他一心想雕刻一些塑像，就像司芬克斯那么巨大、那么宏伟。他们唯一的孩子死后，他和妻子吵起来，因而受到了国王的惩罚。当然，和他受到奖赏一样，你也看不到这种惩罚。你只要相信有这种事就成了。以后他逐渐成为一名著名的珠宝匠，他曾经满足过的一个女人给他钱供他深造，为了表示对她的尊重，当然也为了表示对国王的尊重，他制作了很多美丽的珍宝首饰。大批的奖赏接踵而来，还有很多的钱。其中不少是国王给的。所有的人都说那都是国王一个人给他的。他离开了他的妻子和情妇，他也遗弃了很多女人，不过在他刚和她们接触时，他总是很开心的。她们把这称之为'爱情'，他也这么认为。他破坏了他所能想到的一切规矩，而且他肯定也因为破坏了这些规矩而受到了惩罚，可是你就是看不到这些惩罚，他同样也看不到。他变得越来越有钱，他的珠宝首饰制作得越来越精美。女人们更是越发喜欢他。所有的人都觉得他的日子非常幸福。唯一不顺心的事是他变得厌倦了，对一切越来越感到厌倦。好像没有一个人对他说过'不成'两个字，也没有一个人可以使他感到痛苦。受苦的永远是别的人。有时候，仅仅为了变换一下，他倒很乐于体验一下受惩罚的痛苦，国王一定一直在惩罚他呢。他能够随心所欲地到处旅行，过了没多久，他觉得他走的地方已经远远超出了他和国王之间的那一百里的距离，甚至比那颗最最遥远的星星还远。然而不论他到哪里，周围的一切都没有变化：报纸上的文章异口同声地赞美他制作的珍宝首饰，女人同样欺骗自己的丈夫和他上床睡觉，国王的仆从们还是认定他是一位忠诚可靠的臣民。

"由于人们只能看到奖赏，看不到惩罚，他被人说成是非常好的人。有时候人们也多少有些奇怪，为什么这么一个好人会和那么多女人寻欢作乐——这起码从表面上看是违反了国王所立下的规矩的。不过他们很快就对此找到了理由；他们说他在爱情这方面非常有本事，而爱情一向被他们认作是最高的美德。就是在国王所能赐给的奖赏中爱情也确实是最高的一种。它之所以那么被人们看重，是因为比起那些物质奖赏，比起金钱、成功、学院的学位等等，更无法为人看到。甚至他本人也开始相信，他比那些世上所谓的好人更善于表现自己的爱情；那些人，如果你了解内情的话，显然并不怎么好（你只要看一看他们所受的惩罚——贫穷、孩子的夭折、在铁路事故中失掉双腿等就够了）。有一天，他忽然发现他什么人也不再爱了，他大吃一惊。”

“他怎么会发现的呢?”

“那是他当时发现的几个重大事情中的第一个。我不是和你说过，他非常聪明，比周围所有的人都聪明吗？在他还是小孩的时候，他就独自发现了所有关于国王的事。当然，他的父母给他讲了很多故事，可是那些故事什么也不能证明，它们只不过是老妈妈讲的老掉牙的故事而已。大家都说自己热爱国王，可他更进一步。他用历史的、逻辑的、哲学的和辞源学的方法证明了国王的存在。他的父母告诉他这纯粹是浪费时间。他们生来就知道，他们看见过国王。‘在哪里?’‘当然在我们心里。’他对他们的无知与迷信感到好笑。他能够证明国王就在离城市一百里之外的地方，而且从来就没离开过那里一步，国王怎么可能存在他们的心中呢？他的国王是客观存在的，除去他的国王外，世界上不存在任何其他的国王。”

“我不喜欢寓言，我也不喜欢你的主人公。”

“他也不喜欢他自己，所以他也从来没有谈过他自己——除了用这种方式。”

“你说的‘除了他的国王世上没有其他的国王’，使我多少有点儿想起了我丈夫。”

“你不能埋怨讲故事的人把真实人物编到他故事中去。”

“你什么时候能讲到故事的高潮？结局是快乐的吗？不然的话，我就睡觉了。你干什么不描写一下故事中女主人公啊?”

“你就像那些批评家一样，想让我编一些合你口味的故事。”

“你看过《曼侬·莱斯科》[①]吗?”

“很久之前读过。”

“我们在修道院的时候就非常喜欢这本书。当然，在那里是严禁看这本书的。这本书从一个人手里传到另一个人手里，我把勒热内的《宗教战争史》的封皮贴在上面。现在我还保存着呢。”

“你得让我把故事讲完啊。”

“嗯，好吧，”她表示让步，把身体靠在后面枕头上，“要讲就讲吧。”

“我刚讲了我们的主人公的第一个发现。他的第二个发现比第一个晚很多时间，那时候他认识到自己生来就不是一个艺术家，充其量只是个聪明的珠宝匠。他制作了一件形状像鸵鸟蛋的金首饰：整个首饰是用珐琅和金子做成的，一打开就可以看到里面有一个小金人坐在

① 法国小说家普雷沃（1697—1763）的代表作。

桌子旁边，桌子上又有一个用珐琅和金子做成的蛋，你再打开……我就不用往下说了。所有的人都说他是一个能工巧匠，不过人们之所以赞赏他，也由于他制作的艺术品有一个严肃的含义：每一个蛋的顶端都有一个用宝石镶嵌的小金十字架以表示对国王的尊敬。不幸的是，他对自己这种挖空心思的精巧设计变得厌腻了，就在他拿着一块光学镜制作最后一个蛋的时候——故事发生在很久以前，那时人们管这种镜子叫放大镜，这个故事当然和我们这个时代没有任何关系，和所有活着的人也没有丝毫共同处……”他拿起杯子，喝了一大口威士忌；他已经记不清有多长时间他没有这么高的兴致了。他说：“我讲到哪？我想我喝多了点儿。威士忌一般还不至于把我弄成这样。”

“讲到蛋的事了。”她昏昏欲睡的声音从被单下面传出来。

“哦，对了，第二个发现。”他开始意识到这是一个悲哀的故事。所以要了解他这时那种自由、解脱的心情，有如了解罪犯向检察官坦白交代了一切罪行后浑身轻松的感觉一样，是很困难的。这会不会就是一个作家所得到的报酬？“我把一切都说了，你爱怎么处置我就怎么处置我吧。”

“你刚才说什么？”

“最后那个蛋。”

“哦，对了，讲到这儿了。我们的主人公忽然发现他对一切感到厌烦——再也不想动手制作什么珍宝首饰了。他的职业已经完结了——他已经走到头了。没有什么东西能比他所制造的珍宝首饰更精巧，或者干脆说更无用了。而今后他也不会再得到比他已经得到的更高的赞美了。他知道那些傻瓜们怎样利用人们对他的赞美。”

“之后呢?”

“他来到一条名字叫朗帕路四十九号的住房，他的情妇在离开自己的丈夫之后一直住在那里。她的名字和你的一样，叫玛丽。门口围着一大群人，里面有医生，也有警察。一小时之前她自杀了。”

“多可怕啊。”

“对他并不可怕。很久很久之前他的欢娱也已经走到尽头了，就像他的工作也结束了一样，虽然他仍然不断寻求欢乐，就像一名退出舞台的舞蹈演员每天在练功房的把杆上继续练功一样，只是因为每天早上他都是这么度过的，他从来没有想过要停止这样做。因此我们的主人公唯一感到的是解脱；把杆折断了，他想用不着再麻烦自己寻找另一个了。虽然过了一两个月他又找了一个。可是一切都太晚了——他这种习惯已经彻底打破了，他从此再也不能用同样的热情恢复这个习惯了。”

“这个童话太悲惨了。”那个声音说。他看不见她的脸，被单把脸盖住了。他没有注意她的批评。

“我告诉你，抛弃你的职业并不比抛弃你的丈夫更容易。在这两种情况下，人们都要向你大讲特讲责任问题。人们纷纷来找他购买带有十字架的金蛋（为国王和他的臣子服务是他的责任）。恐怕正是他们对他的大吹大擂才使得别的人再也不能制作这种金蛋或是十字架了。为了使他们大失所望，并且证明他的心思已经改了，他玩世不恭地用几块宝石雕刻成精致的小蟾蜍作为女人们挂在肚脐前的饰件——

肚脐前的装饰马上风行一时。他甚至使一种软铠甲时髦了一阵子，他用一颗宝石嵌在铠甲的顶端，就像一只智慧的眼睛，男人们可以用这种铠甲遮盖自己下体——由于某种原因，人们给它取了个名字叫‘海上捕拿特许证’。有一段时间人们把它作为时髦的礼品送人（你知道女人很难挑选到中意的圣诞节礼品送给男人）。就这样，我们的主人公照样收到大笔的金钱，人们对他赞不绝口。可最叫他恼火的就是他信手搞出来的这些小玩艺儿大家也看得和那些金蛋十字架一样贵重。他是国王的珠宝匠，什么东西也无法改变这一点。人们宣称他是道德家，说他的作品是对当时那个时代的尖锐的讽刺——最后，这种意见在一定程度上影响了‘特许证’的销路，这大概可以想象出来的。男人们一般不愿意把道德讽刺盖在身体那块地方，女人们触摸讽刺作品时也怀着戒心，不像她们过去抚摸一件镶着珠宝的柔软遮体衣那样高兴。

“然而，尽管他的珍宝装饰在一般人中不再那么受欢迎，却使他得到一批艺术鉴赏家的特殊好评，这些人本来就不相信世俗的称誉。他们开始写文章介绍他的艺术，尤其是那些自称是了解和热爱国王的人更喜欢谈论他。这些文章书籍的内容几乎没有多大出入，我们的主人公读了一篇之后，其他各篇不用再读也就一清二楚了。这类文章中差不多总有那么一章，题目是：‘洞中蟾蜍：浪子的艺术’，要不然就是：‘从复活节金蛋到海上捕拿特许证，阐释原罪的珠宝匠’。”

“你为什么总要把他称为珠宝匠呢？”被子底下传出她的声音，“你很清楚，他是一个建筑师。”

“我告诉过你不要把我的故事和真人真事联系起来，否则，你接着就该推敲你自己和故事中那个玛丽的区别了。感谢上帝，好在你还不是那种想要自杀的人。”

“我要做到的事会使你大吃一惊的，”她说，“你讲的一点儿也不像《曼侬·莱斯科》，不过还是够悲惨的。”

“人们并不知道，有一天我们的主人公有了一个惊人的发现：他不再相信那些历史的、哲学的、逻辑的和辞源学的论证了，过去他正是依据这些论证才推导出国王的存在。他只剩下一种记忆，似乎国王是活在他父母的心中而不是在其他什么地方。不幸的是，他的心已经不是他的父母所造就的那样了：这颗心由于骄傲和成功而僵化了，变得只是在骄傲的时刻才跳动，在一座建筑物……”

“你终于说建筑物了。”

“——在一颗珠宝做成之后，或者当一个女人在他身子下面欢乐地喊叫的时候。”他看了看瓶子里的威士忌：还剩下一点儿，不值得再留了。他把酒全都倒在杯子里，也懒得再往里兑水。

“你知道，”他说，“他欺骗了自己，正和他狠狠地欺骗了别人一样。他曾经坚信过，他对自己工作的热衷就是在表示对国王的爱，他对一个女人施以柔情就是在摹仿——至少是不完善地摹仿——国王对他的臣民的爱。国王终究还是特别爱这个世界的，所以他送来了一只牛、一阵黄金雨和一个儿子……”

“你越讲越糊涂了。”姑娘说。

“可是，当他发现他所信仰的国王并不存在时，他忽然醒悟过来，他以前所做的一切都是出于对自己的爱。再继续只为自己孤寂的爱情制作珠宝或者是爱情又有什么意义呢？在他发现有关国王的事情之前，可能他的性和他的使命就已经来到了尽头，或者是这些发现导致一切的终结呢？我不知道，但是我听说他常常怀疑他这种丧失信念是否恰恰就是表明国王存在的一个最终的、有力的证据。这种完完全全的空虚可能就是对他故意破坏那些规矩的惩罚。甚至这正是人们所谓的痛苦吧。这个问题太复杂了，复杂得接近荒谬，他开始觉得自己还不如像自己的父母一样，做个头脑简单、心地纯洁的人呢，他们一直坚信国王就活在他们心中——而不是住在一百里之外的那座像圣彼得大教堂一样大的阴森森的宫殿里。”

“后来呢?”

“我不是告诉你了嘛，抛弃自己的职业就像抛弃自己的丈夫一样困难。假如你离开自己的丈夫，你一定会有好多好多白天和好多好多黑夜不知道该怎么度过，之后会有很多人给你打电话，朋友们要向你提出各式各样的问题，报纸上时不时地要登些关于你的文章。故事的这一部分实在没什么意思了。”

“所以他拿了一张航空信用卡……”她说。

威士忌喝光了。窗外迎来了赤道的一天，好像紧闭的天宇忽地被闯开了，沿着地平线涌进一抹淡绿、淡黄和火鹤般淡红色的光芒，再后迎来了普通星期四那通常的苍白的晨曦。他说：“我耽误你睡觉了。”

“你讲的要是一个浪漫点儿的故事就好了。不过一样，这个故事也把我的心事驱散了。”她在被单里咯咯地笑着说，“我简直可以对他说我们在一起过了一夜，对吗？你想他会和我离婚吗？我猜不可能。教会不允许。教会说，教会规定……”

“你真的是那么不幸吗？”她没有回答他。年轻人的睡眠来得和这个热带城市的白昼一样快。他蹑手蹑脚地打开门，走到过道里。过道里仍然很昏暗，一盏长明灯发出惨白的光线。一个熬了通宵的人，也许是起得很早的人，在隔着五个房间的那边关上了门，一个抽水马桶响了一下，声音又小了下来。他坐在床上，周围渐渐亮了——现在正好是一天中最凉爽的时候。他想：国王死了，国王万岁。可能他在这里又找到了一个国度，也找到了生活。

第二章

1

奎里一清早就外出，准备在天气还不十分炎热之前尽量多给柯林医生办几件事。吃早餐的时候他没有见到玛丽·莱克尔，从他住房隔断的另一边也没有声音传过来。奎里到大教堂去取了等待下一班轮船运走的信件。他发现这里面没有他的信，心里非常高兴。“一切属于你”只向他所在的这个无名的国土作了一个姿态；为她着想，他希望这个姿态只是出于责任与传统礼规，而不是为了表达爱情；如果事情真像他所希望的，他的保持缄默就不会再伤害她了。

时间已经到了中午，他觉得口干舌燥。他发现自己离船码头并不远，便向河边走去，踏上主教的那只小汽船的跳板。他想看一看船长在不在船上。走到舷梯下面，他踌躇了一会儿，为自己的这一行动感到吃惊。很久以来，这还是他第一次主动地去寻求一位伴侣。他还记得自己最后一次踏上这只船的时候——那是一个夜晚，船舱里点着灯——心绪多么恶劣。水手们已经在船桥上堆好了航行用的烧锅炉的木柴；一个妇女正在扶梯口和锅炉中间晒衣服。他一边上舷梯，一边招呼船长，但是他没有想到，坐在餐厅桌前清理货物发票的神父是一位陌生人。

“我能进来吗?”

“我想我知道你是谁。你一定是奎里先生。咱们开一瓶啤酒，怎么样?”

奎里打听上一位船长的消息。“他被派去教伦理神学课了，”新上任的船长说，“他现在在瓦康卡。”

“他舍得走吗?”

“他挺高兴。河上的生活对他没有什么吸引力。”

“对你有吸引力吧?”

“我还不知道，这是我第一次航行。过去成年累月同教堂法规打交道，现在倒是可以换一换环境了。我们明天就起航。”

“到麻风病院去?”

“那是最后一站。要走一个星期。也许十天。我还闹不清路上要上什么货。”

奎里下船的时候觉得自己并没有引起船长的任何好奇心。船长甚至没有问起他新建的医院的事。也许《巴黎星期日》把最坏的事情都做了，莱克尔也好，帕尔金逊也好，都无法再给他增添更多的伤痛了。看样子他即将被接纳到一个新国家来；他像是个难民，正在注视着领事拿起笔在他的护照上填写最后几个项目。但是除非等手续完全办完，难民总是提心吊胆。过去他有过很多经验：主管签证手续的人突然又想到什么事，又提出新问题、新条件，另一个官员走进屋子，又带来一份什么档案。在旅馆的酒吧间里，一个人正在饮酒，他坐在一个月亮里的人形和紫色纸链的条带下面。这个人是帕尔金逊。

帕尔金逊举起一杯淡红色的杜松子酒说："来，我请你喝一杯。"

"我以为你已经走了呢。"

"我只是到斯坦利维尔走了一趟，报道那里发生的骚乱。我已经把文章发回报社去了，除非再发生什么事，我没有什么事干了。你喝什么?"

"你准备在这儿待多久?"

"等着家里拍电报来再说。我报道你的故事非常成功。没准儿他们还要我写第三篇连载文章呢。"

"你没有使用我供给你的材料。"

"你说的那些事不适于家庭阅读。"

"你再也不会从我嘴里得到什么了。"

"真令人感到吃惊，"帕尔金逊说，"有时候只要走运什么好事都碰得上。"他摇晃了一下酒杯里的冰块，"第一篇文章就大获成功。报业辛迪加向所有的报纸发了稿，就连对立面的报纸也采用了——铁幕后自然不在此例。美国的新闻界对这篇稿子更是争先恐后地抢着发表。既有宗教气味又带着反殖民主义色彩——他们最欢迎这类杂烩菜了。只有一件事美中不足——我发着高烧被抬到岸上的情景你没有给我拍下来。我只好用莱克尔太太给我照的一张相片顶数。可是这回我在斯坦利维尔却拍了一张精彩的——站在一辆烧毁的汽车旁边，是不是你不同意我在文章里提到斯坦利?他一定到过那儿，不然的话他们也就不会管那个地方叫斯坦利维尔了。你上哪儿去?"

"回房间。"

“啊，对了，你住在六号房间，是不是？跟我在一条走廊上。”

“七号。”

帕尔金逊用手指搅动了一下冰块，“啊，我知道了。七号。你没有生我的气吧？我向你保证，那天我说了一些气话实在并没有什么。我只不过是想挑逗你开口罢了。像我这样的人可没有资格生气。斗牛士刺到牛身上的矛枪并不是真正的把戏。”

“什么是真正的?”

“下一篇连载。等你读到就知道了。”

“我根本不希望从你笔下读到真实的报道。”

“发火儿了吧?”帕尔金逊说，“比喻是件滑稽的事，很难找到那么贴切的。也许你不相信我的话，可是我告诉你：我过去对于文体风格还是下过功夫的。”他往杯子里看了看，好像在望着一口井，“生命真是够长的，是不是?”

“那天你好像还很害怕失去它呢。”

“这是我唯一所有的。”帕尔金逊说。

朝向阳光刺目的街道的门开了，玛丽·莱克尔走了进来。帕尔金逊笑嘻嘻地说：“看哪，谁来了。”

“莱克尔夫人是搭我的车子从种植园来的。”

“再来一杯杜松子酒。”帕尔金逊招呼侍者说。

“我不喝杜松子酒。”玛丽·莱克尔用会话手册里那种做作的英语说。

“那你喝什么？啊，我想起来了，我在你家的时候从来没有看见你拿过酒杯。那你就喝橘子汁吧，孩子。”

“我很喜欢喝威士忌。”玛丽·莱克尔骄傲地说。

“太好了。你这么快就长大成人了。”他走向酒吧间另一头亲自去取酒，路上还跳了一下。用手掌拍了一下头顶上的纸环，对于一个胖子来说，这个动作可谓非常灵活。

“有什么消息?”

“他一时说不准——要等到后天才知道。他觉得……”

“什么?”

“他觉得我有了，”她忧郁地说。这时帕尔金逊已经端着一杯酒走回到他们身边。他说：“我听说你丈夫发高烧了。”

“对了。”

“我可知道那是什么滋味。”帕尔金逊说，“他有个年轻的妻子伺候，真是太幸福了。”

“他不要我当他的护士。”

“你在这儿要呆得很长吗?”

“我不知道。也许呆两天。”

“有时间跟我吃一顿饭吗?”

“啊，不成。没有时间。”她一口拒绝了。

帕尔金逊强自摆着笑容说：“又发火儿了!”

玛丽·莱克尔把杯里的威士忌喝光了以后对奎里说：“我们一起去吃午饭，是不是，咱们两个人？给我一分钟的时间，让我去洗一把脸。我去拿钥匙。”

“我给你拿。”帕尔金逊说。她还没有来得及拦阻，帕尔金逊已经跑到酒吧间把钥匙取来。他把钥匙套在小手指上摇晃着说：“六号。咱们三个人住在同一层楼上。”

奎里说：“我跟你一起上去。”

玛丽·莱克尔在自己房间里只停留了一分钟就走进奎里的屋子。她问：“我可以进来吗？我的屋子别提多乱了。我起得太晚了，他们还没有来得及把床收拾好。”她用奎里的毛巾擦了擦脸，皱着眉头看了一下毛巾上留下的脂粉印迹，“对不起。我把你的毛巾弄得一塌糊涂。我没想到我的脸会这么脏。”

“没关系。”

“女人总是叫人讨厌，是不是？”

“我活了大半辈子，倒还没发现这一点。”

“瞧瞧我让你受的这个罪，你还得在这个鬼地方呆二十四小时。”

“大夫不能把结果给你寄去吗？”

“我非得把事情弄清楚才能回去。你还看不出我现在这样根本不可能回家？如果答案是肯定的，我就得立刻告诉他。这是我到吕克来的唯一借口。”

“如果答案是否定的呢？”

“那我会非常高兴，我就什么都不在乎了。也许我就根本不回去了。”她又问他，“什么叫兔子试验？”

“不太清楚，可能是取一点儿你的尿，再把兔子切割个口子……”

“活活地切割?”她惊骇莫名地说。

“然后再缝起来。我猜想兔子死不了，下次还可以用它做试验。”

“我真不懂，为什么凡是坏事都这么快就叫我们知道。还得叫一个可怜的小动物陪着受罪。”

“你一点儿也不想有一个小孩吗?”

“有一个小莱克尔？不想。”她从奁里的发刷上取下梳子来，连查看也不查看一下就梳理起自己的头发来，“我不是布置下圈套非叫你请我吃饭不可吧？你是不是已经约好同别人去吃饭了?”

“没有。”

“我只是受不了下边那个人。”

但是在吕克这个小地方，要想甩掉一个人是根本不可能的。城里只有两家餐馆，他们选中的凑巧是同一家。他们三个人是餐馆中仅有的顾客。帕尔金逊坐在靠门的一张餐台上，一边吃东西一边望着他们。他把禄莱福莱相机往身边一张椅子的椅背上一挂，就像在那些动荡不安的日子里平民老百姓随身携带着手枪，总是挂在伸手可取的地方似的。帕尔金逊只带着相机出来狩猎，你至少可以这么说。

玛丽·莱克尔又要了一份土豆。“我一个人的饭量有两个人那么多，”她说，“你可别笑话我。”

“我不会笑话你。”

“这是这里殖民地的人爱说的一句俏皮话：谁的饭量大就是肚子

里有虫子。”

“你肚子还痛不痛了?”

“咳，早就不痛了。医生认为和那件事没关系。”

“你是不是最好给你丈夫打个电话？你今天还不回去，他一定会着急的。”

“线路可能不通。电话线总是断。”

“最近没有暴风雨呀。”

“非洲人总是偷割电线。”

她又吃了一份样子十分可怕的紫颜色的甜食才开口说：“我想你是对的。我去打电话吧。”她离开餐桌，让他一个人喝着咖啡。在一张张的空台子上，只有他的咖啡杯和帕尔金逊的杯子丁丁地响着，好像在演二重奏。

帕尔金逊从自己的位子上大声对他说：“信件还没有来。我在等着我的第二篇连载报道呢。如果来了，我就把它塞到你的门缝里。让我想一下，你住在六号还是七号？可别把报纸塞错了房间。”

“别麻烦了。”

“你还欠我一张照片。也许你愿意同莱克尔太太一同照一张。”

“你不会拍到我的照片的，帕尔金逊。”

奎里付了账，起身去寻找电话机。电话机在一个头发染成蓝色、戴着蓝色眼镜的女人坐的账桌上，她正在用一支橘红色的钢笔在桌上写账。“电话铃响了半天，可是没有人接。”玛丽·莱克尔说。

“我希望他不是病得更厉害了。”

“也许他起床到工厂去了。”她把电话听筒放下，又接着说，“我已经尽力了，是不是?”

“晚上咱们吃饭以前你可以再打一次。”

“你离不开我了，是不是?”

“同你一样。你也只能同我在一起。”

“你有别的故事给我讲吗?”

“没有了。我就知道那一个。”

她说：“明天还要等一天，时间真不好过。在我知道那件事的结果以前，我不知道该做什么好。”

“去躺一会儿。”

“不成。我到教堂去做做祈祷，这是不是太无聊?”

“能把时间打发掉的事都不是无聊的。”

“但如果那东西已经存在，”她说，“就在我的身体里，即使我祈祷，它也不会一下子就消失掉，对不对?”

“我想是不会的，”他不太情愿地说，“就是神父也不会叫你相信这种事的。我想，他们会叫你祈祷，实现上帝的意旨什么的。但你还是别要求我给你解释祈祷这类的事吧。”

“在我做这种祈祷之前，首先我得知道他的意旨到底是什么，”她说，“虽然如此，我想我还是祈祷吧。我可以祈祷，叫上帝赐给我幸福。我总可以这样做吧?”

“我想是可以的。”

“这就把什么事都包括进去了。”

2

奎里同样感觉时间非常难熬。他又一次来到河边。主教的船已经上完了货，船上的人已经走光了。小广场上的铺子都上了板。看来除了他同那个他想正在祈祷的女孩子以外，全世界的人都已经入了梦乡。但在他回到旅馆以后，他发现至少还有一个人没有睡觉，那就是帕尔金逊。帕尔金逊站在紫色和粉红色的纸链子下面，眼睛瞟着门口儿。奎里刚一踏进门槛，他就蹑着脚走过来，神色诡秘，仿佛出了什么大事似的说：“你先等一会儿回房间去，我要同你谈一件事。”

“谈什么?”

“谈谈当前的形势，”帕尔金逊说，“出现在吕克上空的乌云。你知道谁在上面吗?”

“在什么上面?”

“在楼上。”

“你好像着急要告诉我。你就快说吧。”

“当丈夫的来了。”帕尔金逊加重语气说。

“什么丈夫?”

“莱克尔。他到这儿找他的老婆来了。”

“我想他可以在教堂里找到她。”

“事情不像你说得那么简单。他知道是你同她在一起。”

“他当然知道。我昨天到他们家里去了。”

“虽然如此，我觉得他还是没有想到你同她在这里住在紧挨着的两间屋子里。”

“你的思想简直就是个给闲话栏撰稿的无聊文人。”奎里说，“屋子挨不挨在一起能证明什么？住在走廊的两头照样可以偷情。”

“不要看低了闲话栏作家。历史就是他们写出来的。从美丽的罗萨蒙德到伊娃·布朗恩[①]都是他们的杰作。”

“我认为历史同莱克尔这些人没有什么关系。”奎里走到柜房的账桌前边说，“请给我的账单。我要走了。”

“你要溜掉?”帕尔金逊问。

“什么叫溜掉？我呆在这儿只是为了用车送她回去。现在我可以把她交给她丈夫了。他有责任照管她。”

“你真是个没心肝的魔鬼，”帕尔金逊说，“我有点儿相信你同我讲的那些事了。”

“那你就把那些事登出来吧，别发表你那些宣传宗教的胡说八道了。偶然讲点真话还是令人感兴趣的。”

“什么真话？你并不像你装扮的那样头脑简单，奎里。我写的东西没有什么是编造的。斯坦利的事当然是个例外。”

“那你写的什么独木舟啊、忠实的仆人啊等等都是真话吗?”

“我是说，关于你的事我写的都是真实情况。”

“不是的。”

“你在这里隐姓埋名，不是吗？你替麻风病患者义务工作。你也

① “美丽的”罗萨蒙德是英王亨利二世的秘密情妇，伊娃·布朗恩是希特勒的情妇。

确实跟着那个人到森林里去……你知道，这一切归根结底都是善行。”

“我知道我自己行为的动机。”

“你知道？圣徒也都知道吗？那么‘最不幸的罪人’和这类的胡扯又是怎么回事?”

“你讲话——几乎同托玛斯神父一样了。当然还不完全一样。”

“历史可能同意你的解释，但也完全可能同意我的。我对你讲过，我要把你捧上去，奎里，除非，当然了，我发现把你踩下去会使我的报道更加精彩，而看样子现在有了这种可能性了。”

“你真的相信你的能力有这么大?”

“蒙太古·帕尔金逊有整个报业辛迪加作后盾。”

头发染成蓝色的女人说：“您的账单，奎里先生。”奎里转过身来付款。“你觉得值不值得求我帮你一个忙呢?”帕尔金逊说。

“我不懂你是什么意思。”

“我当记者经常受到威胁恫吓。我的照相机两次被人砸毁。我在警察的拘留所里呆过一夜。在餐厅里三次挨了打。”他的语调听着有点像圣保罗在讲话，“我三次遭受鞭打，一次被人投掷石块……”他接着说，“奇怪的是，从来还没有人呼吁过我的善良的本性。它可能会起作用的。也许就在这儿，你知道，在我身体里某个地方……”听来帕尔金逊真的感到非常悲哀。

奎里用温和的语调说：“如果我不是什么都不在乎的话，也许我会求助于你的。”

帕尔金逊说："你这种对什么都无所谓的态度，我真是受不了，你知道他发现什么了？但你是不会向新闻记者打听消息的，你会吗？你房间有一条毛巾，我拿给他看了。还有一把梳子，上面有几根长头发。"帕尔金逊的苦恼刹那间从他受了伤害的眼睛里显露出来。他说："我对你感到失望，奎里。我已经开始相信我写的关于你的报道了。"

"太遗憾了。"奎里说。

"一个人要不就得相信点儿什么，要不就得全盘否认。"

一个人在楼梯转角处踉跄了一下。下楼的人是莱克尔。他手里拿着一个鲜红封面的像是什么本子的东西。下楼梯的时候，他扶着栏杆的手指颤抖着，可能是刚刚发过烧虚弱无力，也可能是因为神经紧张。他站住了，身旁的壁灯照着月亮里的人，那人的一张孩子似的面孔对他傻笑着。他喊了一声："奎里。"

"哈罗，莱克尔，"奎里招呼道，"你好一点了吗?"

"我真不懂这是怎么回事，"莱克尔说，"怎么会是你，偏偏是你……"他好像在极力寻找一句什么套语，不是从他熟悉的神学著作里，而是从连载的言情小说里，"我本来把你当作朋友的，奎里。"

账桌上那支橘红色的笔显得特别忙碌，忙得有些可疑。头发染成蓝色的脑袋叫人不太相信地紧俯在桌面上。"我不知道你在说什么，莱克尔，"奎里说，"我们最好到酒吧间去吧。那里没有人打扰咱们。"帕尔金逊准备跟在他们后面，但是奎里用身体把门挡住了。他说："你别来，这不是登在《邮报》上的材料。"

"我对帕尔金逊先生什么事都不隐瞒。"莱克尔用英语说。

“随你便吧。”下午的炎热把酒吧间的侍者都驱走了。屋顶上垂下的纸链像是老人的胡须。奎里说：“中午吃饭的时候你妻子给你打电话来着，但是没有人接。”

“你以为我还在家里等着？我早上六点钟就上路了。”

“我很高兴你到这儿来。我现在就可以走了。”

莱克尔说：“你不承认也没用，奎里，什么事你也赖不掉，我刚才在我妻子的屋里，六号房间，她口袋里装着七号房间的钥匙。”

“你别那么愚蠢，匆匆忙忙就下结论，莱克尔。就连毛巾和梳子也不是你想的那么回事。就说她在我的房间洗过脸，那又能证明什么呢？讲到房间的事，我们来的时候旅馆只有这两间房子是准备好的。”

“你把她带走为什么连招呼都不同我打？……”

“我本来想告诉你一声，但是咱们谈别的事来着。”他发现帕尔金逊正倚在酒吧柜台上，目不转睛地盯着他和莱克尔的嘴，好像只有这样才能听懂他们使用的语言似的。

“我正发着高烧，她就离开我跟你走了……”

“你还有仆人可以照料你。她到城里来有些事要办。”

“什么事？”

“我想还是叫她自己告诉你吧，莱克尔。女人总有自己的秘密。”

“她的秘密可都叫你知道了。做丈夫的反而没有权力……”

“你太爱讲权力了，莱克尔。她也有她的权力。但是我不想站在这里同你辩论……”

“你要到哪儿去?”

“去找我的仆人。我准备这就动身回去。在天黑以前我们还可以在路上走四个小时。”

“我还有许多话要同你谈。”

“谈什么?谈对上帝之爱吗?”

“不是那个，”莱克尔说，“我要谈的是这个。”他把手里的本子打开，伸到奎里面前。那上面翻开的一页标着一个日期。奎里看到那是一本印着横格的日记，格子里是女孩子在学校写的那种工工整整的字体。“读一读，”莱克尔说，“读吧。”

“我不看别人的日记。”

“那么我读给你听，‘同奎度过一夜’。”

奎里笑了笑。他说：“这倒是真的——可以这么说。我们一块坐着喝威士忌，我给她讲了一个长故事。”

“你说的话我一个字也不相信。”

“你该做个乌龟，莱克尔，可是引诱小姑娘的事我还从来没有干过呢。”

“我可以想象到，法庭对这件事会有什么看法。”

“小心点儿，莱克尔。别恫吓我。我可能改变主意的。”

“我要叫你付出代价的，”莱克尔说，“付出沉重的代价。”

“我怀疑世界上哪个法庭会不相信我同她两个人的话，而只相信你一面之词，再见，莱克尔。”

“你不能就这样若无其事地离开这儿。”

“我很愿意走开以后，叫你疑虑重重。可是那样做对你妻子太不公平了。告诉你，什么事儿也没有，莱克尔。我连吻都没有吻过她。她吸引我的不是那一方面。”

“你有什么权力这样看不起我们?”

“理智些吧。把日记放在原来的地方，什么也不要说了。”

“‘同奎度过一夜’。我什么都不说?”

奎里转过来对帕尔金逊说：“给你朋友一杯酒喝，跟他谈谈，叫他头脑清醒些。你应该给他写一篇报道。”

“决斗会是一篇吸引人的故事，”帕尔金逊若有所思地说。

“她很幸运，我不是个性格粗暴的人，”莱克尔说，“好好抽她一顿……”

“这也是基督徒婚姻的一部分吗?”

他感到非常疲倦；他这一辈子一直生活在类似今天的这种吵闹中，一出生耳边就回响着这种争吵的声音，如果不小心的话，他耳朵里还会带着这种喧嚣死去的。他不顾莱克尔的叫喊离开了这两个人，向门外走去。莱克尔用半尖叫的声音对他喊：“我有权力要求……”坐在汽车驾驶室迪欧·格拉蒂亚斯身边以后，他心头又平静了。他说：“你没有再回到森林去，是不是?我知道你决不会再把我带到那儿去了……虽然如此，我还是希望……潘戴勒离这儿很远吗?”

迪欧·格拉蒂亚斯低着头，一句话也不说。

“算了吧，不说了。”

汽车驶过大教堂的时候，奎里把车停住，走下车去。还是应该把事情告诉她，叫她有个心理准备。为了通风，教堂的大门开着，强烈的阳光透过丑陋的红红绿绿的玻璃射进去，比在室外更加刺目。一个神父向圣器收藏室走去，靴子在瓷砖地上发出吱吱扭扭的声音。一个非洲女人摇晃着手里的念珠。这不是使人们进行沉思默想的教堂。这里同市场一样喧闹、杂乱。在侧翼的小礼拜堂的壁龛里立着许多石膏像，有的怀抱着婴儿，有的手上捧着一个流血的心。玛丽·莱克尔坐在圣女苔瑞丝[①]的雕像下面。她选择的这个位置不对头。她同这位圣女除了年纪以外毫无共同之处。

奎里问她："还在祈祷吗?"

"也没有正经地祈祷。我没有听见你进来。"

"你丈夫到旅馆来了。"

"噢，"她语气平板地说，抬头望着那位使她失望的圣女。

"他读了你留在屋子里的日记。你不应该把你做的事都记下来——写什么'同奎度过一夜'这样的话。"

"我写得不是真实情况吗? 再说我在句子后面还加了一个惊叹号，那是有意义的。"

"有什么意义?"

"表示这不是严肃认真的话。我们在修道院的时候常常这样，句子后面一加上惊叹号，修女就不计较了。'院长肚皮快要气破了!'她

① 法国十九世纪加尔默罗会修女。

们管这叫‘夸大的符号’。”

“我想你丈夫并不懂得你们女修道院的这套密码。”

“所以他真以为……?”她咯咯地笑起来。

“我同他讲过，叫他不要这么想。”

“如果他真的这样以为，我们倒是白白把机会错过了，还不如真的做了什么事呢。你现在到哪儿去?”

“我要回去了。”

“如果你肯的话，我就同你一起走。但是我知道你不会叫我去的。”

他抬头看了看石膏塑像上的那张满脸痴笑的圣洁的面孔，“她会怎么说呢?”

“我不是任何事都同她商量的。只有在最困窘的时候。但是现在我可以说陷入窘境了，是不是?一件事接着另一件。我是不是得把孩子的事告诉他呀?”

“最好在他发现之前告诉他。”

“刚才我拼命祈祷，求她赐给我幸福，”她带着不屑的神情说，“我白白希望了一场。你相信祈祷吗?”

“我不相信。”

“你从不祈祷?”

“我想过去我也相信过。在我不相信世界上有巨人的时候。”

他环顾了一下教堂，看了看圣餐台、圣龛、铜蜡烛台和一些欧洲圣徒的雕像，在这片黑非洲大陆上他们苍白的皮肤好像患了白化病。

他发现自己心头泛起了一阵淡淡的怀旧之情，但是他又想，每一个到了中年的人都会这样怀念过去的，即使过去充满了痛苦，只要那痛苦和青春连在一起，就会使人思慕不已。如果真有一个叫潘戴勒的地方，他想，我也不会费劲儿回到那地方去的。

“你是不是觉得我祈祷是浪费时间?”

“这总比你躺在床上闷头想事情好。”

“你根本就不相信祈祷——或者说不相信上帝，对不对?”

“不相信，”他温柔地说，“当然了，也许我不对。”

“莱克尔却相信。”她说，她称呼他的姓，好像他不再是她的丈夫了，“我希望相信上帝的人总是那些不对头的人。”

“那些修女当然是……”

“啊，她们是以信教为职业的。她们什么都相信，甚至还相信罗瑞托的圣屋[①]。她们也要求我们什么都相信，结果我们的信仰反而越来越少了。”她这样不停地讲话，也许是在拖延时间，不想回旅馆去。她说：“有一次我惹了麻烦；我画了一张圣屋安着喷气发动机、高高飞翔的图画。你信的事情多吗——在你还有信仰的时候?”

“我想我就像我给你讲的那个故事里的小男孩一样，总是用道理说服自己，只要把脑子洗了，就什么事都可以相信了——甚至可以相信婚姻、相信天职什么的。可是等到若干年以后，当你发现婚姻或天

① 在天主教徒中有一种传说，认为圣母马利亚的住所(应在拿撒勒，即现在巴勒斯坦附近)是在意大利罗瑞托城。

职都不是原来想象中的样子，最好也就不要再依恋这些事了。信仰也是一样。人们因为害怕老年生活孤独，所以才要结婚；因为怕挨饿受穷，所以才从事一门职业。难道这是理由吗？同样地，为了死的时候有人给你念几句经文就信教，也不是理由。”

“为了养出孩子有人给婴儿念经文是不是信教的理由?”她问，“如果我肚子里有了小孩儿，我就一定得叫他受洗，是不是？我不知道孩子如果不受洗我会不会高兴。我这样想是不是不诚实？咳，如果孩子的爸爸不是他就好了。”

“当然不能说你不诚实。你一定不要认为你们的婚姻已经失败了。”

“啊，是失败了。”

“我不是指同莱克尔，我的意思是……”他用呵斥的语气说，“看在上帝面上，别又拿我当例子了。”

第三章

1

奎里带回来的一种略带甜味的香槟酒是他在吕克所能买到的最好的香槟了，经过卡车三天的颠簸，在过第一个摆渡时车又抛了半天锚，酒味并没有比刚买时好许多。修女们准备了罐头豌豆汤，四只没有什么肉的烤鸡，和一盘甜味煎蛋卷，煎蛋卷的味道很不正，原因是她们用了番石榴果汁做的馅儿。在她们从自己的住房往神父的餐厅端时，这些煎蛋卷半路上就都塌陷了。但这一天刚刚庆祝完医院上梁典礼，谁也没有心思挑剔食物的好坏。门诊部外面搭了一个大棚，神父和修女为在医院工作的麻风病人和他们的家属在几条长案子上准备了丰盛的饮食，职工和非职工都被请来参加。男人有啤酒喝，妇女和儿童可以喝有气泡的果子汁，吃小圆面包。修女们为自己办的筵席对外人保密，听说她们准备的主要是浓咖啡和几盒小甜饼；这些甜饼还是去年过圣诞节时留下来的，现在没准儿已经发霉了。

筵席开始以前先举行宗教仪式。托玛斯神父在约瑟夫神父和保罗神父的伴随下围着新建的医院慢慢地转了一圈，一边走一边往墙上洒圣水，出席典礼的人又用蒙果语唱了几首赞美诗，接着便进行祈祷，最后由托玛斯神父讲了一篇道。托玛斯神父讲道讲得太长了一点儿，同时他也没有怎么学会当地人讲的话，所以他的布道词大家都听不大懂。有几个年轻的麻风病人感到不耐烦，偷偷地溜走了。还有一个小孩被菲利浦修士抓住，他正在往墙上撒自己身体里的圣水呢。

另外还有一小伙不同信仰的人在离他们不远的地方唱他们自己的赞美诗。这一伙人同本地的部族一点关系也没有，只有曾经在下刚果工作过的柯林医生认出这是些什么人；他们是住在几千公里以外沿海地区的一个惯爱与别人寻隙挑斗的部族。他们唱的歌这里的土著居民谁也听不懂，所以也没有人出头干涉他们。这一天早晨柯林医生凑巧到一条很少人走的小路上去，看见了几辆眼生的自行车；这是这一小伙人从远地来——他们走过漫长的小路，乘过船，又走过公路——的唯一标志。

"E ku kinshasa ka bazeyi ko;
E ku Luozi ka bazeyi ko..."

"在金沙加他们是无知的；
在芦欧济他们是无知的。"

他们不住口地唱着这支赞扬自己优越的狂傲的歌曲：他们比自己的人优越，比白人优越，比基督教的神明优越，比他们六个人以外的任何人都优越。他们全都戴着波罗牌啤酒做广告宣传用的尖帽子。

“在上刚果他们是无知的，
在天堂他们是无知的，
那些咒骂神灵的人是无知的，
酋长们都是无知的，
白人也都是无知的。”

大神恩赞比从来没有被人这样侮辱过，被叫作罪犯；他是一部分非洲人崇奉的神灵。在参加庆典的人中，只有迪欧·格拉蒂亚斯一个人向这些外地来的人那边走了几步，他在这些人同医院之间的一块地上蹲下来。柯林医生记起来，迪欧·格拉蒂亚斯小时候也是从西边下刚果地区来的。

“非洲人将来都要变成这种样子吗？”奎里问，他听不懂这些人唱的是什么，但从这些人斜戴着波罗牌啤酒公司尖帽子的样子，他猜到他们的唱词是带着挑衅意味的。

“是的。”

“你害怕未来吗？”

“当然害怕。但是我不想以剥夺别人自由为代价获取自己的自由。”

“可是他们却在这样做。”

“他们是从我们这儿学来的。”

由于这样那样的耽搁，直到太阳快落下去的时候房梁才架到屋顶上，这以后人们开始举行宴会。热劲早已过去，已经不需要门诊部外面搭起的凉棚了，但是看到从河那边涌起一团团的乌云，约瑟夫神父认为棚子没准儿会起遮雨的作用。

托玛斯神父要举行上梁典礼的决定不是没有争论的。约瑟夫希望再等一个月，到那时院长可能就回来了。保罗神父最初也支持这个意见。可是后来他们看到柯林医生同意托玛斯神父的决定后，便不再坚持了。柯林医生对他们说："托玛斯神父想要举行一次宴会，唱唱赞美诗，就让他过过瘾吧。我需要的是赶快把医院盖起来。"

柯林医生和奎里从东边离开了这群人，在远处兜了一个圈子，直到庆祝仪式快结束的时候才回来。"我们这样做还是对的，"医生说，"但不管怎么说，我还是希望院长能参加这次典礼。他高兴同大家热闹热闹，再说，他讲话起码这些人也听得懂。"

"而且也不会讲得这么长。"奎里说。这时他们周围的非洲人又用带回响的声音唱起另一首赞美歌来。

"反正有你在这儿参加就挺好。"医生说。

"噢，是的。我不走了。"

"我想知道你为什么不走。"

"古老的声音。往昔的记忆。你小时候有没有这种情况：一个人躺在床上醒着，听着楼下大人们在讲话？你听不懂他们说的是什么，但是他们的声音叫你听着很安心。我现在就是这种心理状态。我听着他们讲话，自己一声不出；我心里觉得挺舒服。房子并没有失火，隔壁房间也没藏着小偷。我不需理解他们的话语，也不需要信仰什么。如果有了信仰，我就要思考很多问题。我不想再思考问题了。你们要的这种像兔子笼似的病室，我不用动脑子就可以给你们盖起来。"

这以后，在回到教会休息厅喝香槟酒的时候，大家开了许多玩笑。保罗神父被发现为自己多斟了一杯酒。不知是谁——菲利浦修士多半不会开这种玩笑——把一只空香槟酒瓶子装上了苏打水，酒瓶在餐桌上传递了半轮才被发现。奎里想起几个月以前的一个场景。在河边一所神学院里，神父们晚上玩纸牌的时候也是这样互相欺骗、打趣。他因为听不惯这些人的笑声，看不惯他们那种返老还童的嬉戏，一个人逃到外边丛林里去了。可为什么现在他能够同他们坐在一起，和他们一起谈笑了呢？他看到托玛斯神父的一张板起的面孔甚至非常生气。这些人里面只有托玛斯神父坐在餐桌的一角，一本正经、不苟言笑。

医生提议为约瑟夫神父祝酒；约瑟夫神父为医生祝酒。保罗神父为菲利浦修士祝酒；菲利浦修士窘得要命，一句客气话也说不出来。让恩神父提议为托玛斯神父祝酒；托玛斯神父并没有回敬让恩神父。香槟酒差不多已经喝光了，但是有人从柜橱后面找出来半瓶桑德曼牌的葡萄酒，为了延长时间，大家就用饮甜酒的小酒杯喝起来。“英国人就是在吃过饭以后才喝葡萄酒的，”让恩神父说，“这种习惯很特别，也许这是新教徒的习惯，但不管怎么说……”

“你敢肯定从伦理神学上讲这样做没有什么不好吗?”

“只有教堂法不同意这样做，反对桑德曼的教堂法。但这也是根据那位著名的圣本内迪的解释，那位[①]……”

① 让恩神父说的是开玩笑的话。他用酒名自造了几个拉丁词。圣本内迪是公元六世纪一个意大利圣徒，但本内迪又是法国的一种有名的甜酒。

“托玛斯神父，你要不要喝一杯葡萄酒?”

“不要了。谢谢你，神父。我喝得太多了。”

屋子外面的黑暗好像突然间向后一缩，一瞬间人们看到棕榈树在宛如旧照片的那种黄褐色中被风刮得弯下腰来，但马上黑暗又笼罩住一切。一阵狂风卷进室内，把让恩神父的几本电影杂志吹得不断翻动。奎里站起身来，想把门关上，但是走到门前的时候，他又改变了主意。他一直走到屋子外边，把门从身后面掩上。北边的天空又亮了一下，河上出现了一条长长的亮带子。从麻风病人庆祝的地方传来了敲鼓的声音；雷声在遥远处好像接防队伍似的响起了隆隆的答音。阳台上一个人影闪动了一下；借着闪电的光亮，奎里认出那是迪欧·格拉蒂亚斯。

“你为什么不去参加宴会，迪欧·格拉蒂亚斯?”说出这句话以后，他才想起宴会是为那些肢体并不残缺的人、为那些木匠、石匠、泥瓦匠举办的。奎里接着说：“是啊，他们盖医院干的活真不错。”迪欧·格拉蒂亚斯没有说什么。奎里又说：“你又在计划跑到别处去，是不是?”他点了一根纸烟放在迪欧·格拉蒂亚斯的嘴里。

“没有。”迪欧·格拉蒂亚斯说。

在黑暗中奎里觉得这个非洲人用没有手指的手触了触他。“你有什么事吗，迪欧·格拉蒂亚斯?”奎里问。

“医院盖好了，”迪欧·格拉蒂亚斯说，“你就要走了。”

“啊，不。我不走。我要在这个地方度过我的余生。我不能再回到我来的地方去了，迪欧·格拉蒂亚斯。我不再属于那个地方了。”

“你杀死人了吗?”

“我把什么都杀死了。”雷声逐渐近了，接着雨点就落了下来。开始的时候雨点像一小队搜索兵似的从棕榈树叶下面、从草丛中偷偷爬过来，只听到窸窸窣窣的声音；接着便是大队人马迈着坚定的步伐从河对岸冲杀过来，一直闯到阳台的台阶上。麻风病人击鼓的声音像火焰似的立即被扑灭了，就连雷鸣也被一片嘈杂聒耳的雨声压下去。

迪欧·格拉蒂亚斯一跛一拐地往前走了两步，“我要跟你一起走。”他说。

“我告诉你我不到别处去了。你为什么不相信我的话?再也不走了，直到我死的一天。我准备就埋葬在这里。”

也许雨声太大了，把他的话掩盖住，因为迪欧·格拉蒂亚斯又重复说：“我要跟你一起走。”从屋里什么地方传来一阵电话铃声——在喧闹的雨声中，这是唯一的人类的声音，微弱不堪，但又执拗地响着，像是一个幼儿在号哭。

2

在奎里离开屋子以后，托玛斯神父说：“我们好像向每个人都祝酒了，只是忘掉一个我们最欠他情的人。”

约瑟夫神父说：“我们多么感激他，他是知道的。刚才互相举杯祝贺实际上有点半开玩笑的性质，托玛斯神父。”

“我想等他再进来，我该代表咱们这里所有的人正正经经地对他表示感谢。”

“那你只会叫他感到难堪，”柯林医生说，“他希望的是，大家谁也不要理他。”雨水乒乒乓乓地敲打着屋顶；因为随时可能停电，菲利浦修士开始点着了食具柜上的几支蜡烛。

“他到这儿来的那一天对我们大家都可以说是个好日子，”托玛斯神父说，“谁能预见到后来的事情呢？这位伟大的奎里。”

“对他自己，那天更应该说是个好日子，”医生回答说，“治疗心灵的创伤比治疗肉体的疾病更为困难，可是我认为他的病已经基本治好了。”

“一个人越是善良，他的心田也就越加贫瘠。”托玛斯神父说。

约瑟夫神父带着负疚的心情，看着自己手里的香槟酒，接着他又看了看别的同伴；托玛斯神父的神情叫大家觉得他们好像是在教堂里破戒饮酒似的。“一个信仰不深的人暂时背教是不会有什么感觉的。”托玛斯神父的意见是无可指责的。保罗神父向让恩神父挤了挤眼睛。

“你臆测的事肯定太多了，”医生说，“奎里的情况可能比你想象的简单得多。一个人可能基于不很充分的理由信了半辈子的教，后来有一天又发现他信仰错了。”

“你说话就同所有那些无神论者一样，医生，就好像根本不存在上帝的恩佑似的。没有恩佑的信仰是不可想象的，而上帝是从来不会剥夺掉哪个人的恩典慈悯的。只有人们自己，通过他的行动，可以不要上帝的恩佑。我们已经看到了奎里在这里所做的事，他的行动有什么结果不言自明。”

“我希望你听了我的话不要失望，”医生说，“我们治疗麻风病的时候也常常遇到病毒自行发完的病例。但是我们并不说这样的病人害了什么贫瘠症。我们只是说他的病毒都发散完了。”

“你是个很好的医生，但是在判断人们精神状态时我想我们还是比你更高明一些。”

“我敢说你判断这种事比我高明——如果真有这种事物的话。”

“你能够发现皮肤上的硬块，我们却什么也看不到。但是另一方面，你也该承认我们可以发觉——怎么说呢?”托玛斯神父迟疑了一会儿才说：“……一个人英勇豪迈的精神。”因为雨声很大，大家都把各自的声音提高了一些。就在这个时候，电话铃响了起来。

柯林医生说：“大概是从医院打来的。有一个病人熬不过今天了。”他走到摆着电话机的餐具柜前边，拿起听筒来，说：“谁呀?是克拉尔修女吗?我听不清楚她说什么。”

“说不定她们喝了咱们的香槟了。”约瑟夫神父说。

柯林医生把话筒递给了托玛斯神父，又回到自己的座位上，“不知道说话的是谁，反正声音非常激动。”

“请你说慢一点儿，”托玛斯神父说，“你是谁啊?是海伦修女吗?我听不清楚——雨声太大了。再说一遍。我不明白。”

“算是咱们运气好，”约瑟夫神父说，“修女们并不是天天都举行宴会的。”

托玛斯神父气呼呼地转过头来说：“你别说话，好不好，神父?你一说话我什么也听不见了。这不是开玩笑的事。似乎发生了一件可怕的事。”

“谁生病了吗?”医生问。

“告诉阿格妮丝嬷嬷，”托玛斯神父说，“我马上就过去。我最好找着他一块去。”他把话筒放下来，像是个大问号似的弯着腰站在电话机前边。

“什么事，神父?”医生问，“需要我帮忙吗?”

“有谁知道奎里到哪儿去了?”

“他在几分钟以前到外面去了。”

“我真希望院长在这里。”所有的人都惊诧地望着托玛斯神父。他说的这句话表明他陷入了极大的不幸。

“你还是告诉我们出了什么事吧，”保罗神父说。

托玛斯神父说：“我真是羡慕你们这些能通过皮肤就检查出病症的医生。刚才你叫我提防着不要失望，算被你说着了。院长也警告过我。他说的意思同你差不多。我太相信人的外表了。”

“奎里干出什么事了吗?”

“在没有把事实全部弄清楚以前，上帝不允许我们谴责任何一个人的。”

门从外面推开，奎里走了进来。一阵风卷着雨点儿刮了进来；奎里费了很大力气才重新把门关好。他说：“从雨量计上看，已经下了半厘米雨了。”

谁也没有吭声。托玛斯神父朝着他走了两步。

“奎里先生，你上次到吕克去的时候真是同莱克尔太太一起进城的吗?”

“是我开车把她送进城的。”

“坐咱们的那辆卡车?”

“当然了。”

“她的丈夫当时正在生病?”

“是啊。”

“到底是怎么回事?”约瑟夫神父问。

“你还是问奎里先生吧。”托玛斯神父回答说。

“问我什么?”

托玛斯神父开始穿雨靴，接着又从衣架上取下自己的一把雨伞来。

“你们认为我做了什么事了?”奎里说；他先望了望约瑟夫神父，又转过来看着保罗神父。保罗神父做了个手势，表示他自己一无所知。

“你还是把话对我们讲清楚吧，神父。”柯林医生说。

“我得请你同我来一下，奎里先生。咱们得同修女们谈一下，下一步该怎么办。但愿这是个误会。我甚至希望你刚才对我撒了个谎，我也就不会觉得你这个人太无所忌惮了。我不想叫莱克尔在这里找到你，如果他来了的话。”

“莱克尔到这儿来干什么?”让恩神父说。

“他可能来找他的妻子，不是吗?莱克尔太太现在正和嬷嬷们在一起。她是半小时以前来的，一个人在路上走了三天。她怀孕了，”

托玛斯神父说，电话铃又响了，“说是你的孩子。”

奎里说：“真是胡说八道。她对任何人也不可能这样说的。”

“可怜的孩子。我猜想她不敢当面把这件事告诉她丈夫。她从吕克到这里找你。”

电话铃又一次响起来。

“好像这回该轮到我接电话了，”约瑟夫神父说，惶惑不安地向电话机走去。

“你来的时候，我们热烈地接待了你，是不是？关于你的事我们什么都没有问过。我们并没有打探你过去的历史。可你却用这个报答我们，弄出这样一件丑行来。难道欧洲女人对你还不够多吗？”托玛斯神父说，“你难道还想把我们这里当作你活动的一个小基地？”托玛斯神父一下子又恢复了原来的面目——一个夜里睡不着觉、被黑暗吓得心惊胆战、悲观绝望、神经质的神父了。他开始哭泣起来，拼命攥着手中的雨伞，就像一个非洲人死命抱住一根图腾柱似的。他的样子活像一个整夜孤零零地抛在户外的稻草人。

“哈罗，哈罗，”约瑟夫神父对着电话话筒里喊。“不管你是谁，看在所有圣徒面上，你能不能讲话声音大一些？”

“我马上同你一起去见她。”奎里说。

“这是你的权利，”托玛斯神父说，“但是她现在不能同你争辩。三天来，她除了一块巧克力糖之外没有吃任何东西。到咱们这儿的时候，她身边连个仆人也没有。如果院长……怎么偏偏会是莱克尔太太。对教会做了这么多好事。啊，上帝啊，怎么回事，约瑟夫神父?”

“是医院打来的。”约瑟夫神父长舒了一口气说，把话筒交给柯林医生。“死了一个病人是我早就预料到的，”医生说，“谢天谢地，这一晚上到底还有一件事没有离开常轨。”

3

托玛斯神父撑着他的大雨伞走在前面。雨已经停了一会儿了，可是伞骨上仍然滴着水珠。只有天空出现闪电的时候，才辨得清他的身影。他没有带手电，但是这一条路他早已走得很熟了。不知有多少份煎蛋卷和蛋奶酥在这条路上遭了殃。突然同闪电一起响了一声惊雷，修女们住的白房子一下子映现在他们面前。闪电击中了附近的一株树木，病院和传教区的电灯一下子全都熄灭了。

一个修女拿着一支蜡烛正在门口迎接他们。她从托玛斯神父的肩膀上面望过去，盯着奎里看，倒仿佛她看到的是一个魔鬼。她的脸流露着恐惧、厌恶和好奇的神情。她说：“嬷嬷正在陪着莱克尔太太呢。”

“我们进去吧。”托玛斯神父沉着脸说。

她带着他们走进一间粉刷成白色的房间。玛丽·莱克尔正躺在一张白漆床上，床头悬着一个耶稣受难的十字架，床边摆着一盏灯。阿格妮丝嬷嬷坐在床沿上，一只手摸着玛丽·莱克尔的面颊。奎里觉得，他看见的是一个长期在国外居住的女儿终于平安地回到家里来了。

托玛斯神父像在圣坛上一样，用耳语的声音说：“她怎么样了?”

“她没有遇到伤害，”阿格妮丝嬷嬷说，“我是说，在肉体上没有伤害着。”

玛丽·莱克尔在床上翻了个身，抬起头来望着走进屋子来的这两个人。她的眼里闪现着一个决心把谎话撒到底的孩子的那种令人无法怀疑的真诚。她朝着奎里笑了笑说：“很对不起。我不得不到这儿来。我吓坏了。”

阿格妮丝嬷嬷把手从玛丽·莱克尔的脸上抽回来。她紧紧盯着奎里，仿佛怕他要动手伤害自己的保护人似的。

奎里温柔地说：“你千万别害怕。你吓着了，是因为你走了这么长的路——没有别的。现在你已经安全地来到朋友中间，你就可以解释一下了，你愿意不愿意……”他犹豫着没有说下去。

“啊，我愿意，”她低声说，“把什么都说清楚。”

“你告诉他们的事情，他们没有弄懂。关于咱们一起去吕克的事。还有你有小孩儿的事。是快要有孩子了吗?”

“是的。”

“那你就告诉他们，是谁的孩子吧。”

“我告诉他们了，”她说，“是你的。当然了，也是我的。”她又加添了一句，好像再补上这样一句话她就会把什么事都解释清楚了，就不会有人责备她了。

托玛斯神父说：“你听见了。”

“你为什么要这样告诉他们呢?你也知道，这不是真事。我们俩除了那次去吕克从来没有单独在一起过。”

“第一次，”她说，“是我丈夫把你带到我们家里那天。”

如果他感到愤怒，事情就会好办多了；但是他并没有感到愤怒。在一定的年纪中，说谎就同喜欢玩火似的，是一件非常自然的事。他说，“你知道，你说的这些都是瞎胡扯。我相信，你决不想做什么于我不利的事。”

“我当然不想，”她说，“永远也不伤害你。我爱你，亲爱的。我一切都属于你[①]。”

阿格妮丝嬷嬷厌嫌地皱了皱鼻子。

“我就是因为这个才来找你的。”玛丽·莱克尔说。

“她该休息了，”阿格妮丝嬷嬷说，“这些事情明天早晨还可以谈。”

“你必须让我同她单独谈谈。”

“当然不成，”阿格妮丝嬷嬷说，“这是不合礼规的事。托玛斯神父，你不会答应他……”

“好心肠的女人，难道你以为我会打她吗？只要你一听见她叫喊，就可以立刻进来保护她。”

托玛斯神父说：“如果莱克尔太太愿意的话，我们是很难说不的。”

“我当然愿意，”她说，“我就是为这件事来的。”她把一只手

① 原文为法语。

放在奎里的袖子上。她脸上的那种悲哀的、堕落而信任的笑容可以同伯恩哈特[1]表演的临死前的茶花女媲美。

当屋里只剩下他们两人时，玛丽高兴地叹了一口气说：“事情就是这样了。”

“你为什么要对他们撒谎呢?”

“不完全是撒谎，”她说，“我真的爱你。”

“从什么时候起?”

“从我跟你一起度过的那天晚上开始。”

“你完全知道，那根本算不得一回事，我们一起喝了点儿威士忌。我给你讲了个故事，叫你入了梦乡。”

“不错。我就是那时候爱上你的。不，不是那次。我怕我又在撒谎了，”她带着不太令人信服的委屈神情说，“是从你第一次到我家开始。像闪电一样[2]。”

“你告诉他们我们一起睡觉就是那天夜里吧?”

“我那也是说谎。我真正同你一起睡觉是在参加总督茶会的那天夜里。”

“你在胡说什么?”

“我不需要他。我唯一能做到的是闭上眼睛，心里想着你。”

“我想我应该谢谢你啰，”奎里说，“这么看得起我。”

---

① 萨拉·伯恩哈特(1844—1923)，法国著名女演员。

② 原文为法语。

“我一定就是从那天起开始有的小孩。所以你看，我说的并不是谎话。”

“不是谎话?”

“不完全是谎话。如果我不是老想着你，我的全身就都要干瘪了，我也就不会怀孕了，对不对?所以从某种意义上讲，这孩子就是你的。”

他望着她，不无敬佩之感。只有研究神学的人才能理解她这一论点的复杂的逻辑，才能分辨真诚的同虚伪的信仰；然而就在不久以前他还认为她这个人非常天真、非常年轻，同她来往是不会有什么危险的。她摆出一副讨人喜欢的面容，对他微笑着，好像正求他再讲一个故事，把上床的时间再向后拖延一会儿。他说：“你还是仔细给我说说，你在吕克见到你丈夫以后的情况吧。”

她说：“太可怕了。真的太可怕了。我还以为他要把我杀死呢。他不相信日记的事。当天晚上他没完没了的逼问我，最后我实在太累了，就对他说：‘好吧。你愿意怎么想就怎么想吧。我跟他睡觉了。在这里睡过，在别处也睡过，在哪儿都同他睡过。’后来他就开始打我。如果帕尔金逊先生不把他劝住，我想他还要打我的。”

“帕尔金逊那天也在吕克吗?”

“他听见我哭的声音，就走过来了。”

“我想他大概是要给你们拍两张照片吧。”

“我觉得他没有拍照。”

“后来怎么样了?”

“后来我丈夫自然知道事情的前后经过了。他想马上回家去，你知道，可是我告诉他我不回去，我得把那件事弄清楚。‘弄清楚?’他问。后来他就知道我为什么要到吕克来了。第二天早上我去看了医生，当我知道事情果然不出所料，我连旅馆也没回就到这里来了。”

“莱克尔认为是我的孩子吗?”

“我极力叫他相信，孩子是他的——因为从某种意义上说，孩子确实是他的。”她把胳臂、腿一伸，仰面躺在床上，长舒了一口气说：“天哪，我到这里来真是高兴。一个人开车在路上跑把我吓坏了。我路过家的时候一点儿也没耽搁。我连吃的东西都没有拿，帆布床也忘记带了。我就在汽车里睡的觉。”

“你开的是他的车?”

“是他的。但是我想帕尔金逊先生会把他送回家去的。”

“我想我现在就是求你把真实情况讲给托玛斯神父听，你也不会讲吧?”

“怎么说呢? 我已经把过河回去的渡船烧掉了。”

“你烧掉的是我现在唯一可以栖身的地方。”奎里说。

“我一定得逃出来呀。”她带着些歉意地解释说。这是他有生第一次遇到的毫不为他人着想的自私自利，同他自己一样。另外一个玛丽已经对他复仇了。至于“一切属于你”，现在胜利也转到她那一方面去了。

“你想要我做什么呢?”奎里说，“用爱来回报你吗?”

“如果你能爱我，当然很好；如果不能，他们也会把我送回欧洲老家去，是不是？”

奎里走到门口，打开房门。阿格妮丝嬷嬷正悄悄地站在走廊头儿上。奎里说：“我能做的事情都做完了。”

“我想，你是在劝说那可怜的孩子保护你吧？”

“啊，对我她当然承认说了谎，但是我没有录音机把她的话录下来。教会不赞成在房间里安装窃听器，真是太遗憾了。”

“我能不能请求您，奎里先生，今后不要到我们这所房子来了？”

“你用不着求我。还是小心提防埋在你这所房子里的这一小包炸药吧。”

“她是个可怜的、天真的年轻姑娘……”

“啊，天真……我敢说叫你说对了。上帝保佑，可千万别叫我们同天真打交道了。老奸巨猾的人起码还知道他在干什么。”

总闸的保险丝还没有修复，他只能凭双脚踏地的感觉引导自己一步步向教会住房走去。乌云已经移到南面去了，但闪电在树林和河流上空还时不时地闪烁着。在他走到自己的住房之前，首先要经过柯林医生的房子。窗户后面点着一盏油灯，医生正站在灯旁边往窗外看。奎里敲了敲门。

柯林问：“出了什么事了？”

“她还是不肯改口。她只有靠说谎话才能逃走。”

“逃走？”

“逃离莱克尔，逃离非洲。”

“托玛斯神父正在同别人说话呢。与我无关，我就回来了。”

“他们要我离开这里吧，我想?”

“我真希望院长在这里。托玛斯神父不是个神经非常健全的人。”

奎里坐在桌旁，麻风病分布图打开的一页上印着色彩斑斓的旋涡状图形。奎里问：“这是什么图?”

“我们管这个叫‘鱼儿逆水游’。细菌——这些花里胡哨的斑点——正丛集在神经周围。”

“我刚到这来的时候，”奎里说，“本以为已经走得够远的了。”

“也许事情很快就会过去的。让他们说去吧。咱们俩有更要紧的事要做。医院现在已经建成了，咱们可以搞那些我同你谈过的流动医院和新式厕所了。”

“我们打交道的不是你那些病人，医生，不是你那些彩色斑斓的小鱼儿。这些东西我们是可以诊断的。可是这些正常的人、健康的人，他们的行动我们事先却没一点办法知道。看来我同迪欧·格拉蒂亚斯一样，绝对到不了潘戴勒了。”

“托玛斯神父管不到我头上来。从现在起你可以待在我的房间里，假如你不在乎在我的工作室里睡觉的话。”

“这我不在乎。但是你不应该为了我的事同他们闹翻了脸。这个地方太需要你了。我得离开这里。”

“你到哪儿去?”

“我不知道。真是奇怪极了，我刚到这儿来的时候，因为觉得自己已经没有疼痛感了，所以忧心忡忡。我在河上遇到过一个传道士，我想他说的话是有道理的。他告诉我，只要耐心等待，疼痛的感觉总会来的。你也跟我说过同样的话。”

“我很抱歉。”

“我不知道我是否觉得不好过。你有一次说过，你记不记得，在一个人感到痛苦的时候，从基督教这一神话的观点来看，他就开始感觉自己具有人的品质了。‘我感到痛苦，所以我存在。’有一次我在日记上写了这样一句话。我记不清是什么时候写的了，也记不得写的到底是不是这样语句。我用的大概不是‘感受痛苦’这个词。”

“一旦把病人治愈，”医生说，“我们就不应该叫他白白浪费自己的才能。”

“治愈?”

“拿你来说，已经用不着再做皮肤切片试验了。”

4

约瑟夫神父心不在焉地用法衣下摆揩拭着一把刀子。他说：“我们绝不要忘记，除了她的话外，并没有别的证明。”

“她为什么要编造这么一个可怕的故事?”托玛斯神父反问说，“不管怎么说，肚子里有小孩的事是千真万确的吧。”

“奎里在这里对我们非常有用，”保罗神父说，“我们有理由对他表示感谢……”

“感谢？他叫我们闹了这么个大笑话，你真的还觉得我们该感谢他，神父？一个刚果河上的隐士！一个埋葬掉往事的圣徒！报纸上登的这些故事！真不知道现在报纸又要怎么说了。”

“我看你比他自己更喜欢这些故事。”让恩神父说。

“我当然喜欢。我过去相信他。我本来以为他到这里来的动机是好的。有一次院长警告我，我还替他辩护来着。我那时候真没有看出来他的真正动机。”

“你要是知道他的动机，不妨给我们说说。”让恩神父说。让恩神父说话一板一眼，不动声色，就像他每次讨论伦理神学，不让任何有关性罪恶的问题带上个人感情色彩似的。

“我只能设想，他离开欧洲是为了逃避牵扯到女人的麻烦事。”

“牵扯到女人的麻烦事？这么说可不恰当。从某种意义上说，我们不都是逃避这种麻烦吗？圣奥古斯丁希望尽量把这件事往后拖，但是人们并不认为这是个好办法。”

“奎里是个出色的建筑师。”约瑟夫神父继续重复自己的意见说。

“你是不是建议叫他继续待在这儿，同莱克尔太太一起在罪恶中生活?”

“当然不是，”让恩神父说，“莱克尔太太明天早上一定要离开这里。听你刚才讲的，他并不想同莱克尔太太一起走。”

“这件事情这样是结束不了的，”托玛斯神父说，“莱克尔会要求同他的妻子分居。他甚至会控告奎里，提出离婚的请求。这个非常富于启发性的故事会连篇累牍地报道。人们看这件事牵连到奎里，一定大感兴趣。如果会长在早餐桌上读到我们麻风病院闹出的这个风流案子，你认为他会很高兴吗?”

“房梁虽然顺利地架上去了，”约瑟夫神父说，“可是要做的事还不少呢。”

“我看不妨再耐心地等一等，这不会有什么坏处的，”保罗神父说，“可能是那个女孩子在撒谎。莱克尔可能并不想采取行动。报纸也可能什么都不报道(他们要叫读者知道的奎里并不是这样一幅肖像)。这个故事甚至根本传不到会长的耳朵里——叫他读到。”

“你觉得主教就毫无所闻? 告诉你，现在这件事在吕克早就传开了。院长既然不在这里，我就要负起责任来。”

“外面有人。要不要我把门打开?”菲利浦修士说。这是他第一次开口讲话。

进来的是帕尔金逊。他被雨浇得浑身透湿，气喘吁吁，一句话也讲不出来。显然他刚才走得很急。帕尔金逊一只手反复摸着自己的心脏，就像怀里揣着一只小动物，需要他不断抚摩安慰似的。

“快给他搬一把椅子。”托玛斯神父说。

“奎里在哪儿?”帕尔金逊开口问。

“不知道。也许在他的屋子里。”

“莱克尔在找他呢。他刚才到修女住的地方去，可是奎里已经走了。”

“莱克尔怎么会知道到这里来找他?”

“她在家里给莱克尔留了个条子。我们本来可以赶上她的，可是在过最后一个渡口的时候，我的汽车出毛病了。”

“莱克尔现在在什么地方?”

“天知道。外边黑得要命。没准掉在河里也说不定。”

“他看见他的妻子了吗?”

“没有——一个老修女把我们俩推出来，把门锁上了。我敢说，这可把莱克尔气坏了。从离开这里以后，我们睡的觉加在一起也没有六个钟头。我们在路上走了三天。”

帕尔金逊坐在椅子上，前后摇动着身体，“哎呀，这个过于肥胖的身躯啊。这是莎士比亚的话。我的心脏很不好。”他向托玛斯神父解释说。托玛斯神父的英语水平不高，很难跟上帕尔金逊的思路。另外一些人也都瞪着眼睛看着，听不懂几句话。大家都觉得，事态的发展已经毫无希望地失去了控制。

“请给我一点儿喝的东西。”帕尔金逊说。在一堆堆的鸡骨头和切碎了没有吃的蛋奶酥中间凌乱地放着许多空酒瓶。托玛斯神父在一只酒瓶里发现还有一点儿香槟酒底儿。

“香槟?”帕尔金逊喊叫起来，“我倒宁愿喝一点儿杜松子酒。”他瞟了一眼桌上的酒杯和酒瓶；一只玻璃杯里残存着一些葡萄酒。他说：“你们过得不错啊。”

“今天是个特殊的日子。”托玛斯神父有些困窘地说，他用外人的眼光打量了一会儿杯盘狼藉的餐桌。

“特殊的日子——我想今天也不同寻常。我做梦也没想到能过摆渡。现在又下起这么大的雨来，我看我们多半得搁浅在这儿了。我多么后悔到这个可诅咒的黑色大陆来啊！不要再叫我看到黑乌鸦了吧。这是一位不知名的作家说的。”

屋外一个声音模糊不清在叫喊着什么。

“是他，”帕尔金逊说，“还在别处转悠呢。他快要发疯了。我对他说，我认为信仰基督的人是应该有宽恕心的，可是现在同他讲什么也没有用。”

叫喊的声音越来越近。室内的人已经听清在叫喊什么了：“奎里。你在哪儿，奎里?”

“真是庸人自扰。可能根本就没有什么事。我已经跟他说了。‘他俩谈了大半夜话，’我说，‘我听见他们在谈话了，如果是情人，他们是不会这样谈话的。总有些时候两人都沉默的。’”

“奎里。你在哪儿呢，奎里?”

“我觉得，他要自己相信已经发生了最坏的事。这就使他同奎里处于平等地位了，你们看不出来吗?两个人争夺一个女孩子。”他又加上了一句很有见地的话，叫大家都吃了一惊：“他觉得人们眼睛里都没有他，简直受不了。”

门开了，头发凌乱、浑身被雨水浇透的莱克尔出现在门口。他的目光从一个神父转到另一个神父身上，好像要在那里面找到奎里，找到化装成神父的奎里。

“莱克尔先生。”托玛斯神父招呼了一声。

“奎里在什么地方?”

“请进来，坐下把事情谈一谈……”

“我怎么坐得下?”莱克尔说，“我正在忍受着痛苦的折磨。”但他还是坐下了，他选择的椅子不对头——椅背啪的一声脱榫了。“我在经受着一个可怕的打击。我把我的灵魂之窗向那人打开，我向他暴露了我最隐秘的思想，他却这么报答我。”

“咱们安安静静地谈谈，理智一些……”

“他嘲笑我，蔑视我，”莱克尔说，“他有什么权利蔑视我?我们在上帝的眼睛里都是平等的。我这个可怜的种植园主，地位一点儿也不比这个伟大的奎里先生低。他破坏我们基督教的婚姻。”莱克尔说话的时候酒气熏人。他又接着说，“再过几年我就要退休了。难道他想叫我用我的退休金养着一个私生子?”

“你在路上走了三天了，莱克尔。你需要好好睡一觉，休息休息。以后……”

“她总是不愿意跟我睡觉。总是找借口推三阻四，可是他一来，就因为他是位名人。第一天他们就……”

托玛斯神父说：“我们都不想把这件事弄得满城风雨。”

“医生在哪儿?”莱克尔厉声问道，“这两个人总是形影不离。”

“医生在他的住房里。他同这件事一点儿关系也没有。”

莱克尔向房门走去。他在门口站了一会儿，仿佛他临下舞台的时候忘了一句台词似的，“没有哪个法官会判我的罪的。”莱克尔没头没脑地说了这么一句，就消失到户外的黑夜与大雨中了。出现了片刻的寂静，没有一个人开口。最后约瑟夫神父问道：“他说这句话是什么意思?”

“明天早上我们就会觉得今天的事真是太可笑了。”让恩神父说。

“我可看不出这件事有什么可笑的地方。”

托玛斯神父回答说。

“我的意思是说，这件事好像我们读过的宫廷闹剧。……一个受了伤害的丈夫像没头苍蝇似的钻来钻去。”

“我从来不读宫廷闹剧，神父。”

“有时候我觉得，上帝赋予人类性机能并不是非常严肃认真的。”

“如果你在教伦理神学的时候也把这个当作一条教义的话……”

“他创造伦理神学也并不是非常严肃的。不管怎么说，圣托玛斯·阿奎纳斯就认为上帝是在游戏中创造的世界。”

菲利浦修士说：“对不起，我要出去一下……”

“你很幸运，没有担承我负的责任，让恩神父。不论圣托玛斯写下了什么，我也不能像读宫廷闹剧那样看待这件事。你上哪儿去，菲利浦修士?”

“刚才他说什么法官，神父，这使我想到……嗯，也许他把手枪带来了。我觉得我该去告诉……”

“这太过分了，”托玛斯神父说。他转过头来用英语问帕尔金逊说，“他带着手枪吗?”

“我真的不知道。现在有不少人总是随身带着枪，是不是? 但他是没有胆量动用手枪的。我跟你们说了，他只不过想叫人觉得他是个了不起的人。”

“如果你允许的话，神父，我想我还是到柯林医生那里去一下。”菲利浦修士说。

“小心点儿，修士。”保罗神父说。

“啊，对于枪支的事我是很在行的。”菲利浦修士回答说。

5

“有人在喊叫吗?”柯林医生问。

“我没听见。”奎里走到窗户前边，向外面的黑夜看了一眼。他说：“我希望菲利蒲修士取回个亮儿来。我该回去了。我没带着手电筒。”

“现在不会有电了。已经十点了。”

“他们会马上就要我离开这里，他们会这样吧？但汽船在一周内是不可能来的。也许谁可以开汽车把我送走……”

“下过这场雨以后，我怀疑路还通不通，而且看样子雨还要下。”

“那么我们倒有几天工夫可以谈谈你朝思暮想的流动医院了，是不是？但我可不是工程师，医生。在这件事情上菲利浦修士对你的帮助比我更大。”

“我们现在是凑合着过日子，”柯林医生说，“我想要的是一所装在轮子上的活动房屋，可以安装到半吨重的卡车底盘上。我画的那张纸哪儿去了？我想叫你看看我想的一个主意……”医生打开书桌的抽屉。抽屉里有一张女人的照片。它埋伏在那里面，等待着，外人无从见到。上面没有一点儿积尘，抽屉每次打开照片都在那里。

“我会想念你这间屋子的——不论我以后到了哪儿。你还从来没有同我谈起过你的妻子呢，医生。她是怎么死的?”

“她害的是非洲昏睡病。我们刚到这里来的时候，她经常到丛林里去，劝说那些麻风病人到这里来就医。当时我们还不像现在，对非洲昏睡病还没有有效的药物。害了这种病的人死得很快。”

“我有一个希望。我愿意将来也同你、同她埋在一块地里。我们三个人会在整个墓地上形成一个无神论者的角落。”

“我怀疑你是否有资格被称为无神论者。”

“为什么我没有资格?”

“你为自己没有宗教信仰而深深地苦恼着，奎里。你总是想这个问题，就像一个人老惦记着身上的一块伤痛，总去摸弄它似的。我对于神话采取一种听之任之的态度，你却不能——你要么就相信它，要么就不相信它。”

奎里说：“外面有人在喊谁的名字。我本来想是在叫我……不管喊的是谁的名字，一个人总是觉得别人在叫自己。只要有一个音节相似就成了。我们就是这样自私的人。”

“从你这种像失去了什么的样子来看，过去你的信仰一定是很深的。”

“从前我把他们的神话一股脑儿吞咽下去，如果你把这个叫作信仰的话。这是我的肉体；这是我的血液。现在我再读这些，我就觉得这是一种象征性的说法。但是你怎么能希望一些可怜的渔夫能分辨出象征意义来呢?只有在迷信的时刻我才想起我是在放弃信仰之前就不再参加圣餐礼了。神父会说这两件事是互相关联的。莱克尔会说这是拒绝上帝的恩佑。让他们说去吧，我却认为信仰也是一种天职，而在大多数人的脑子里或心里是装不下两种天职的。如果我们真的相信什么，我们就不会有什么选择，只能继续向前走下去，你说对不对？不然的话，生活就会慢慢地把他的信仰消磨掉了。我的建筑停滞住，不再发展了。一个人不能是个半心半意的教徒，也不能是个半心半意的建筑家。”

“你的意思是说，你连半心半意的也不是了？”

“也许我对这两件事都没有很强的天职感，我过去的那种生活把它们都毁掉了。要想抵制住成名的诱惑，需要有一种很强烈的天职感。受人欢迎的传教士或者享有盛名的建筑家——他们的才能都很容易被厌腻所毁掉。”

“厌腻？”

“对人们的赞颂感到厌腻。赞颂是多么愚蠢的事，医生，它是多么叫人从心里感到恶心呀！那些糟蹋掉我的教堂的人正是事后用最大的嗓门夸奖我的建造物的人。他们写的那些评论我的建筑的书籍，他们硬加在我头上的虔诚的动机——简直令我对我的绘图板也感到讨厌了。要抵制住这些东西需要有更多的信仰，比我拥有的那一点点儿要多得多。神父们和虔诚教徒们——像莱克尔这类人对我的赞颂！”

“大多数人对于成名似乎都能心安理得地接受。可是你却逃到这儿来了。”

“我想我的各种疾病都已经治好了，连厌腻感也没有了。从我到这儿来以后，我觉得很幸福。”

“是的，尽管你也是个残缺不全的人，你学会运用手指还是很快的。只不过你好像还有一处创伤没有治好，你总是摸弄它。”

“你弄错了，医生。有时候听你说话简直像托玛斯似的。”

“奎里!”外面有人喊；这回喊声清清楚楚，一点也没有听错了。“奎里!”

“这是莱克尔，”奎里说。“他一定是跟踪自己的老婆跑到这儿来了。我真希望那些修女别让他进去和她见面。我最好出去同他谈谈……”

“你等他冷静一会儿再出去。”

“我得叫他头脑清醒过来。”

“那也不妨等明天早上再说。夜里人们的头脑是很难清醒的。”

“奎里。奎里。你在哪儿，奎里?”

“真是太荒谬了，”奎里说，“怎么会偏偏叫我碰上这件事！清白无辜的通奸者。这倒是一出喜剧的名字。”他的嘴角动了一下，欲笑不能，“把灯借给我。”

“你最好还是别出去，奎里。”

“我不能在这儿听着他叫喊啊。他正在外面大叫大嚷……这会叫托玛斯神父更有理由认为这是件丑闻了。”

医生不太情愿地跟着他走出去。暴风雨这时又兜转回来，从河对面猛烈地向他们吹打过来。“莱克尔，”奎里大声喊，把手里的灯举起来，“我在这儿。”一个人朝着他们跑过来，但是等这人走进灯光照射的地方，他们才看出来那是菲利浦修士。“请你们快回屋子去，”菲利浦修士说，“把门关上。看样子莱克尔带着一把手枪。”

“他还不会那么没有理智，动用武器的。”

“但是你们最好还是……免得弄出不愉快的事来。”

“不愉快的事……你可真会轻描淡写，菲利浦修士。”

“我不懂你说的是什么意思。”

“不懂就不懂吧。我可以听从你的劝告，藏在柯林医生的床底下。”

他刚走了几步就听见了莱克尔的声音：“站住。不要躲我了。”接着一个人影摇摇晃晃地从黑影里走出来，语气带着些抱怨似地说：“我到处找你。”

“我不是在这儿吗?”

三个人都看着莱克尔右手插在衣袋里。

“我要同你谈谈，奎里。”

“谈吧。你谈完以后，我也有话要同你谈。”出现了片刻的沉寂。麻风病院里一只狗汪汪地叫起来，一道闪电像闪光灯似地倏地一下子把他们都照亮了。

“我在等着你谈呢，莱克尔。”

“你——你这个背叛者。”

“咱们是要在这里讨论宗教问题吗?我承认关于爱上帝的道理你知道得比我多。”

莱克尔的答话前一部分被雷声盖住了。最后一句像两条腿似的从瓦砾堆里伸出来：

“……劝我说，她写的东西没有任何意义，可是你一定早就知道她要生孩子了。”

“你的孩子。不是我的。”

“那你就想办法证明吧。你最好证实这件事。”

“根本没有的事是很难证实的，莱克尔。当然了，医生可以检查一下我的血型，但是还需要等六个月才……”

“你怎么敢笑话我?”

“我没有笑你，莱克尔。你的妻子把咱们俩都整得够戗。我不相信她懂得什么叫撒谎，否则的话，我一定要叫她作谎话精了。她认为只要能保护住自己、只要能让她回到她的幼儿园里去，不论她说什么都是真事。”

“你同她一起睡了觉，现在又侮辱她撒谎，你真是脓包，奎里。”

“也许我是的。”

“也许。也许。我说什么也不能把这位奎里惹得发火，是不是?这个人他妈的可太狂妄了，他的眼睛里根本没有我这样一个椰油工厂的小经理。你要知道，奎里，我同你一样，灵魂也是不朽的。”

“我并没有想要自己的灵魂不朽。你愿意当个重要人物，莱克尔，这是你的事，我管不着。除了在你的眼睛里，我不是什么伟大的奎里。起码我不是这样看待我自己的。”

“请到修道院去吧，莱克尔先生，”菲利浦修士说，“我们在那儿给你安排一张床。休息一夜，大家的情绪就会好起来了。早上起来再冲个冷水浴。”他又加添了一句。好像在给他这句话做说明似的，一阵暴雨这时突然浇灌到他们身上。奎里喉咙里发出两声奇怪的咯咯的声音，医生听出来这是他的笑声；紧接着莱克尔就开了两枪。奎里手里的灯落在地上，摔碎了。在灯芯没有被雨水浸灭以前，火焰突地闪烁了一下，照亮了一张咧开的嘴、一对惊诧莫解的眼睛。

医生慌不迭地跪在泥泞的地上，摸索着奎里的身体。莱克尔的声音说：“他在笑我。他怎么敢笑我？”医生对菲利浦修士说：“我这里是他的头；你能不能摸到他两条腿？咱们得赶快把他抬进去。”他又对莱克尔喊道：“快把你的枪放下，你这疯子。快来帮一下。”

“我不是笑莱克尔。”奎里说。医生紧贴在他身上，奎里的声音非常微弱，几乎无法听见了。医生说：“别说话了。我们这就把你抬进去。你会好的。”

奎里又说：“我在笑我自己。”

他们把他抬到阳台上，放在一个雨淋不到的地方。莱克尔拿来一个垫子放在奎里脑袋底下。他说：“他不应该笑。”

“对他来说，笑是非常难得的事。”医生说。就在这个时候他们又听见了一声喑哑的、似笑非笑的声音。

“荒谬啊，”奎里说，“太荒谬了，不然的话……”但不然又会怎样？奎里想的是哲理上还是心理上的问题？他们永远也不会知道了。

6

葬礼举行过后几天，院长回来了。他同柯林医生一起来到墓地上。他们埋葬奎里的地方离柯林夫人的坟墓不太远，但中间还是留了一块空地，准备将来有一天柯林医生也要在这里长眠。由于情况特殊，托玛斯神父在十字架的事上让了步——坟墓前面只插了一块硬木板子，刻着奎里的姓名和生卒年月，而且也没有举行天主教的殡葬仪式，只由约瑟夫神父在墓前非正式地读了一段祈祷文。不知是谁——多半是迪欧·格拉蒂亚斯——在坟旁边放了一个装果酱的罐头瓶，里边插了一把奇怪地编结在一起的树枝和花草。这不像是奉献给死者的花圈，倒是像给邪神恩赞比的供物。托玛斯神父很想把它扔到一边去，但被约瑟夫神父拦住了。

“在天主教徒的墓地上摆着这么一个玩艺儿，真让人捉摸不透，”托玛斯神父抗议说。

“他本人就叫人捉摸不透。”约瑟夫神父回答说。

倒是帕尔金逊在吕克买了一个正式的花圈，飘带上写的字是：“我最爱大自然，其次我爱艺术。——勃朗宁。《邮报》三百万读者敬献。”

帕尔金逊把花圈拍了照，留待日后派用场。但这次他表现出意料不到的谦逊，竟没有把自己拍进照片去。

院长对柯林说：“我真后悔当时不在这里。说不定我能够管住莱克尔。”

“早晚会发生点儿什么事的，”柯林说，“他们不会把他放过去。”

“你说的‘他们’指的是谁?”

“那些愚人，那些爱管别人闲事的愚人，这种人到处都有，是不是？奎里什么都治愈了，只除了他过去的名声，这也就像我无法把溃烂掉的手指、脚趾再还给病人一样。我把治愈的人送回城去，但在商店、在街头，他们总是受到别人的注意，到处有人盯住他们。名声也跟这个一样——是一个自然人身上的残缺。你跟我走一条路吗?”

“你上哪儿去?”

“到门诊所去。我们在死者身上已经耽误了不少时间了。”

“我跟你走一小段路。”院长在自己衣服的口袋里摸了摸，想找一支方头雪茄，但是没有找到。

“你离开吕克之前见到莱克尔了吗?”柯林问。

“当然见到了。我们让他在监狱里过得挺舒服。他去作过告解，还准备每天早上都去领圣体。他在卡里古—拉格兰监狱里干活很卖力气。而且，当然了，在吕克已经成了英雄人物了。帕尔金逊先生已经把访问他的报道用电报拍回报社去，过不了多久，大城市的记者就会一窝蜂似地赶到吕克来了。我猜想帕尔金逊先生的文章题目一定是‘隐士之死。一个失败的圣徒。’当然了，用不着开庭就知道审讯的结果。”

“无罪开释?”

“那还用说？情杀罪[①]。每个人都得到了自己所要的东西——结局

① 原文为法语。

人人满意，是不是？莱克尔觉得自己不论在上帝面前或者在社会上都成了个重要人物。他甚至还同我谈起可能要向罗马的比利时学院提出请求，解除婚约。莱克尔夫人不久就可以获得自由回家去了，孩子由她抚养。帕尔金逊先生这回可有故事写了，真是他始料所不及。顺便说一下，我也很高兴：奎里再也读不到他的第二篇连载报道了。”

“对于奎里来说，你不能认为是个好结局吧?”

“结局不好吗？他生前本来总是要继续往远处走的。”过了一会儿，院长不太好意思地加了一句，“你认为他同莱克尔太太之间真有什么事吗?”

“我不信。”

“我感到惊异。从帕尔金逊的第二篇报道判断，奎里似乎是个很有本领的人，在——唔——在他们所谓的爱情方面。”

“这我倒不敢说。他自己也并不这么认为。有一次他告诉我，他这一辈子对女人只是使用，但是我想他总是这样把自己看作是最冷酷无情的人。我有时甚至怀疑他是否害了冷漠症。就像女人需要不断地更换男友，总希望有一天能够真正体会到亢奋似的。他告诉我在他还没有失去信仰的时候，总是能够很有效地进行各种爱情的动作，甚至对上帝的礼拜仪式也总是一丝不苟，但后来他却发现除了对自己的工作外，实在没有什么爱情可言，所以最后他就放弃那些动作和姿势了。又过了一段时候，在他甚至无法假装自己感到的是爱的时候，他就连工作的动力也没有了。这就像是疾病已经出现了危象——这时病人连求生之欲也没有了。有些人就是在这种时候自杀的，但奎里没有自杀，他很顽强，非常非常顽强。”

“你刚才说他的病好像已经都治好了。”

“我真的认为他已经好了。你知道，他已经学会了为别人服务，而且还学会笑了。尽管笑的样子很特别，但那还是一种笑。我是很怕那些不会笑的人的。”

院长又有些不好意思地说：“我本来以为你也许是说他又开始找到他的信仰了。”

“啊，不是，我不是那个意思。我只是说他找到了生活下去的理由。你总是想把什么事都套在一个模式里，神父。”

“如果有个模式的话……你有没有雪茄?”

“没有。”

院长说：“我们都太喜欢行为动机了。我有一次同托玛斯神父说过。你记得帕斯卡说的一句话：人只要开始寻找上帝，就已经寻到上帝了。爱也是这样——我们在寻找它的时候，也许就已经找到它了。”

“他过去寻找爱——我知道的一些事情都是他自己讲的——总是在一个地方——女人的床铺上。”

“在那个地方寻找爱倒也不错。很多人只能在那里找到恨。”

“莱克尔就是这样一个人吧?”

“我们对莱克尔了解得还不够，不该谴责他。”

“你真是太固执了，神父，一个人也不肯放过，是不是？就连奎里你也想拉过来。”

“你也是这样的。在病人断气以前我还没有看见过你撒手不管的。”

他们已经走到门诊所。被太阳晒得很热的水泥台阶上坐着一些麻风病人；他们在等着发生点什么事。在新建的医院墙边倚着几只梯子，通到屋顶，正在进行最后的修建工作。不久以前的一场暴风雨把房梁打歪了，但由于有粗壮的绳子捆绑着，房梁没有落下来。

“看了你的账目，我发现你已经不再给病人服维他命丸了，”院长说，“在这件事上打算盘合适吗?”

“我不相信贫血是由于服用 D. D. S. 的结果。贫血是钩虫病引起的。建筑厕所比买维他命丸要省钱多了。这是咱们下一步的建筑计划。我的意思是说，早就该修建厕所了。今天有多少病人?”他转过来问药剂师说。

“大概有六十个。”

“你的上帝要是看一看他创造的这个世界，一定会感到有些失望的。”柯林医生说。

“小时候你的神学课一定没学好：上帝既不会感觉失望，也不会感觉痛苦。”

“也许正是因为这一点我才不大愿意相信他。”

医生在诊桌前坐下，抽出一张空白的卡片来，“一号，”他叫道。

一号是一个三岁的小孩，光着身子，小肚子鼓鼓的，下边露着小鸡鸡，一根手指头插在嘴角里。在医生摸弄小孩脊背的时候，孩子的妈妈一直在旁边等着。

“我知道这个小家伙，”院长说，“他总是来找我要糖吃。”

“这孩子已经感染了，”柯林医生说，“你摸摸这儿和这儿。”他好像抑制着一肚子怒气似地又接着说，“但是你用不着为他发愁。我们用一两年的工夫就能把他治好，而且我可以向你担保，他的肢体绝对不会落残疾的。”

附：

寻找一个角色

刚果日记

一九五九年一月三十一日

关于我计划中的这部小说，我脑子里只有一个场景：一个人“突然到来了”。就是为了这个原因，我发现自己正在搭乘一架从布鲁塞尔去利奥波德维尔[①]的班机。我在寻找书中的这个人物，但我的寻找还不能止于利奥波德维尔。X(书中的主人公)一定熟悉利奥波德维尔，他也途经这里，但是他在我的意识中出现的地方是一个麻风病治疗区，坐落在刚果河上游几百英里远。那个地方或许就是庸达，或许是距离利奥波德维尔有四日行程的几个更小的治疗站之一。对于书中的这个人物，我同那些勉强收留他的主人一样一无所知。我甚至想象不出他去的那个地方是什么样子，不然为什么我要迢迢千里地到那里去呢？这个人并不缺少钱财；他可能是坐汽车去的，但也许是搭乘一艘老式内河轮船，或甚至是坐独木舟去的。他心灰意懒地投身到这个麻风病病人聚居的地方——这件事在现实生活中是否可能呢？——他究竟抱着什么动机？这一点我同治疗站的神父、医生一样，一点儿也不了解。我的这部小说要写这样一个谁也不了解的人，因此我必须去寻找他。我还想象不出我要写的是怎样一个情景；故事发生的场所对我也很陌生，正像我的主人公刚刚踏上那块土地一样。

二月一日，星期日，利奥波德维尔[1]

立刻就有一大群素不相识的人来接待我，但其中并没有人们曾预先警告我会在这里碰到的那几个人。这是一座崭新的城市，盖起了不少小型的摩天楼——我就是在其中一座十四楼上吃的午饭。刚一出飞机场就能嗅到非洲的气味，这气味是一九三四年我去利比里亚途中在达喀尔[2]第一次嗅到的。后来这种气味就屡屡扑进我的鼻子来，不仅在西非，而且在卡萨布兰卡的飞机场上，在内罗毕的乡间公路上也都能闻到。是来自炎热？来自土壤？来自热带植物？还是从非洲人皮肤上发出来的？

午饭后脱光衣服躺在萨本纳旅馆里，但马上就被敲门声吵起来。我顺手拿起一件雨衣披上，打开房门。站在我面前的是一个年轻女人，口吃得厉害，很久很久我听不清楚她在说什么。这个女人走了以后，分程转寄的报纸来了。[3]

位于利奥波德维尔城中心区外的街道仍有坦克、卡车和排成纵队的黑人士兵巡逻，令人想到印度支那战争。

同一个商人共进晚餐。商人不可避免地谈到女人；我也自然怂恿他谈下去。这里的“办法”似乎是乘一辆汽车在土人区兜，直到相中

---

① 利奥波德维尔，非洲扎伊尔首都金沙萨的旧称。

② 达喀尔，非洲塞内加尔首都。

③ 两周前利奥波德维尔曾发生严重暴乱，新闻记者们都坚信我几个月前就已计划好的这次旅行是为了报道这里发生的骚乱。——原注

一个目标，然后提出准备要出的价钱叫汽车夫去搭讪。如果是个已婚妇女，一定要取得丈夫首肯才肯同你走。对于像我这样的“候鸟”来说，出租汽车司机总会物色到一大串女人，但你必须首先跟他讲明要找什么类型的。这里也有少数所谓“自由女郎”在家中接待客人。性病统计数字很低。黑人妇女比欧洲女人更注意身体清洁，也更贞洁。但另一方面她们对这种事看得不那么复杂，尽管同另外的人有了这样一种关系也永远不会排斥自己的丈夫。

请我吃饭的那个人早上用汽车带我出去兜了个圈子。到了本地人居住的市区(这里实际上有两个城，老利奥城和新利奥城)，他叫司机把帽子摘下来，免得引人注目。[①]直到新成立的大学罗宛尼亚姆，一直给人一种非常空旷的感觉，会不会总是这样下去？后来汽车转了一个弯，开到斯坦利[②]纪念像，一座样子又蠢又难看的雕像，据说当年斯坦利就是在这里建立营地，准备到刚果河和普尔区去探险的。远处是一座座高层建筑和新建的公寓大楼。

“‘这里也曾经是地球上一个黑暗的角落。’马洛突然说。”[③]

同情报局官员在他的十四层楼的公寓吃午饭。谈到吉博尼教。吉博尼教徒相信四十年代死于伊丽莎白维尔狱中一个叫吉博尼的人已经成神。有人把当前这里的骚乱归咎于这些教徒。同我谈话的这人的妻

① 这句话听起来是对非洲人的感情有些太敏感了，但实际上并不是因为这个。他是害怕被人家扔石块。——原注

② 亨利·莫尔顿·斯坦利爵士(1841—1909)，英籍非洲探险家。

③ 引自英国小说家约瑟夫·康拉德《黑暗的心脏》中的一句话。马洛是该书中的一个船长，指挥一艘汽船沿刚果河深入非洲。

子和小孩都在布鲁塞尔。这是一个英国广播公司职员类型的人，热衷自己的工作，近于狂热、神经质的程度。

在同几个新闻界的不速之客周旋了一会儿之后，去利奥城一个年轻、富有的贵族家里。见到一个很漂亮的年轻女人，穿着蓝色牛仔裤的两条长腿交搭着。她是一位穿着骑马服的中年人的妻子。丈夫很有钱，靠制造筑路压碎机白手起家，脸相很聪明但显得有些怪僻。

二月二日，柯齐哈特维尔

雷沙特医生到机场接我，带我到庸达。一座有八百麻风病患者的花园式城市。晚上房子外面一群群的人围坐在篝火旁边。医生查看病历，检查病人皮肤，用酒精洗手消毒；这里的病人都是传染性的。一旦神经末梢感染上病毒，手指或脚趾就要烂掉，但病症发展到这一程度也就抑制住不再继续扩散了。[①]

因天气炎热，又不断会见生人，感到很疲倦。主教正在庸达祝贺一位修女的大赦年。我感到情绪低沉。[②]我住的一间屋子光秃秃的，连个挂衣服的地方都没有。公用淋浴室里有五只大蟑螂。我为什么要到这地方来？晚上，总督和夫人来喝酒——一个慈母型的女人，要我把她写的书译成英文。她写过一本书，自费出版。天黑以后蚊子十分猖獗。

---

① 雷沙特医生后来告诉我，这些烂掉手指或足趾的病人有不少害的是非传染性麻风病。即使所谓开放性的病患者其传染程度也不完全相同。麻风病的危害性实际上是被人们夸大了。——原注

② 主教在早晨十点钟的暑热天气中，非叫我喝不掺水的威士忌不可，尽管他是出于好客。——原注

一个故事。一个老希腊人，小店主，发现他的店员同他的刚果妻子同床共枕。他一句话也没有说，到外边去用全部积蓄买了一辆老掉牙的旧汽车。汽车简直发动不起来，必须有人在后面推，谁也不理解他为什么要买这样一辆破车。他解释说，他快要去见上帝了。在见上帝以前，要尝尝开车兜风的滋味。就这样，由几个人在后面推动，直到汽车的引擎开始转动起来。老希腊人坐在汽车方向盘后面，直向山坡下面柯齐哈特维尔广场驶去。一路按响汽车喇叭，把自己商店里的几个店员都吸引到店门前。他不敢把车停住，因为只要一停，车就再也发动不起来了。他招呼那个同他妻子通奸的店员，叫他站出来等着他。他在广场上转了一个圈子，然后把方向盘一扭，笔直地把车开到站在店门前面的那个奸夫身上。店员没有被撞死，只不过两条腿被轧断，骨盆也粉碎了。老人下了车，等着警察来逮捕他。这是本地一个新来的年轻警官遇到的第一个刑事案件。“你干出什么事啦?”警官说。“我干出什么事关系不大，你还是看看我现在要干什么吧!”老头话刚说完，就掏出一支手枪，对准自己脑袋开了一枪。[①]

二月三日，庸达

一切突然发生了变化。在黑暗中被隔壁小教堂的祈祷声吵醒，但

① 小说家非常节约，有点儿像精打细算的家庭主妇。只要是迟早或许有用的材料，不管是什么他都不肯轻易扔掉。在这一点上或许把小说家比作中国厨师更恰当；中国厨师在烹调鸭子时没有一部分他不做成一道菜的。上面这个故事——由柯林医生的嘴说出来——帮助我填补了《一个自行发完病毒的病例》中一个空白。——原注

马上又进入梦乡，一直睡到七点钟。阳光灿烂，空气仍然非常新鲜。洗淋浴的时候也没有看见蟑螂。一个神情非常疲倦的神父——身材高大、纤长的手指、面容憔悴——在一座黑人神学院教书。除了神父和教师以外整个这一地区只有一个白人。一位蓄着红色胡须的神父，嘴里老是叼着雪茄烟蒂。一个未入教籍的修士，身体健壮，性格腼腆，曾蹲过日本的战俘集中营。从表面上看这个人似乎很不友善，但在我的故事的结尾部分这个人却出人意外地为X——我的故事中的主人公——进行了辩护。[①]讲到那位神情疲倦的神父，他到麻风病治疗区来休假，生活该是多么痛苦啊！

在住房里添了一个衣架，权当衣柜使用。这样我的屋子看起来就更像一个家了。步行到刚果河畔。大树裸露着树根，宛如木船的龙骨。如果乘飞机从上面看，这些大树兀立在绿色地毯般的丛林之上，顶部呈现棕黄色，像是一株株花椰菜，树干却像爬虫一样歪歪扭扭。白鹭东一只西一只站在个子矮小的咖啡色牛群中间，像是一块块未落的积雪。辽阔的刚果河水流湍急，有如纽约一座座大桥上川流不息的车辆。从康拉德[②]描绘非洲起，这里并无任何变化。“一条寂寥的大川，深邃的寂静，一片无法进入的幽暗的丛莽。”[③]从远处看，河面上漂浮着一个个长满野草的小绿洲，流向它们永远也无法到达的大海。小的绿洲像是一个个水桶盖，大的也不比桌面大多少。它们从遥远的

---

① 这一构思后来被舍弃了。

② 约瑟夫·康拉德(1857—1924)，原籍波兰的英国名小说家。他的名作《黑暗的心脏》也以刚果为背景。

③ 格林引用的句子即出于《黑暗的心脏》。

非洲腹地漂浮到这里来，你拥我挤像是一群群野鸭[①]。两只锈迹斑驳的铁船。一大片蓝色睡莲。一家三口人坐在一只平底船上；妈妈穿着鲜艳的黄衣服，小女儿怀里搂着小贝贝，笑得那么开朗，像是一架盖子打开的钢琴。

有一位丹麦医生挖掘开一座古墓，发现墓中的一些尸体骨骼都没有手指。原来这是十四世纪的一个麻风病患者的墓葬群。他借助爱克斯光器械，发现这些尸体骨骼上，特别是鼻区附近有一些畸形的地方，这是人们过去从来没有发现过的。现在这个丹麦医生已经是一位世界闻名的麻风病专家了。他带着掘出的一具头骨参加了不少次国际会议；髑髅在他的旅行袋里过了一个又一个海关。[②]

午睡刚醒就有一个样子有些像老鼠的人来找我，一个佛兰芒人，长老会办的学校教员。这个人过去用英语写过一本小说，现在他来问我如何刻画情报人员。不论在地球上任何地方，哪怕是在最偏僻的角落，只要那地方有人知道你是位有名作家，就马上有人登门求教，叫你告诉他怎样当作家。我很想知道，当医生的是不是也总遇到一些中年人，请教他如何行医?

同神父们共进晚餐。一张小小的飞镖投掷板。神情疲倦的神父同那个蹲过集中营的修士(他这时神情比较自然了!)相互打趣。水、汤、

① 后来我才知道，这些小绿洲原来不是草，而是一种叫水风信子的植物形成的。——原注

② 这位丹麦医生名莫雷-克里斯腾逊，我去庸达第一次听到人们谈起他，当时我简直觉得他是个神话中的人物。但后来我同他建立了联系。他热情地送给我他的一部著作：《麻风病引起的骨骼变化》。——原注

煎鸡蛋、鲜菠萝。

当地人的一条格言："蚊子并不怜悯瘦人。"

二月四日，庸达

睡得很不好，在硬邦邦的床垫上简直找不到一个舒适的姿势。因为出汗过多关节有些疼。蚊子整夜在纱罩外面嗡鸣。清晨六点四十分醒来，发现天空阴云密布。给母亲写了一封信，之后拿着朱利安·格林[①]的一本日记到刚果河边，在生锈的铁船上找到一个没有蚂蚁的地方阅读。生满野草的小绿洲无尽无休地从非洲腹地漂向大海，速度大约每小时四公里；这一景象永远叫我惊异不置。每一个漂浮物，不论多小，也从不超越另一个。

一个神父负责建筑，一个负责教育(孩子读完小学校做什么？这是世界上普遍存在的问题。)，那个当过战俘的人可能是个电工。X(这个人决不是人们想象中的奥尔珈·狄特尔丁)有无可能是个建筑师？他对于自己过去画的图纸讳莫如深。也许在他到这里来的时候，怀着幻想，可以在这里的医院工作。这里的人叫他回欧洲去进修半年理疗和按摩，才能给他一份工作。但是他却害怕回去。人们猜想——但并不

① 朱利安·格林(1900—1998)，美裔法国作家，除大量小说外已有八卷《日记》问世，1971年曾获法兰西学院文学大奖。

忧虑——是否他在本国正受警察缉捕。他的法文说得很糟，其必然结果是，他只同唯一一个会讲英语的神父关系很密切[①]。

在读朱利安·格林的日记时，我怀疑由于同性恋者的欲求被盖上了不公正的烙印，如果他有心想过一种纯洁的生活，反而会更容易一些。一个搞同性恋的人是否比 X 这样的人更容易拒绝一件自己送上门来的风流韵事？因为 X 只能靠宗教信仰来抵拒这种诱惑。

一本日本印制的麻风病分布地区图册。其中几张图很像凡·高的暖色风景画。

我将通过哪个人叙述我的故事呢？不可能叫 X 自己叙述，虽然我可以虚构几封女人写给他的信——谴责他的信，有一次他在愤怒中曾经把信给那位懂英语的神父看过。我想这个故事也不该叫那个神父叙述——我对这位神父同他的生活都不够了解。另外还有几个可能的叙述角度，但我都放心不下。它们只能同上边谈的那些信件以及书中人物的对话一样，“包含”在这个故事里。还只剩下一个角度——用作者第一身来讲这个故事了，但这样作者就不该深入到任何一个角色的内心深处；每个人物的思想都只能通过各自的行动与语言表现出来。这样倒有助于我准备创作的这一故事的神秘气氛。故事该取一个什么

① 我不知道 X（后来他在我的小说中改名奎里）为什么会失去他的半个英国国籍。——原注

题目？或者就叫《未写完的档案》吧！如果神父保留了记录X的档案，倒可以使我们更深地挖掘一下他的内心世界。这份档案决不该叫X自己填写。

红胡子神父只有吃饭的时候嘴里才不衔雪茄。他一会儿到这里，一会儿到那里，或者骑自行车，或者步行，到处转悠，活像一个工头。另外那个好像大病初愈的神父总是拿着一本每日祈祷书，就像有的人手指头总要夹着一根纸烟一样。

参观了雷沙特医生的诊疗室。

麻风病的循环过程：传染性与非传染性麻风病是两种不同的病症，但是非传染性麻风病也能发展为传染性的。如果在这种疾病发展期中的及时治疗，更严重的传染性麻风病也比非传染性的能够更快医治好。但如果错过这个时机，其危险性是很大的。

有的病患者对治疗的反应非常痛苦，甚至会产生极其严重的后果——失明、肢体溃烂等等，这是因为药物在体内积累的缘故。传染性麻风病一个典型症状是耳朵、后背等处生长硬结。失去手指（已经治愈）的病人还能缝织套头衫。对服药有反应的病人可用可的松治疗。每天口服D. D. S.药片是治麻风病最通常的办法[①]，一年的药费只不过

① 不确切，后已修改。——原注

几个先令。一个卖弄风情的黑人姑娘胳臂上曾动过手术，切除了神经[1]，现在害的是眼皮神经麻痹症。她的手指甲涂着蔻丹。

细菌需要培植——无法移植到动物身上。一个社会问题：丈夫多半不愿意随着妻子移居到麻风病治疗区来，而妻子则愿意陪伴着患病的丈夫。一般地说，丈夫会在原来居住的村子同另外一个女人同居，而一旦患病的妻子在治疗区找到一个能够服侍她的情夫时，她的丈夫就要来找她算账，要她归还原来拿去的嫁妆。基督新教是允许这种事情发生的，可是天主教的神父对这种胡搅蛮缠的丈夫却总是要给一些颜色看。住在这个治疗区的人爱怎么生活就怎么生活；这里并没有道德审判法庭。曾经有两个丈夫在疾病治愈以后离开了，而他们的两个妻子现在却由一个男人照顾着。

一幢小房子。一间放着两张床的卧室，床上铺着床单，整齐、干净。起居间有一台收音机，一辆自行车，色都音国王和两位教皇的照片，一份广告日历(一个兜售胜家牌缝纫机的女郎)，几张圣画。

奇怪的是非洲人也并不习惯这里的潮湿和炎热。今天天气特别潮闷，所以来看病的人只有几个，人人无精打采。如果天气好，诊疗室里可能有上百个病人吵吵嚷嚷地争着叫医生先给他看病。

看了一本很奇怪、很可怕的小册子，尤金·凯勒斯贝尔根医生写的《社会耻辱的麻风病》。

① 不确切；切除的是尺骨神经鞘。——原注

有一个故事说巴黎有一位很有教养的老年绅士——这人是纪德[1]的朋友，当得知来拜访的医生正在研究麻风病的时候，差一点儿把这位客人赶到他的公寓住宅外边去。“你应该早一点儿告诉我。我要对这座楼房的所有住户负责。请你告诉我，什么时候我才能知道我是否传染上了麻风病?”说这话的老绅士这时已经七十四岁了。“十年以后，”医生说。“你的意思是说我得悬着十年心吗?”

至今还没有人发现非传染性麻风病的病菌。

有些人对麻风病产生了一种迷恋的感情。很多自愿到麻风病医疗区工作的人员也患有这种变态心理。曾经有一个在非洲工作的欧洲人，染上了轻微的麻风病，但由于他把自己的病情夸大，所以被调动了工作。人们忠告他说，以后他不要再对别人说他害了麻风病了。但他还是逢人就说，最后只好被遣送回欧洲。这种变态心理也是一种虚荣心的表现；人就是喜爱夸耀自己与众不同的地方，甚至夸耀自己的疾病。达米安神父[2]是否也应归诸于这类对麻风病有特殊感情的人？一位德国医生（贝尔森的医生的先驱）曾经做过一次试验。他想叫一百一十四名自愿做试验品的健康人染上麻风病，却一例也没有成功（这些人后来被迫离开了达米安传教、治病的小岛）。由此可见，染上麻风病也不是很容易的事。

---

① 安德烈·纪德（1869—1951），法国作家。

② 达米安神父（1840—1889），比利时籍天主教神父，曾在太平洋莫洛开岛为麻风病患者服务，后来死于该地。

感染麻风病的一个事例。有两名得克萨斯州的美国士兵，同属一个连队。他们并未与麻风病患者有任何接触，却都传染上这种病。事后发现，这两人曾在夏威夷(?)找一个人文身，而这个文身人曾用同一根针给一个麻风病患者文过身。

曾在世界上某些地区长期居住过的健康人，身体里也可能有少量这种疾病的病菌。

一个染上了很轻微的麻风病的女人。品格端正。可能由于她摆弄了一个麻风病患者拿过的球(或其他物品)，而被传染了[①]。

应该询问一下雷沙特医生，哪些人易于传染上这种病。

薄暮时空气非常潮湿，时不时感觉到空气好像在皮肤上凝成一粒水珠。 天黑以后这一带开始了一场暴风雨，但雨下得并不猛。我们这个地方似乎被暴风雨遗漏了。雷沙特医生说，近六年来他只记得有过二十几天这种潮湿、闷热的日子。那个小学教员总是用宗教问题缠着我。我告诉他我解答不了有关信仰的问题，他该去找一个传教士。[②]

---

① 这里的神父都认为麻风病是由空气(呼吸)传染的，因此当麻风病人在告解室里向神父作告解的时候，神父总是用一块手帕掩着口鼻。——原注

② 我想声明自己不是一个天主教作家，只不过写了四五本以信奉天主教的人物为小说素材的作家。尽管如此，若干年来——特别是自《问题的核心》发表以后——我发现自己总是为一些人追逐着，希望我帮助他们解决宗教问题，但我在这方面是无能为力的。向我求助的人中甚至还有几位天主教传教士。我对这位纠缠着我的小学教师感到气恼，我想主要原因是这里天气太热。另外，我现在已经进入了我创造的这一角色里——奎里是一个已经陷入穷途末路的人。——原注

在我同神父一起吃饭的时候，我感到从容自在了。也许这是因为我不是一个很腼腆的人，再说我对比利时人的口音也听习惯了。

二月五日，庸达

阴云密布。因为太阳没有出来，很多人开始工作的时间都晚了。

刮胡须的时候，一个杂役穿着一双为烂掉足趾的病人特制的拖鞋从我门前走过去。我现在对这件事已经不再好奇了，正像我对正给我漆门的一个麻风病人独自哼唱也已习惯了一样。失去足趾的那个病人脚踏在地面上发出咕咚咕咚的声音，好像在用两根铁棍夯地。

每到一个新地方，头一天心头总有些抑郁，想到不知要过多少日子才能回到原来熟悉的环境去。但几天以后（必须克制自己，等待时间过去），一个人就在完全陌生的地方建立起一套熟悉的东西了。就连每天例行的活动也能从中找到一些乐趣：早饭后刮胡子，写一封信或者记一段日记，然后拿一本书到刚果河边那艘老铁船上去阅读，回来，再写一封信，看一会儿书，或者像昨天似的到诊疗所转一圈——这时已经到了快要同医生一起吃午饭的时间了。吃过饭睡一会儿午觉，再到河边散散步，晚上喝一杯威士忌，同神父一起吃晚饭，上床。又一天就这样匆匆过去了。今天我的常规被打乱了，心头有些不舒服。吃饭的老规矩被颠倒过来（同神父们一起吃午饭），之后要到柯齐哈特维尔去打防疫针，并安排到丛林中旅行的事，之后还要在总督家喝酒。

非洲人的笑声。在欧洲什么地方能像在这些麻风病工人中听到这么多笑声呢？但是笑声的另一面也是真实的：这些人发病的时候，疼痛难熬，你会感到他们正处在何等绝望的深渊中啊！（我记得在利比里亚的挑夫和塞拉利昂的几个仆役身上也看到过这种绝望的神情。）生命只是一瞬间的事，而这就是他们使之成为永恒的表现。

昨天在诊疗所看到的景象。小孩的哭声震天，于是医生对他的一位维持秩序的助手说："让孩子吃奶。"据医生说，这也是在行弥撒礼时常常听到的命令。诊疗室里果然顿时安静下来。

太阳被阴云遮住，可以到外面去散散步了。我走到主诊室和正在建筑的一个实验室。L① 给我看一台复杂的仪器，可以用来测量神经的各种反应，直至两万分之一秒间的变化。更叫医生高兴的是另一台比较便宜的仪器，可以同时测量皮肤上二十个不同地方的温度，找到某一块皮肤的温度高于其他地方。医生希望利用这个办法测出儿童身体上将形成硬结的地方，在硬结出现前即可提前治疗。他还希望用这一测温的办法早期发现将要溃烂的手指进行预疗。

诊疗所的一个橡皮病患者。两只脚和小腿到处是瘢疤和肿块，像是一端刻出几个粗大脚趾的一段老树干。

如果 X 曾经是一个有名的建筑师，会不会他对自己的职业已经失

① 指雷沙特医生，下同。

去兴趣了？对于建筑艺术的喜爱，也像他对女人的情爱一样，已经丧失了。他已经到了感情枯竭的地步。

午饭后同L一家人到柯齐哈特维尔。打了第二次伤寒预防针，打针时很疼。听人说柯齐有一个白人居民每天夜里给警察局挂电话，报告他房子外面有刚果人，预备杀害他和他的妻子。柯齐现在有不少人睡觉的时候把枪放在身边。由于恐惧而酿成的事端将是这一地区的主要危险。

会见主教。一个非常体面的老人，具有十八世纪的高雅风度，或者也可以说爱德华时代交际明星的风度。他同意把他的一艘小火轮借给我，驶入丛林地带。

在总督官邸饮酒。总督夫妇善良纯朴，毫无殖民地官员习气[①]。天黑以后一辆洒水车沿街喷洒DDT。一时浓雾密布，我们的小汽车好像被吞噬在伦敦的雾里，能见度只有几码。总督的副手也有二十年的工作经验。这个人很赞佩非洲妇女。他以很大的热情谈起非洲乡村的宁静生活，但他认为——我却不这么想——必须打破这里的部族结构，为此政府应采取物质鼓励的办法。这样会不会导致小邦分割的复杂形

① 后来我才知道这对夫妻已在刚果住了二十五年左右，几乎一直生活在丛林地区。在开始的一段日子，那里既无轮船也不通邮件。每个月他们要在森林中步行视察二十天（这是当地官吏的职责），其余的十天则在我上文描写的小传道所休息。他们教会刚果人如何种植木薯和稻米，监督诊疗所的修建工程，查访土著人法庭审判的情况。总督的妻子写的一本书就是他们这些经历的记述。这本书是她自费出版的。由此可见比利时人对他们的殖民地并无任何兴趣。不少人的默默无闻，但却极其英勇的生活纯粹是一种悲惨的浪费；总督夫妇就是一例。——原注

势呢？另外，他还谈到需要保持宗教的神秘气氛，但是我怀疑现在在美国是否还有这种气氛，即使在天主教教堂里恐怕也没有了。

二月六日，庸达

踏实地睡了两个小时觉，以后就再也睡不着，有一种奇怪的、心神不定的感觉——可能是打了注射针的作用——胡思乱想，怀疑从远处麻风病人居住区传来的声音意味着什么危险。屋外有闪电的亮光。我的手电筒找不到了。我的脑子里也浮现出种种幻景，极不舒适，仿佛躺在 DDT 浓雾里。最后终于睡着了，但一直梦到一个人。真是奇怪，为什么一百多年以来人们一直认为非洲是个医治心灵创伤的地方呢?[①]

D. D. S. 是一种口服药片，每周服三次，每次两片。服用一个月以后要停药一周。另外有一种涂在皮肤上的浓膏，只是为了在交际场合不为对方发现身上的瘢疤。

工人们一刻不停地谈笑、打趣。如果懂得他们的语言，就可能感到厌倦。但由于不了解他们说的是什么，这种嘈杂的声音就成为不和谐的背景音乐了。

---

① 甚至意志坚强的玛丽 · 金斯利也是这样。她在父母双亡后曾写道：“我到西非去，在那里结束我的生命。”——原注

译者按：玛丽 · 亨利塔 · 金斯利(1862—1900)，旅行家和人种学家，著有《在西非旅行》(1897)，是小说家查理斯 · 金斯利之妹。

L治愈的一个病人曾给他仍留在麻风病治疗区的妹妹写了一封信，诅咒L快点死，还夸耀他在利奥波德维尔骚乱中的所作所为。妹妹害怕了，不了解哥哥为什么这么做，就把信交给了学校的班级长。现在那个人又写了一封信来，L想知道他写的是什么。

另外还有一个病人，由于他的病已经治愈，必须离开这个治疗区，就恫吓说要把L医生的房子烧掉。

今天忧郁症的羽翼又在触击我，或许因为我在这里没有了解到什么新东西，或许因为我睡眠不好，或许因为我在夜里做了乱梦。

二月七日，庸达

服了一片安眠药，一夜睡得很好，只做了一个梦。我打防疫针的反应几乎已经过去了，心情也不再抑郁了。

一个小册子说：欧洲已经消灭了麻风病。但是消灭的是否是麻风病？麻风病是否真的已被消灭了？

因为擦鞋耽搁了时间，早上几乎没能像往常那样到刚果河边消磨半个小时。在陌生的环境中，每天例行的琐事会一下子产生一种魔力。为什么需要这种魔力？或许是为了抵制忧郁或厌烦无聊吧！

读朱利安·格林最后一卷日记——《美丽的今天》，越读越不耐烦。感到书中强烈地灌注着一种对宗教信仰的带有虚荣性质的骄傲感。作者谈论上帝和圣徒谈得太多了。日记中有一段说，凡是上帝所不喜欢的就应该根除。但上帝是不是喜欢对他无尽无休地说恭维话呢？ 他是不是宁愿用这些陈词滥调来换一句维永[①]的亵渎的诗句呢？我禁不住给自己描绘这样一幅图画：亲爱的上帝瞥了一眼这本日记便把它往旁边一扔，正像一个作家把又一篇攻读学士学位的大学生评论自己著作的一本正经、令人厌烦的论文扔到一边一样。

关于我这本小说中的主人公 X，也许第一个该解决的问题就是他是否属于那些对麻风病产生了偏爱的人。这一段日子 X 在我心中静止不动，简直毫无进展。我只是对他来到的这个环境比以前多了解了一些。也许该给他起个名字了——但我仍然踌躇着，不愿给他一个明确的国籍。也许——为了显而易见的审慎的原因——还是用一个字母代表他的姓名好一些。不幸的是，我过去就知道，如果作家用姓氏的第一个字母称呼书中的主人公，别人就开始议论他是在模仿卡夫卡了。

麻风病病菌与结核病菌形状相似。但汉森病菌[②]却不能够植到动物身体里面。病状：(a) 一块块皮肤失去感觉；(b) 四肢失去感觉，并无瘢疤硬结；(c) 脸和耳朵的某处皮肤加厚并出现硬结。最后一种症

---

① 弗朗索瓦·维永(1431？—1463 以后)，法国诗人，生活狂放，曾几次入狱，并曾被判处死刑(未执行)。

② 麻风病在西方亦称汉森病：挪威医生 A·汉森(1841—1912)首先发现麻风病病菌。

状表明患者染上了传染性麻风病。

对于尚未感染这种疾病的人最重要的事是保持清洁。但一经感染，清洁与否就无关重要了。

如果一个人到遥远的地方旅行，他就不只在空间中，而且同时也在时间中旅行了。一个星期前的这个时刻，我还在布鲁塞尔，但现在我却觉得离那个时候已是几个星期，而不是几天之久了。一九五七年我曾旅行了四万四千多英里。是不是因为这个——我的长途旅行始于三十年代——我才觉得我活过来的日子似乎无限长呢?

有没有办法利用X的一个梦境?我昨天的亲身经历证明，梦可以影响一个人一整天的情绪，可以使一种正在消失的感情复苏，重又活跃起来。

关于阿波廓巫术。两天前主教告诉我，这里有很多人相信，借助一种什么药粉的魔力，他们可以击碎墙壁。他们把这种药粉揉进指甲缝里，然后只要用拳头捶打墙壁，就会使墙倒塌。原始人同儿童一样，有时无法辨别梦与现实。我正在读的一本篇幅很长的小说《拉·加纳》讲的就是这种思想上的混乱。

用新发明的药给众多患者治病有时价格过于昂贵，而D.D.S.服用一年不过花费三个先令。

殖民地官吏的规章。有人曾告诉我，不论参加任何聚会，即使是很随便的、偶然性的社交活动，如在饭馆聚餐，也不能随便退席。必须按照官阶高低，在上一级官员离开以后，自己才能走。根据我个人在塞拉利昂的经验，殖民地官员的家具也有等级之分。L 的扶手椅不久就可以从四把增加到六把，或者也可以叫他的妻子使用一张大穿衣镜了。据说有一位小官吏，他的妻子十分渴望在他们居住的房子里再添一个厕所，但是她必须先等待自己的丈夫通过一次什么考试，再晋一级才能满足这一愿望。丈夫考试没有通过，只好自己花钱在花园里盖了一个厕所，但由于花园是国家的财产，所以当时管辖这个地区的总督命令他必须把厕所拆除。这真是个悲惨的故事。①

这里重演了一个古老的仪式：把一具人形的老式棺木从森林中抬了回来。据说在当地居民中只还有一个人记得过去曾举行过这种仪式，一个老手工艺匠的儿子。全村人兴高采烈；这是一次难得的开心机会。棺材做成粗具人形的样子，两臂在肘关节处弯曲着，头发挽成入殓的髻子，面孔涂成红色。一小群白人，包括市长和市长夫人，坐在雕刻师家中的钢管椅子上一张张地拍照。我们从布道团里请来了一位老传教士，一位神父。这个神父对当地的风土人情了如指掌。他在

① 一九四二年我住在弗里敦（非洲塞拉利昂首都——译者注）郊外一幢房子里。这幢房子建筑在一片沼泽地上，当地土著就利用这块地当厕所，所以蚊蝇孳生，极不卫生（有一次我关上办公室的窗户，两分钟就打死一百五十只苍蝇）。我给殖民地事务大臣写了一封信，要求给本地人修建一个厕所，后来我接到了复信，叫我提交任何申请必须通过规定的途径。因为我没有途径可寻，就又写了一封信，提醒他们看一下丘吉尔关于这个问题的一次发言记录。最后我要求建造的厕所终于盖起来了。我可以在政府档案记录上这样写上一条：我同济慈一样，名字也是写在水上的。——原注

这场扮演的葬礼上讲了几句话。整个这场戏的演出只不过为了给利奥波德维尔市博物馆弄到这样一口人形棺木。鼓声咚咚响起来，老太婆们挥舞着枝叶跳舞。我看到这一既有钢管椅、又有哒哒作响的电影摄影机的场面不由想起生活在利比里亚蛮荒腹地的尼柯布祖和滋吉塔部落的鼓声，那才是真正的原始仪式呢！在今天这场闹剧里，只有一场戏大家动了真感情。这场戏的组织者(那个出二千法郎购买棺木的人)要把棺材在村中停放一夜再运走，而村民们却大吵大嚷不许他这样做。(棺材停在村子里会带来灾祸!)这个地区的一位显贵——这个人颇有部落首领的气派——是一个相貌英俊的年轻刚果人，穿着一身漂亮的西服。他手挽手地同自己的女儿来到现场。女儿也长得很漂亮，头上围着一块像皇冠似的黄头巾，戴着耳环、项链，也穿着欧式服装。这个女孩子静静地坐在椅子上，颇有年轻公主的风度。一群白人殖民者的老婆却叽叽喳喳地一个劲儿说话，一会走到这儿，一会儿走到那儿，到处卡达卡达地拍照。

神父留下来同我们一起吃晚饭，一个乐呵呵的老头儿。但后来在我们开车送他回去的路上，他却表示了对柯齐哈特维尔的形势非常担忧；他生怕失业者和青年人会闹事。柯齐哈特维尔有一大一小两家餐馆；我们在较小的一家喝了酒。(大的一家灯伞都是黄色的，上面画着那种有鼻有眼像是儿童画的月亮，看着叫人不舒服。)这个较小的餐馆挂着很规矩的二十年代的美女画，还有一台玩飞镖游戏的装置。一个坐在酒吧前的人对L很没有礼貌，因为他不喜欢L坐在柗子上等着，只向侍应生做手势而不大声呼叫。“你是哑巴吗?”那人说，在归途上我看到殖民地官员的住宅仍然亮着灯；他们因为害怕骚乱夜里也不敢熄灯睡觉。

二月八日，星期日，庸达

六点半钟，在麻风病院的教堂里望弥撒。非洲人都坐在后排椅子上。这种隔离制度是不是出于防止疾病传染？乘一辆客车出去兜风。开车的修女长得很漂亮，这人我过去在某一社交场合曾经看见过。天边呈现一片凄凉景象。在热带地方，万物好像都在不停地死亡。哪怕有一只蝴蝶飞到布道坛上也好啊！蚊子啊，蟑螂啊，金龟子啊，飞蛾啊……这些讨厌的虫子这里却上千上万，簇积成堆。

吃早饭的时候同那位正在养病的亨利神父聊了一会儿天。他希望同我一起乘坐主教的小火轮，在归途上，他可以在他教书的神学院下船。谈了基督新教与天主教在非洲传教的事。当地人或者皈依新教、或者相信旧教完全决定于他们读书的小学校是由哪个教会主办的。但亨利神父认为天主教更得到当地居民信任。原因之一是天主教信奉圣母，而这里的居民家庭也以母爱为主。母亲只有一个，但几个孩子的父亲却可能不止是一个人，或者根本说不清哪个人是孩子的父亲。对于刚果人来说，神学院所教的课程太难了一些。除了法语、拉丁语之外，神学院的学生还要读佛兰芒语(或者也可以选读德语或英语)。总之，他们要学习所有欧洲人的必修课程。

与L医生乘车到乡间去，到一个人家去。这一家人中的一个成员同时兼任了三个不同公职，另外还捕鱼、在森林中拾取肉虫赚钱。一把肉虫可卖五法郎。几个兄弟分居，但挣的钱却合在一起。几个人的妻子都在城里；女儿留在乡下。

L对我讲的同我在利奥波德维尔听的相反。据L说，这里的妇女患有性病的也很普遍，只是患梅毒的不多，很多疾病用盘尼西林治疗已不生效了。

吃午饭的时候有人请L出去给一个被毒蛇咬伤的病人注射血清。L已遇到过好几个为蛇咬致死的病例了。

晚上到柯齐哈特维尔看民间舞蹈。这次舞蹈晚会是当地一个白人主办的；这个人不久即将离开这里去利奥波德维尔。晚会在当地一个酒吧间举行。由男性表演的舞蹈叫健美操。但这些舞蹈员实在比不上欧洲任何一个二流音乐厅的艺术团。地方长官B也出席观看，并不时露出赞赏的微笑；他对土人的表演颇有自豪之感。过去我在西非或者在马来亚也在英国殖民地地方官的脸上看到过这种笑容。他们就像小学校长为自己的学生能够演出《威尼斯商人》感到骄傲一样……他们至少不像一般白人殖民者那样愚蠢。

回家以后，发现居室地板上布满了大飞蚁。是不是下雨的前兆？我记得住在弗里敦时每次大雨前飞蚁就纷纷落到我的食物上。

二月九日，庸达

夜里下起雨来。

对自己要写的这本书感到忧虑。为了描写故事发生的场地，也许我要在记忆中追寻利比里亚的莫桑波拉罕和甘塔以及我初到那两处地方的情景。

“X的到来”为这本书定了调子。或许我要寻找的是一处L称之为更富于感伤气氛的地方，而不是这里这样一个整齐有致的花园城市。另外我那一群神父也叫我发愁。如果在欧洲，这些人是无可挑剔的，但他们并不是蛮荒地带的传教士。不论在这些神父哪个人身上我还都未发现我希望在传教士身上找到的天真，对待别人缺点的严厉，以及探索人们心灵的好奇心。这里的神父们只是一味地忙忙碌碌，无暇关心人的行为动机。他们整天忙于教育、发电厂、水泥……而不是人的动机。我怎样才能逃开这一片虚伪呢?

同医生一起在诊疗所和医院里度过一个上午。老婆婆脸上文刺出树叶形的图纹；干瘪的乳房像一副空空的小手套；一个失去手指和足趾的男人抢着一个小孩；一个得了橡皮病的男人，睾丸肿得像一个足球；一个生了肺病的女人(一个人染上了麻风病似乎决不应该再患其他疾病了；多不公平啊!)；一个温文有礼、脸上堆着笑容的老人躲到自己住房后面一间小土房子里，准备死在那里(他患有高血压)——老人的双腿细得像个小孩子，脸却像个圣徒；一个没有双腿却生了孩子的女人；一个男人躲在住房后面的一间小屋里悄悄死去，几天以后才被人发现。

同人到柯齐哈特维尔去安排乘船旅行的事。下午热得出奇，心情极其抑郁。小火轮甲板上的房舱很高，样子非常古怪，像是行驶在美国密西西比河上的老式火轮船，只不过具体而微。船上的油漆差不多已经完全剥落。船长是一个身材高大的传教士，镶着金牙，一把长胡子飘飘拂拂。他在船上的小餐厅里接待了我们，请我们喝啤酒。餐厅有几个大窗户，我想餐厅下面大概就是驾驶舱。一个柜橱的板门上绘着耶稣降生图。[①]据船长说，这艘船已经很难航行了；年久失修，很容易出事故。船底烂了一个洞，也许是有一块船板已经腐烂（我记不清他是怎么说的了）。船舱外面挂着一具不成形的救生圈，像是一条干枯了的鳗鱼。与神父船长谈了很久。去奥特拉柯公司。[②]去瓦法尼亚直到伊邦加的舱位都已售出。我也可以考虑先乘汽车去佛兰德里亚，再乘木船至伊邦加，到伊邦加后等待轮船返航。或者我也可以乘飞机先飞到某个地方，转乘汽车去瓦法尼亚，再从瓦法尼亚坐船回来，这样就不去伊邦加了。不管如何走法，旅行都不能处处都去到，而且十分累人。只有主教本人才有权下令火轮启航，但在我们来柯齐的头一天正好他跌了交，把臀部摔伤了。同态度暧昧的安德烈神父交谈了一会儿。小火轮也许下

① 这里是每天做弥撒礼的地方。——原注

② 这是一家很大的贸易公司，有定期货轮行驶于刚果河及刚果河的几大支流上，货轮也搭载旅客。——原注

周开，也许下个月开。看来比埃尔神父是个“讨厌在水上航行的船长”。每次小火轮要启航的时候(一年大约开航四次)，总有什么地方出了毛病。安德烈神父同意跟主教谈一下这件事。答复是：轮船要先由奥特拉柯公司的两个雇员检查一下，如果他们认为安全就可以启航。我对这些话持怀疑态度；我不相信他们准备让船启航。

我刚刚坐下吃晚饭，L走进来告诉我，他已接到电话：一切圆满，叫我星期三晚上上船。

二 月 十 日

麻风病患者只有在手指或足趾溃烂掉以后病情才扼止住，也可以认为病已痊愈了。这种现象被称作病毒自行发散。[①]这就是我去寻找的书中主人公X与麻风病患者的共同点。我的主人公是在心理上与道德上病毒已经发散完的人。是不是在到了这一地步的时候，他在精神上的疾病就可以治愈了呢？或许我这部小说不该在麻风病院开始，而应该在教会的小火轮上。

人们常常谈论，在广阔无垠的宇宙里，上帝叫人的生命只在一个极小的地区开始，这是荒谬的。我们被要求相信另一件荒谬的事是，上帝选择了罗马帝国的一个小小的居民点诞生。奇怪的是，两件不合情理的事比一件更容易叫人相信些。

---

① 比利时籍的医生也使用“自行发完病毒”这一英文医学术语，在法语中并没有这个英语词的同义语。为此我这本小说的法文本必须另外找一个书名。——原注

牛身上常常栖息着一种极为美丽的小鸟，法文名 Piqueboeuf[1]，并不是白鹭。这些小鸟就像守护神一样看管着牛群。这种小鸟羽毛光洁，像白瓷一样。成群的蝴蝶翩翩飞舞。

一个眼皮上的神经已经麻痹的老妇不会眨眼睛。医生为她买了一副墨镜，但她却不肯戴，因为她认为眼镜并不是药品，而她却只相信服药才能治病。另外还有鞋子问题。医院为足趾烂掉的病人准备了一些特制的鞋，很多人也不肯穿。他们只穿普通的鞋。他们只在星期日才穿特制鞋，通常一领来就把它们卖掉。

慈善募捐的难题。柯齐哈特维尔市举办了一日募捐活动，为麻风病人募集衣服。一共募到四百件衣服，而麻风病患者却有八百人。只好为另外四百人每人买一件衣服——很大的一笔开销。此外，募到的四百件衣服各不相同，结果在病人中引起了无尽无休的争吵。

医生正为失去双脚只能爬行的病人定制六张轮椅，但失去双脚的病人却有十个。我问医生，如果他们吵起来怎么办？“像这样重要的事，”他回答我说，“我甘愿冒争吵的风险。但如果是为了一听沙丁鱼罐头弄得他们争吵不休就不值得了。”

非洲人的姓名：亨利（像英国人习惯一样拼作 Henry，而不是

① 英文叫 cattle - drooer 或 beef - cater bird，中文译名不详，是否可译为“牧牛鸟”？

Henri)，阿屯申[1]，迪欧 · 格拉蒂亚斯。

同 L 到诊疗室观察病人的手。医生叫病人用手指做几个动作。医疗方法：蜡疗、按摩、上夹板。典型的所谓“猴掌病”是由于中枢神经[2]受损所致。手术治疗：当神经外鞘开始加厚、神经受到压迫的时候，应动手术把外鞘割穿，使神经恢复自由。

保罗神父为我理发。

这里的人喜欢玩一种神秘的游戏：在一块粗制的木板上挖出槽，槽里放着豆子。玩时双方不断改变豆子的数目。

一个麻风病人带回来一串肉虫，或者是自己吃或者是为了卖钱。[3]

神经麻痹与肢体伤残常常起着交替作用。由于手指失去感觉，所以在工作的时候手指就常常受伤；另一方面，由于麻痹发生在神经有反应的地方，这又起了某种保护作用。

二月十一日，庸达

人人情绪低沉，一片寂静。

---

① Attention，英语、法语都有“注意”的意思。

② 应为尺骨神经。——原注

③ 这串肉虫子使我想起吉隆坡邮局里一个中国老头的长指甲。他把左手放在腋窝下面；那五个指甲都是灰黄色半透明的，每个都有一英尺长，并且是弯弯曲曲的，让人看了心里感到恶心。——原注

一幢房子外面麻风病人的法庭正开庭审理一个案件；代表不同部落的三个男人在聆听证人的证词。这种法庭有权审理一些小案件，如偷窃、斗殴、拐走别人的妻子等。法庭也有权判处犯罪者短期拘禁，把犯人囚禁在庸达附近一所监狱里。监禁期间，犯人被允许外出工作或就医，但晚上必须回监狱过夜。

为乘船航行购置物品——DDT灭虫剂、花露水、皂片、十瓶威士忌、三打苏打水。[①]请L夫妇去餐馆吃饭，就是那家餐厅里摆着钢管椅、灯罩上画着人形月亮的让人感到不舒服的餐馆。但这里的饭菜确实不坏。[②]上船后喝了威士忌。主教的房舱很舒服。圣坛设在甲板上的舱室里。

主教的灾难。这么多年他一直没生过病。叫他无法忍受的不是病痛，而是枯燥无聊的日子。主教虽说颈上挂着一个大十字架，是一位又尊贵又圣洁的大人物，但他却一定要有人陪伴着，否则就不知道怎样打发日子。他和蔼可亲、彬彬有礼，对自己管辖的教区并无多大信心。现在他不得不穿着睡衣，终日厌烦无聊地独自躺在床上。自从被授予圣职，五十年来他从没有感受过这种孤独。现在他连转动一下脖

---

① 根据我在欧洲的经验，传教士通常都喜欢喝威士忌，但这艘船上船长却只喝啤酒。亨利神父最多在晚饭前喝一杯威士忌。因此剩下的酒就都是我一个人的了。苏打水可以用来刷牙、漱口，这是因为刚果河的河水混浊得像泥汤子。——原注

② 为刚果争脸的是这里的酒既好又便宜，就是在柯齐哈特维尔这种小地方也能买到。我记得特别清楚的是一种非常好的葡萄牙红酒。一瓶威士忌的价钱只合二十二先令。从欧洲运来的卡蒙贝尔酒黏糊糊的，味道很醇。——原注

子都疼痛不堪。[①]

临行前邮政局给我送来当地一位作家自费出版的一本著作。为什么有这么多人去做作家梦呢？是为赚钱吗？我怀疑。是不是当他们发现自己的生活并非自愿选择的道路以后，想另选一种职业呢？有些人追求情欲而不去体验宗教信仰是否也是受这种绝望的情绪所驱使呢？

二月十二日，主教的轮船上

读雪伊[②]的小说《西班牙的节日》，很受感动。轮船清晨五点钟启碇即被惊醒。开窗望见岸上灯火闪烁。桨轮拍击河水，震动极大。河流约一公里半阔。船一直靠一边河岸行驶。

进入鲁基河口时有一个检查站，查看船身是否附着野花及植物，以免种子被带进内河繁殖起来，堵塞河道。

一只平底船的两舷都装载着原木。一位前船长早餐后即读祈祷文。小说主人公 X 自述他的一段恋爱故事。为解除精神苦闷，他有意同一个年轻的已婚女子谈情，最后在他想要同她发生肉体关系时，却由于根本失去了情欲而废然终止了。事情以后如何发展暂时还要叫他等着。[③]

---

① 叫我高兴的是，主教跌伤的髋骨后来终于养好了。这位颇有些像早年殖民地繁荣时期的社交明星的人物在最近这次动乱的日子里显示出自己的才能。他一直坚守在岗位上，得到了刚果人的信任。在骚乱中他镇定自若，帮助那些没有逃离这个赤道国家的白人平安度过这段艰难的日子。一部蛮荒地带的布道史就是由这样一些传教士用他们每个人的行为表现写出来的。——原注

② 据说这个作者即法国畅销小说《战士的休憩》中描绘的主人公。——原注

③ 这一构思后来被放弃了，或者说完全改变了。——原注

船上有三个神职人员和几名非洲水手，其中至少有一个非洲女人。身体正在康复的亨利神父曾任这艘小火轮上一任船长。他虽同我一起乘船旅行，但渴望在天黑以前就能到达设在巴库玛的神学院。戴着一副眼镜、胡子蓬蓬松松的比埃尔神父也是一位已经退休的船长。他这次是到神学院去当教授。新任船长是乔治神父，这人对打猎着了迷。这一带有一种猴子就栖息在河边，乔治神父吹嘘说他一次往返航行打死了若干只——看来这种猴子的肉很好吃。我们刚刚从一只栖在一根木头上的鹭鸶——长颈、头很小——旁边驶过，他瞄准了就是一枪，但由于船身颠簸，他并未打中。鹭鸶向我们驶来的方向飞走了，一直同水面保持着相等的距离。这一带的鳄鱼鼻子很长，不吃人。人们可以在河里洗澡，毫无危险。这是几个神父说的，但医生却认为他们的话不可信。

在船上的第一天就希望今后的水上旅行生活能有一定的秩序；只有起居有常规才能使人无漂泊流离之感。一个人可以在短暂的时间内感到兴奋、狂喜、幸福，但宁静的感觉是最难得到的。

十一点同神父一起喝啤酒，以后又教会他们玩一种叫四百二十一点的纸牌游戏。午饭后小憩。

读康拉德。为了读《黑暗的心脏》，我带的这一卷康拉德集子题名《青春》。这是自从一九三二年我放弃读这位作家以后第一次又重新捡起他的作品。那时候我不敢读康拉德，因为我觉得他对我的影响过于巨大，几乎可以说是灾难性的。他那沉重的、具有催眠力量似的语言魅力立刻就把我抓住了；我感到我的写作风格如何苍白无力。也许在我同我的贫乏无力一起生活了这么多年以后，我已经不会再受他的影响了。有一天我还要读他的《胜利》，再读他的《水仙号上的黑水手》。

河水的颜色像是擦得晶亮的锡镴；朵朵白云好像是从锡镴反射到上空去的。就连森林的绿荫也潜藏在锡镴下面。几所渔民的住房建筑在伸在水里的长长撑柱上面，使我想起了东方的水居。[①]几只独木舟上有人站着，水影把他们的腿拉长，延伸到水里，看去像正在涉水似的。某一位理性主义者会不会借此来解释耶稣在水上行走的故事呢?

对我计划中的这本书是否能写出来越来越感到忧虑。也许我不是在接受现实，而是正在同它斗争。与此同时我又害怕把故事写得像医生所说的过于“缠绵”——他使用这个词的含义是曲折感人或富于戏剧性。或许X在帮助医生教会病患者练习手部运动时自己忘记在手上涂酒精而受到了传染? 神父们更关心的是机器、电气、航行这类的事，而不是人们的生活同上帝——但X的这一印象是错误的。他到这里来寻找另一种爱，但面临的是涡轮发电机和建筑上的各种问题。他

① 我写这句话时想到的是老挝湄公河畔距离琅勃拉邦不远的一个小村庄，那次我乘的一只小艇的马达坏了，我们就停在那个村子旁边。这还是在印度支那战争期间，我们想去参拜一座佛寺，祈求菩萨保佑，不要让胡志明的部队侵入这里。至今我还清清楚楚地记得我如何兴高采烈地在一幢高脚房里席地而坐，吃了一顿美餐。我还记得屋子里墙壁上糊着从一本《巴黎竞赛》上剪下来的伊丽莎白女王加冕的照片，虽然我们的农民主人一句法国话也不会说。我认为扯这些题外话并不是多余的。记忆也是一种比喻；当我们说一件东西“好像是”什么的时候，实际上我们是记起了那个比喻的形象。——原注

不了解这些传教士，正像传教士也不了解他似的。

驳船船头的浪花呈现焦糖颜色。

书的第一句或许可以这样写："每天早饭后船长总在舱面船室里读祈祷文。"[①]

木柴需要一刻不停地运到小火轮的锅炉室里来。这使人想到菲尼亚斯·佛格[②]横渡大西洋的情景。

快驶到巴库玛的时候，亨利神父显得非常兴奋："我到家了。"

"是说到了你的牢房了吗?"

"不，庸达才是牢房。"

驶抵巴库玛。在传道会用晚餐。饭后同神父们玩一种他们称之为"火柴"的扑克牌游戏。玩时需用三副牌，玩牌的人可以拿五张、十张、十五张或二十张牌，用火柴作筹码。全部赌注的筹码不能超过手中纸牌的数目。最后做成的点数必须同你下的注数目相同，不多也不少。因为每付牌都有几个 A，所以它们根据几副牌的颜色——红、白、蓝——分为几个等级。

服了安眠药，但睡得仍不安稳。梦见一个人，非常气愤；我在白天想到这个人的时候却从来没有生过气。

---

① 这篇故事在我头脑中已逐步成形了。第二句可能这样写："穿着神父白法衣的船长站在餐厅敞开的窗口前面读每日祈祷文。"——原注

② 法国科幻小说作家儒勒·凡尔纳小说《八十天环游地球》中的主人公。

重读康拉德的《黑暗的心脏》，仍觉得是一篇很好的故事，但这次也发现了一些缺点。为了描写故事中的情景，语言过于夸张。库尔兹[①]不是一个活生生的人。康拉德似乎是利用自己亲身经历的一段故事，为了使之成为“文学”，给予这个故事无法负载的更重大的意义。作者常用的一个手法是用抽象事物比拟一件具体的东西。我自己是不是也喜爱上这种手段了？

晚上忽生奇想，如果不知道这些神父的身份——他们之中只有一个人穿着神父的法衣——会认为他们是从事什么职业的呢？担任船长的乔治神父样子非常像在印度支那作战的雇佣兵团中的年轻军官；比埃尔神父长得有点儿像 W · G · 格雷斯，[②]或许也像赫胥黎[③]；其他几位神父可以分为年轻医生和大学研究生两个类型。（属于后一类型的有一个奥地利人，战后曾被美军监禁过，至今谈起德国来还心有余悸。顺便说一下，马丁 · 波尔曼的儿子也在这里某处丛林中。）神父们在一起生活很和睦。彼此不断地打趣、笑谑。只有一个年轻神父（少数没有蓄胡子的神父之一）不太爱说话，很拘谨。这种时刻不停地说笑，像大学生似的说俏皮话是否是多年形成的传统呢？

一处布道团有如一个领事馆，里面总挂着一张现任教皇和一张主教的肖像。

---

① 库尔兹是《黑暗的心脏》中主人公。

② 威廉 · 吉尔伯特 · 格雷斯（1845—1915），英国维多利亚时代著名的板球运动家。

③ 赫胥黎指英国小说家阿尔朵斯 · 赫胥黎（1894—1963），《天演论》作者老赫胥黎的孙子。

我是不是可以利用一下这种无忧无虑的欢乐气氛，利用一下这种不断互相打趣、嬉笑以烘托X这一落落寡合的神秘人物呢?

二月十三日，巴库玛

一清早就被舱面船室敲击圣钟的声音惊醒。在布道团吃早饭，饭后同比埃尔神父到外面散步。很多人跑过来同他握手。这些人不明白为什么我不懂他们的语言，神父不得不向他们一一解释。也有一些人见到神父就跪在地上划十字。一个女孩子生着丰满、美丽的乳房；我意识到饱暖后情欲也随之而生，尽管炎热的气候与陌生的环境使这种感情发展得很慢。另一个女孩子乳头生得像两个台球。突然有一个奇怪的发现：在庸达人们见面从不握手；我已经习惯于同传染病患者在一起的生活了。

一个空荡荡的渔村，几乎看不见人。一个男人和一个女人在榨甘蔗汁。甘蔗汁先流到大树叶上，然后再用木块拨到一只木盆里。蜜蜂围着糖浆嗡嗡飞舞；看来这些蜂并不蜇人。比埃尔神父撩起法衣下襟跳过沼泽地上的一群红蚁。遍地开着木槿花。

正从轮船上往下卸原木板，同时又在为火轮装木柴。不少神学院的学生都来帮忙。

不知道为什么突然想起一个做过几次的梦。梦中我的嘴里塞满了青菜，我一把一把往外拽，但总也拽不完。

希望赶快离开这个布道团，但现在已经十一点半钟，他们才刚把木板卸完，开始装燃料，看来还得在布道团里吃午饭，还要再听他们用听不懂的佛兰芒语和好懂不了多少的法语互相打趣。

忧郁感又在我心上冒头了，也许是因为做了那个梦的缘故。

驳船上一个黑人妇女在洗棉布纱笼，不断用棒槌敲打。她腰上围着的一条纱笼把屁股兜得紧紧的，叫我想起《金驴记》中佛蒂斯搅动菜锅的故事。[①]

黑人妇女的迷人笑容和调情的媚眼。

下午两点十分，船终于启碇了。热得出奇，午睡很不安稳。

行驶了一个多小时后船在一个叫伊孔加的小村子停泊，船上的人登岸购买菜锅。一个穿绿衣服的漂亮年轻女人拿着一条鱼。[②]拍照。风雨欲来。亨利神父在河里洗澡。雷电交加，大雨倾盆。船要启航的时候，蒸汽的压力把一个管道接缝崩开了，不得不在这里过夜。船长躺在帆布椅上读祈祷文。亨利神父到岸上的村子里通知村民明晨到船上望弥撒。船长去钓鱼。清新宁静的黄昏。

掌灯以后好几个老太婆蹒跚爬到船上找神父做告解。

---

① 《金驴记》，一名《变形记》，古罗马作家阿普列尤斯（124 或 125——二世纪末）的名著，取材于希腊民间故事，写一个希腊青年由人变驴的故事。佛蒂斯是小说中一个美丽的女奴。

② 我问乔治神父，能不能花钱买这个女人做航行中的临时妻子。乔治神父说这事太复杂，不值得做。这里的风俗是，孩子出生后属于母亲所有。分娩时，要回到娘家。如果男人在女人生育后还想要她，就要再出一次结婚费用。——原注

这次管道破裂发生在二月十三号星期五。一九四二年二月十三日也是一个星期五，那一天我在拉各斯[①]跌进一个明沟里。我不清楚从四二年到今天是不是还有哪个二月十三日也正好是星期五。

二月十四日，鲁基河上

清晨(六时十分)在做了两次弥撒典礼后船即启航。河面靠近岸边的地方笼罩着一层薄雾。我在天未明前即起床，五点钟轮船汽笛长鸣，召唤村民来望弥撒。从村中走来一长列拿着灯火的教民。船长主持第一次弥撒礼。 机器房的工人到甲板上行完圣饼捧戴礼后又回到下边去干活儿。早餐吃火腿蛋。亨利神父昨天用木箱装来几只兔子，船长给其中一只剥了皮。[②]

我的故事在脑子里又有了一点儿进展。 故事的开端： 医生和自行发完病毒的病人；一个愤世嫉俗、无法施展自己抱负的人，对神父们互相打趣感到厌恶，不断吸廉价雪茄。故事的开始就这么写。问题： 回过来写内河航轮，写 X 乘船沿河而下，还是直接写他到达麻风病治疗区？我倾向于前一种写法。[③]

医生大概已经结婚了吧？妻子是个外国人——同 X 一个国籍。当 X 过去的历史逐渐暴露以后，医生对他充满妒忌。引诱 X 说出自己的身份与历史并对他产生误解的是医生，不是某个神父。如果教会决定

---

① 尼日利亚首都。

② 神学院有一个不小的养兔场。亨利神父有些残忍，把一只兔子叫碧姬·芭铎。——原注

③ 后来我放弃了先写医生的想法。在执笔写作时医生已不再是个厌世的人，也不抽雪茄烟了。——原注

要在医生与X之间作出选择，留住其中一个人，他们选择的自然是医生。X是个好人，只不过是挫折与绝望使他的性格变坏了。就这样，一个出来寻找爱的新模式的人找到的却是恨的新模式。[①]

非洲人的头发看起来永远也长不长，并不需要修理，但实际上却要不断剪。平底船上有一名理发师，拿着一把梳子、一把剃刀，从早到晚忙个不停。他的顾客手里擎着镜子，从镜子里看理发师给他修剪得怎么样。

蝴蝶一路伴随着轮船。

读《天堂之根》。如果这本书的语言及写作手法不是这样明显地模仿康拉德，倒是一本很值得一读的好书。主人公是个法国马洛。[②]

在森林中寻找蝴蝶之外的生命，颇有些像儿童时期在一张猜谜画里寻找一张隐藏着的人脸。

午饭时到达茵根德。同亨利神父到岸上寄信。岸边有一张用法语、佛兰芒语及当地语言三种文字写的通知："昏睡病流行区。谨防采采蝇。"

我睡觉的主教用的床上面挂着一张照片。一座积雪覆盖的教堂，

---

① 这一构思后来也放弃了。——原注

② 马洛，康拉德几部小说中的人物，一般充当故事的叙述者。

也许是有主教坐席的大教堂。

在《一个自行发完病毒的病例》[①]结尾部分，我要写在X试图重新建立生活时被一个嫉妒心很强的丈夫(实际上他是毫无理由的)赶走了。但医生的妻子却一直追随着他，追到柯齐哈特维尔，追到利奥波德维尔，追到布拉柴维尔。也许她是怀着某种赎罪的感情。她同她丈夫一样，对这个人并不理解。她把自己奉献给他，而他并不需要她的奉献——对她丈夫说来，这是一种最大的侮辱。一怒之下，他把这个人杀死了——而妻子则成了一幕发生在典型非洲背景中的情杀案的女主角。审判中有一封不能宣读的信——如果宣布了，就会破坏整个故事。这是X生前写的最后一封信。也许是写给麻风病院一位传教士的，也许是写给他母亲的(他对自己母亲的感情并未枯竭)，也许是写给传教士和母亲两个人的。我是不是已经远离了最初的构思？是不是在精心安排故事情节，坠入了要叙述一个有趣故事的老套？但我还是觉得必须用X的死来结束这篇小说，否则他性格中的某种无法解决的神秘因素就不能保留下来。当然了，他也可以像卓别林早期电影中的人物一样，一走了之[②]。

三点左右到达佛兰德里亚。有两位神父到船上来，开车接我去非

① 我差不多已经决定用这个作书名了。——原注

② 跟着小说的各个片断逐渐成形，医生也逐渐拒绝扮演我分配给他的那一妒忌的丈夫的角色。而且不久他就既无妻子、也不吸廉价雪茄了。雪茄烟回到本来的主人——麻风病院院长嘴上。最后，一个白人殖民者取代了医生，成为爱吃醋的丈夫。——原注

洲联合工厂经理L家。L过去在印度当过军官，年纪很轻，很聪敏；L的妻子也很漂亮。他们有两个孩子在柯齐哈特维尔，另外两个同他们在一起，我们一到就出来欢迎我们。 可惜的是已经到星期六下午午睡时间了。小男孩昨天刚刚过完生日。一见面就告诉我他收到的生日礼物——一个锤子、一把锯、钉子……。他带着自豪感给我看他用这些工具做的娃娃床、一只小凳和一个鸟屋。小女孩给我表演拿大顶，因为折腾过火，最后呕吐了。在L家喝了不少啤酒。一个旅行推销啤酒的商人也跑来凑热闹。同轮船约好何时、何地上船以后，我们就驾车参观L经营的炼油厂。原料丝毫没有浪费——榨出油以后椰壳用作燃料(不需另外购买)。工厂上空弥漫着陈腐的人造黄油气味[①]。树林里有不少大块空地，颇像西部战线的景象。要把大树的树梢锯掉，首先必须在树干四周搭起八英尺高的木架。这家原来雇用的厨师因为脚上生了麻风病，为了孩子的缘故，不得不被解雇。厨子临走前哭得很伤心。

轮船准时开到约定的地点。从河流的一个转弯处徐徐驶来，在斑斓闪闪的河面上滑行着，景象极其美丽。

船面舱室里夜间非常热，为了叫舵手看清河道，几扇窗户都必须关上，以免灯光外露。我很早上了床，又做了恶梦。

在黑暗中轮船上歌声不断。非洲人一直在即兴歌唱旅途中的见

① 我这位聪敏、可爱的男主人同小说中叫人讨厌的莱克尔没有任何共同处，只不过我在描写莱克尔的工厂时写了“透过窗纱传来一阵阵陈腐的人造黄油味”。——原注

闻。也可以用一首非洲土人唱的歌开始这本书。“这里有一个人，既不是神父，也不是医生；他从遥远的地方来，到不知什么地方去；他整天又喝酒、又抽烟，就是从来不懂请别人抽一支。”①

二月十五日，星期日，蒙伯约河上

船行彻夜。晨六时醒来，发现第一次弥撒礼已经到尾声了。

非洲妇女的美丽、匀称的肤色永远使我惊奇——哪个人种也没有这样好看的脊背。她们把头发分成许多小缝，编成一条条细细的发辫，挽起来，像个鸟笼似地顶在头上。大脚趾常常涂着蔻丹。

在我同雷沙特医生最后相聚的那天晚上，他给我讲了某些麻风病医疗人员自杀的事。据他说，这种现象相当普遍。有一个医生把汽油淋到自己住房和身上，引火自焚。还有一个医生给自己注射了大量蛇毒。

我的故事中的愤世嫉俗的医生——柯林医生——突然被这个问题惹恼了：“也许你在等我自杀吧！”②

修女们对麻风病人被治好有时表现出一种不满。“真糟糕——这

① 这个开始后来也放弃了。对于小说作者来说，如何开始常常比如何结尾更难把握。在一部书已经写了一两年后，作者与自己的潜意识已经达到默契，小说的结尾常常会自行出现，不需要作者如何思索就形成了。但如果一部小说开头开错了，也许后来就根本写不下去了。我记得我至少有三部书没有写完；至少其中一部是因为开头开得不好。所以在跳进水里去以前，我总是踌躇再三——以后或浮或沉都要看这一刻了。——原注

② 在我最后写好的书中，柯林医生并未流露过这种愤激的感情。最后塑造出的角色往往不同于原来的计划，写得走了样。这只是一个例子。——原注

里已经没有害麻风病的人了。”

轮船在一个小村庄停了一刻钟。旅客接待室里零乱的物品——一个十字架，一本天主教祈祷文和杂志，一张基督新教的报纸，一张影星琴·露西尔[①]的彩色照片，翻过来一看原来是一面香港制造的小镜子。

身体强健、精神奋发的年轻人现在剥夺了人们的周期性休息。过去我们一个月有四五天休假，现在最多只休息两天。

今天早上没有看到鳄鱼——乔治神父一看到鳄鱼就举枪射击，正像他不放过一只水老鸦一样。他指给我栖息在树墩上的一只鱼鹰，我却怎么也看不到。

现在他又发现了一只苍鹭。这只水禽噩运当头，神父的这一枪打得很准，只见它扑扇了几下翅膀，挣扎着想飞起来，却一头栽到水里。船掉过头来。我不由得想起在迪克·斯托克斯举办的宴会上，已去世的红衣主教格里芬反对狩猎法的事。当时这个法案正在议会讨论，赞成的人所持的理由是：上帝创造飞禽走兽既是供人类食用、也是为了人类的娱乐。[②]

备忘：行弥撒礼时的一只狗。船长坐在游廊同下面的黑人水手聊

---

① 琴·露西尔，二十世纪五十年代美国著名女影星。

② 如果说这个道理符合道德神学的话，我可真不懂道德神学是怎么回事了。——原注

天，狗跪在他后面。

日落时船到达伊邦加。另一位亨利神父——红头发蓬蓬松松，眼睛布满血丝，一小撮红胡须。我喜欢这个人。独自坐在船面舱室灯下饮酒，情绪很好。到岸上吃饭、睡觉，但睡眠仍不踏实。曾去看望这个地方的修女；几位传教士执意为我安排车辆去七公里外一处麻风病院参观，但我另有自己的安排。

晚饭时吃乔治神父猎获的苍鹭，开始我还以为在吃兔肉。

二月十六日，伊邦加

早饭后步行去当地麻风病治疗区。一个人为我带路，陪我在树林里穿行两公里，来到一个岔路口。他告诉我该走哪条路以后就离开了我。一只红色的长尾猴从我前面的路上跳过去。到达麻风病治疗区，一路健步，共行一小时零五分钟。这一治疗区包括三个村子。黑人院长同他的两名助手陪我到每个村子看了一下。这里没有医生，有一个修女每天骑自行车从伊邦加穿过森林来给病人看病。最大的一个村子建筑设计很好，有一条可供三辆汽车并排行驶的马路（如果有车辆的话）和一块很宽敞的空地，中间种着棕榈树。几个麻风病人正在清扫空旷的街道。直到今天仍能看到像在恶梦中看到的畸形病人。走进一座隔成两间的房子。内室几乎一点光线也没有，只能隐约看到屋内摆着一口缸，听到有人在地上爬动。过了一会儿才看到一个老妇手脚并用地(如果她那两只肉棒槌还能叫手的话)从内室爬出来，活像一条狗。老妇的头根本抬不起来。我只听懂她说的一个字 ouane(早上好)——在这个场合这么打招呼真够凄惨的。一个乐呵呵的老人在村口向我们举起失去手指的双手，又指了指他那没有足趾的脚。有人硬塞给我一打鸡蛋，我给了钱，找了一个性格欢快的病人帮我送回去。这个人额头上有一处溃疡，一只眼睛几乎无法睁开。他已经在这个治疗区住了六年，还是个单身汉。

等候汽车来接，未能午睡。因为想看的都已看到，又是午睡时间，所以这次再去麻风病治疗区很不情愿。(照相机卡住了，没有携带。)最后一段路非常狭窄，还要通过几座窄桥，汽车居然平安驶过去真令我吃惊。[①]

稍晚一些时候，在已经参观完布道团以后，一场暴风雨袭来。一位地方官员同一个年轻医生(带着《第三个人》[②])突然从雨中出现。这两个人是乘坐我们叫摩托艇的一种木船(当地叫卡诺特，以区别于一般的独木舟)来的。看来在非洲这个地方会出人预料地见到一些陌生人——有时他们会在深夜里，从一片空旷中出现。喝威士忌酒，玩四百二十一点牌戏。回到船上睡觉。仍然睡得不好，怀疑床垫里是不是有了耗子。

亨利神父谈到非洲人的唯物观点，他举了发生在小学校的一个有

① 我在《病例》一书中描写奎里在森林中寻找仆人迪欧·格拉蒂亚斯时，就是以伊邦加郊区的这片森林同记忆中利比里亚的大森林为蓝本的。

② 格林的一本早期著作。

趣的事例。教师给一班学生看了地球仪，又给他们解释什么是地球以及地球上的国家。最后他叫学生随便提出什么与地球仪有关的聪明的问题来。一个学生举手问："地球仪多少钱一个?""我要的是你们动动脑子提出的问题。""地球仪里面是什么?"

亨利神父的怪癖：喜欢捉弄布道团的一只猫和船上的那条狗。

二月十七日，河上

船又开航了，很高兴重又回到船上。现在河面比过去窄多了，整个河面升起一英尺高的濛濛蒸汽。一侧岸边白色水莲挺在水面上，像一只只小鸟。几只很小的鳄鱼趴在浮在河面的大树枝上，轮船驶过来的时候就纷纷潜进水里。

工厂经理L借给我玛杰里·阿林亥姆[①]的小说《烟雾中的老虎》，一个非常荒谬、虚假的故事，谈起来叫人生气。连用它消磨时间都不可能。

看到一只朱鹭，又增加了我对博物学的知识。

卢萨卡。轮船添加木柴。一个头戴红毡帽、身穿黄绿两色袍子的

① 玛杰里·阿林亥姆(1904—1966)，英国侦探小说女作家。

疯人，颈上挂着一个十字架，腰里挂着一把短剑和一个大铁牌，手里还拿着一叠纸，一副煞有介事的样子，倒好像世界上没有他就什么事也办不成似的。但他也同我们一样，相信自己也在被管辖着。我看见他跪在地上，在身上画了一个十字。（他同我们一样也受上帝的约束。）一个漂亮的年轻姑娘走到岸上，靠着树桩站着揉擦屁股和后背。

疯子和几个工人走上驳船，把手里的一叠纸送给船长——那是医院护理人员用的一本手册，血管图和消化器官图等。看到我要给他照相，他马上在船舵旁边摆起姿势来。

备忘：非洲人在路上相遇一定互相询问很多问题。在两人分手各走各的路之后，仍然一问一答，却并不回头。他们的声音可以传得很远。

启航前疯子又作了最后指示，这以后才回到河岸上他的一间小屋里。不知什么人对他表示尊敬，给了他一把轮船上用的帆布椅。他在椅子上落座，又画了个十字。幸亏有这个疯子照料一切，事情进行得都很顺利。这个人颇有些议员的风度。他站在岸边，挥手示意叫我们的船开走。最后我看见他戴上墨镜，但只有一个镜片。他手里除了医学书和一个文件夹以外还有一个铅皮盒子——里面装的是什么？

读《依纳号的航行》。我怎么也不喜欢读贝洛克[1]的作品。他不论

① 希莱尔·贝洛克(1870—1953)，英国天主教主作家，曾任国会议员。

写什么都过分夸大。他大谈特谈真实，但感情并不真实。在他渲染自己的厌恨时，给人以粗重、滑稽的感觉；而在他夸示他喜爱什么的时候，我们又觉得他所讲的根本是虚假的。他当然想相信自己，但他真的能相信吗?

晚间从广播中听到布拉柴维尔动乱的消息，使人有欧洲人的非洲正在瓦解之感。在被非洲人包围着的三百里深处的丛林中收到这样的新闻真有点儿像在读雷伊·布莱德布里[①]的一篇科学幻想故事。

很早上床。十点左右船驶离瓦考。

二月十八日，河上

感谢我收藏在冰箱里的安眠药片，夜里终于睡了个安稳觉。早饭时船停了，一个白人殖民者到船上来——一个戴眼镜的矮个子，同土著女人结了婚(是真正的婚姻)。妻子只会自己的语言。有四个孩子，当然还有一大堆亲戚。但这毫无关系——这个人已经决定要在非洲呆一辈子了。

九时十五分船又一次在一个河滩上停住。船长骑自行车到住在丛林里的一个殖民者家里去，了解是否有货物搭载，因为船是空的。

---

① 雷伊·布莱德布里(1920—)，美国著名科学幻想小说作家，作品有《火星编年史》、《华氏451度》等。

贝洛克对英国议会的抨击：如果一个人有与贝洛克相同的猜疑本性，他就会猜疑贝洛克是否因为受人贿赂才这样攻击议会。他提出的理由根本站不住脚，目的在于把人们的注意力引离真正的问题。议会的真正问题并不是某些大臣和议员的腐败。

开始重读《大卫·科波菲尔》。开始的两章无疑写得非常精彩——即使是普鲁斯特或托尔斯泰也没有达到这一高度。令人惴惴不安的是谈到狄更斯的败笔要出现的地方——夸张、奇思异想和感伤情绪。每次这样写他都要失败的。在摩德斯通[①]的暗影出现之前，作者描写了一段雅茅斯的田园风光，写得多么出色啊！

整个下午异常炎热。河道变得更窄，只有五十码或者还不足五十码。下午五点，乔治神父坐在那里穿一串念珠，亨利神父一个人玩牌。我脑子里的故事也完全停滞住。

晚饭后，一对白人夫妇带着孩子到船上来。

二月十九日，河上

生着讨厌的喷气飞机式小翅膀的采采蝇多得要命。乔治神父刚刚

① 摩德斯通先生是大卫·科波菲尔的继父，是一个无人性的人。大卫的母亲在同这个人结婚前打发大卫到雅茅斯去住了一个时期。大卫在雅茅斯海边度过一段极为幸福的日子。

打死一只美丽的鱼鹰——这次他用了两颗子弹。他总是射击静止的目标，从来不打飞着的水禽。这只鱼鹰只是受了伤。船停下来，一个土人泅水到岸边，小心谨慎地用一根木棒从远处把水鸟打死。这人刚把鱼鹰拿回来，船上的人马上就开膛拔毛。这种鸟肉太老，很不好吃。

读一本很奇怪、很难读(对我来说)的书：《失去的森林》，作者西尔瓦尼，内容是讲巴西的。有一段描写乡村妓院的写得很出色——两个女人，挨家串户的音乐家，繁复的宗教仪式。“必须是最大的白痴和最大的坏蛋才称她们为爱情的天使。或者也可以说，爱情的天使，这是一个真正男子汉给一个真正女人最美丽的称号。”[①]

形状像小燕的深蓝色羽翼的小鸟。

进入第八天，我真的觉得我对旅行生活已经厌腻了。我希望坐在巴黎里兹大饭店的大浴盆里洗个澡，然后到酒吧喝一杯干马丁尼酒。

四时左右到瓦法尼亚。只见到修道院的院长，其他神父都外出了。这是一个很不整洁的大修道院；院长是一个很不整洁的大块头，叼着一支雪茄。天气非常、非常热。日落时气温仍达三十度[②]。决定回

① 原文为法语。
② 华氏 86 度。——原注

船上过夜。

奥柯塔夫神父带着三个从事社会福利工作的妇女乘一辆大众牌汽车从当地麻风病院来看我。在船上喝酒。奥柯塔夫神父是个农民出身的亲切和蔼的人；我对他说想去他那里度周末。

二月二十日，龙波龙巴

龙波龙巴的意思是森林中的空地。这里的麻风病治疗区确实就处于森林中的一片空地上，点缀着一座座覆盖着绿色植物的圆形红土小丘——白蚁的杰作。清早同船上的几位神父乘车到了这里，下车后即到四处参观，直至十点多钟。天气热得出奇，但尽管炎热，这地方仍给人以辽阔、通畅的感觉。参观了一个幼儿所——在这里婴儿一出世即与家人隔离；母亲可以每天来看望两次、喂奶。小孩各有一张小桌子放换洗衣服。这一带的女人和孩子样子都不可爱。一个可怜而消瘦的小生命虽然已经四周岁却像个一岁大的孩子（或者还不足周岁），不会讲话，像卧在母胎里一样蜷缩在空荡荡的育儿室中一张床上，脸上呈现着一种永无尽头的冷漠的悲惨。孩子的父亲们只允许在星期天来探望。

船上的几个神父离去了。奥柯塔夫神父的寂寞生活使他对谁都富有同情心。他靠阅读警察小说[①]打发日子，晚上专门看卡法尔的作品。

① 原文为法语；法国人习惯把侦探小说叫“警察小说”。

午睡以后我们又到森林里去散步，走到他常常去的一个池塘旁边。天热得无法忍受。他在池塘边上搭了一个小长凳，坐在那里读卡法尔。后来船上的神父又回来了(亨利神父中暑了)，我们一起玩四百二十一点。七点一刻到一个偏僻的山洞里，在烛光下祈祷。备忘：教堂里为麻风病人坐的长凳是水泥的，为了便于擦洗。

同“小姐们”[①](从事社会福利工作的妇女)一起吃晚饭。为了对我表示欢迎，小学校的乐队拿着火把来表演节目，大一点儿的孩子演了一个剧。这里比庸达更注意给病人以心理方面的慰藉，开辟了花园，尽一切力量提高病人的情绪。[②]我们外出时，整天都有人大声询问我是什么人。奥柯塔夫神父总是回答说，我是个大拜物教徒。晚上，同神父和“小姐们”玩四百二十一点，一直玩到十点多钟。我的卧室里有一只大蜘蛛。午夜被一场真正的热带暴风雨从梦中吵醒，雨一直下到清晨六点。

决定午饭后轮船就从瓦法尼亚返航。我非常高兴；我对这一切已经厌倦了。

二月二十一日，龙波龙巴

终于踏上归途，我的情绪高起来。到各处拍了一些照片，只是为

① 这些妇女虽为教会工作，但并不是修女。她们并不是终身都受“贞法誓言”的制约。——原注

② 我那位持怀疑论的医生也许会评论说：“如果非洲人的情绪能用花卉鼓舞起来的话。”但不管怎么说，在这种凄凉、惨淡的环境里，任何能够提高在这里工作的白人的情绪的作法都是有价值的。——原注

了装样子。同人谈话越来越困难(在热带旅行对体力本来就是极大的消耗，更何况语言不通!)。玩四百二十一点，每局必输。看到神父们总是赢牌，叫我相信玩牌真有所谓的牌运了。[①]最后到了十一点半钟，总算该去瓦法尼亚的时间了。全体人员，包括几位“小姐”一起动身。十二点四十五分，轮船终于启航。船上挤满乘客，还有几头山羊和别的东西。半点钟以后，轮船就愚蠢地撞到河道中央一块暗礁上，把船舵撞弯了。船不得不系在靠近森林的一处岸边。必须把舵卸下来。点起一堆篝火。也许能把舵修直吧?修复无望、暑热难当。棕榈树叶本来有一点儿小风就会像手指在钢琴键盘上轻轻弹奏，现在却纹丝不动。

我的小说片断之一：“旅客在他的日记上写道：‘因为我感到不舒适，所以我是存在的。’”他弄不清楚自己为什么还要记日记。也许是——“‘我感到恐惧，但我害怕的是一些小事：客舱里的蟑螂……’”[②]

为了找到稍微凉快一点儿的地方，我坐在黑暗的船桥上。船长在钓鱼。星星一颗颗地出现在空中。巨大的吸血蝙蝠吱吱叫着在树林上空盘旋。因为船上载了不少牲口，很难入睡。

---

① 我在船上刚刚教会乔治神父和亨利神父玩这种游戏的规则，就每局都输给他们。我们每天至少玩四局。这种牌戏在我在西贡(或在河内)时学会的，教我玩的人是法国保安局的几个警官。当时他们的职责是监视我，也许正因为他们有些内疚，才有时叫我取胜。——原注

② 我一直感到惴惴不安的关键性的开首几乎已经来到我脑子里了。最后我写下来的是：“客舱的旅客在日记上写了一句模仿笛卡儿的话：‘因为我感到不舒适，所以我是存在的。’这以后他坐在那里，拿着笔，再也想不出有什么好写的了。”——原注

二月二十二日，星期日，河上

六点十五分左右船终于又开航了。醒后感觉嗓子痛。弥撒礼，一个高大的、样子有些傲慢的非洲人拿着一本带小圣画的祈祷书，一张画是一个打扮成美国西部牛仔的电影明星。

九点钟的时候天黑起来，空气凉爽，暴雨欲来。好像总得有一点什么叫人受罪的事，天气固然凉快了，却飞来成群结队的采采蝇。光线很暗，无法写字。

暴雨倾盆，继续了一个半小时。奥特拉柯公司的一艘轮船从我们后面缓缓赶上来。

十一时雨仍未停。在贝索停靠上货。狭小的河岸上停放着三只小船，两只底朝上，有两个妇女躲在其中一只下面避雨。乘船的旅客从矮树林中走出来。奥特拉柯公司的船终于赶上我们的小火轮——感谢上帝，我没有乘那艘船。在那艘船上，头等舱的旅客除了一间小小的舱房外，只能蜷缩在甲板上几英尺见方的地方。那块地方就在轮船机器房上面，热得要命。现在已经有一个刚果人坐在那里了。等待登船的旅客都躲在芭蕉树的大叶子下面避雨。我们的船需要倒轮后驶，给奥特拉柯的船腾地方。这里要上的货数量不多，而且不一定准有。船长决定立刻开船，抢先驶到博扣卡。不然的话，那里的货物就被奥特拉柯夺去了。

船首拴着三只山羊。中间一只小的被一前一后两只顶撞着，一会儿向前，一会儿向后。

古尔茫先生是博扣卡的一个种植园主，在非洲呆了十二年才第一次回欧洲度假。他有两个女儿在比利时，两个小男孩这次随他一起回去，还有一个最小的留在家里。他拿来一本《权力与荣耀》请我给他签名。[①]

“医生说：‘他是个我称之为病毒自行发完的病人，不会再把疾病传染给别人了。如果我们能像检查麻风病一样检查一下人们的心灵，我们就会发现他可以画个负号。当然了，从精神上看，他是个残疾人，但我们并不为精神残疾的人花费时间与金钱，进行职业训练（我们都知道修女们怎样教会迪欧·格拉蒂亚斯这类失去手指的人编织毛衣）。虽然如此，我还是认为这个人已经找到了一个适合他的职业，直到这些愚人，这些爱多管闲事的愚人……’

‘你是不是对那个女人太严厉了？’年纪最轻的神父问。

‘太严厉吗？她是这里最骄傲的女人，也是最幸福的。我真想告诉她那些信的事，她听了会大失所望的。可是我干吗多事？我要做的事是给麻风病人治病。’”

---

① 我在这里提到我的作品，只是因为对一个作家来说，在世界上一处遥远、贫穷、与世隔绝的地方偶然发现一本自己写的书很具有传奇色彩。相反地，如果在欧洲、美洲某个人的书架上看到自己的著作就不会有这种惊奇的感觉了。——原注

（《权力与荣耀》是格林在一九四〇年出版的以墨西哥对天主教徒的迫害为背景的长篇小说。——译者）

这是我正在写的这本书结尾的一个片断。写完最后几个句子时间已是午夜了。我怀疑这本书最终能不能写到这里。[①]同最初我的计划相比，这篇故事已经变得面目全非了。医生成为一个尖锐的评论者，而不是直接卷入这场纠纷的人物。给C带来灾难的是一个种植庄园的白人，一个殖民者。这个人妒忌成性，非常愚蠢；他的妻子美丽而愚蠢。

能够用来代表人物姓名的字母何其少耶？K是卡夫卡专用的字母。D字我已经用过了。[②]X有些“自我表露”。剩下的只C这一字母了。我是否能按照《权力与荣耀》中树立的原则完全不给角色以姓名呢？

“医生惊奇地看着C；这个人刚才居然说了句笑话。”

二月二十三日，河上

直到现在空气一直比较凉爽。嗓子仍然不舒服，还有些风湿痛。昨天晚上有一个人留在船上一本《东方快车》[③]叫我签名。船在瓦考停靠。本来在等待一个殖民者到船上来，但听说这人正在害热病。半夜，奥特拉柯公司的船赶来，把我从梦中吵醒。这以后船上装载的各

① 全书脱稿后，这一段文字只留下了“这些愚人——这些爱多管闲事的愚人”一个句子。——原注（从日记中这一记载可见：格林在写作时并未按照事件发展顺序。格林前面摘抄的一个片断是在故事中主人公〔格林先用X代表他的姓名，现在又改用C，最后在定稿中用的是奎里〕被枪杀后医生的评论。故事到这里就结束了。——译者）

② 我自己也不明白，为什么X一下子又变成C了。如果想避免姓名所代表的国籍，我觉得只有以C字作为姓名的首写字母了。D字我在《秘使》（格林在1939年出版的一本小说，属于惊险小说性质——译者按）中已经用过。我不知道为什么我排除了其他二十二个字母，只觉得C字可用。——原注

③ 格林在1932年写的一本小说，一名《斯坦布尔快车》。

种牲畜——母鸡、公鸡、山羊……叫声不绝。一直不能入睡。

梦见我参加了一场与红印第安人的战斗。我们应该在夜里悄悄离开这些印第安人，但因为岗哨开枪打死了一个人，敌人随时都可能向我们大举进攻。我把两支老式左轮枪上好子弹，感到很宁静，也很自信。[①]

回程经过卢萨卡，几天前看到的那个疯子又拿着一个望远镜对轮船挥舞，示意我们通过。午饭后到达伊邦加，又去了上次拜访过的那个教会。同邂逅相逢的人在一起，有时很快就叫人感到厌烦。我希望回到朋友身边。但是离那一天差不多还要有三个星期呢！

上床前奥特拉柯公司的轮船在伊邦加追上我们。他们也触了暗礁，损坏了两个桨叶。

二月二十四日，河上

又是在玩四百二十一点、说笑和拍打苍蝇中度过的一天。九点左右到达佛兰德里亚，L到船上来。在船上喝过啤酒后又到他家喝威士忌，一直谈到午夜。很久没有享受到同一个有头脑的人用英语谈天的乐趣了。

---

① 我之对梦境感觉兴趣——不只对我自己的梦，也对我创作的人物作的梦感兴趣——，也许是与我十六岁时进行过一次精神分析治疗有关系。在《一个自行发完病毒的病例》一书中，奎里做梦失去圣职，到处寻找圣餐葡萄酒，实际上这是我自己作的一个梦。在我写这本书的过程中，正需要描写一个梦境，我就做了这样一个梦。我第二天早晨就把这个梦写入了作品。我写另一本小说《这是另一个战场》时，完全是受一个梦境的启示。——原注

二月二十五日，佛兰德里亚

整日阴雨。看书，谈话，喝酒到午夜。尽情耽沉于愉快的社交生活中。

二月二十六日，庸达

同郁尔神父乘车去庸达。中途拜访一个年轻行政官员——我并不想去这人的家。这个年轻人会画画——画得并不好——并出版过一本诗集。中午到庸达，很高兴立刻见到雷沙特夫妇，同他们一起吃午饭——有点儿像回到家中的感觉。雷沙特医生已为医院搞到床垫，但在铺好后的第二天却发现病人仍然躺在地板上。原来修女们怕把垫子用坏，曾嘱咐过病人，不许他们整天躺在垫子上。

积攒了一大堆书报、信件。

晚上见到亨利神父。照老规矩同神父们一起吃晚饭。同亨利神父、院长、约瑟夫修士玩四百二十一点。

柯齐哈特维尔市不久将举行麻风院讨论会，总督届时将亲临主持。参加的人有当地部落首领和一名对麻风病毫无经验的护理人员，但庸达麻风病院却没有人被邀请。

二月二十七日，庸达

恢复了旧日生活秩序，只不过不再去刚果河畔看书了。

到柯齐哈特维尔购物。买了本地产的棉布，给雷沙特太太买了一瓶香槟酒。

雷沙特告诉我，他那里有一个以美貌闻名的女修道士。出身名门，家庭富有资财，本人受过大学教育。雷沙特说："我还是喜欢不那么十全十美的修女。这个人却一点儿缺陷也挑不出来。"我问雷沙特，这个修女是不是对麻风病产生了偏爱。"没有"，他说，"只要教会吩咐，她到任何地方、做任何事都同样感到高兴。而且这人非常能干。你看她开大轿车怎样掌握方向盘就可以知道。这个人可不是感伤主义者。"

读了一篇报导法属圭亚那麻风病院的文章。那里的病患者差不多都是老年流放犯。文章里谈到不远的地方另一所麻风病院中有一个怪人，是一个心理上发完病毒的人——实际上很像我书中的 C。这个人自愿帮助其他病人。圭亚那的麻风病院处于蛮荒的森林中，必须租乘飞机或驾驶吉普车才能到达。这所病院是亚沃斯基嬷嬷创建的；乔治·果尧曾为她写过传记。[①]

为病院采购用品。比埃尔神父在一份商品目录里看到他从未见过

---

① 我很想把计划中的这本书暂时停下来，到法属圭亚那去一趟，如果那里能给我更好的实地采访机会的话。但是我知道，这样一来我就会在一个陌生的环境停留更多时间了。为了创作，我不得不四次去印度支那。我之所以能去那里，是因为找到了一个新闻采访员的差事。这次我选择了非洲是因为我对西非比较熟悉。战前我曾在利比里亚旅行过三个月，战争时间又在尼日利亚和塞拉利昂呆过十五个月；黑非洲，不论西非和中非，有许多共同的地方。——原注

的浴身盆。他认为这种器皿给脚部生有溃疡的病人洗脚很合适，他还为这件事特别同柯齐哈特维尔通了电话，想订购一打。人家不得不向他说明，这种浴盆是为了别的用途的。

二月二十八日，庸达

参观柯齐哈特维尔的麻风病诊疗所和空无一人的医院。这里的情况和庸达迥然不同：一切设备都很齐全，只是没有住院的病人。[①]但我这次去柯齐哈特维尔的目的是会见诊疗所的负责人——昂德·戴·容格小姐。容格小姐是二次大战中一位女英雄，据说她在被德国人逮捕送入集中营前曾帮助上千名同盟国飞行人员逃离比利时。她多半已四十多岁，但样子仍很年轻，生着一双漂亮的、富有幽默感的眼睛。她告诉我，她讲英语之所以有这样的口音是因为她跟几乎所有英联邦国家的人学过英语。加拿大人、澳大利亚人、英国人……都当过她的老师。人们都说容格小姐性格暴躁，但脾气只要一发过就马上平静下来。一个英国人，艾利·尼夫给她写过一本传记，用法文叫她“小旋风”。[②]

从刚果河上游漂流下来的水生植物对航道构成很大威胁。军队正在用药物消灭它们。据说这样时间长了，药物在水中积累不散对人体

① 这是因为柯齐哈特维尔医院只治疗非传染性病人。有传染性的患者都被送往庸达。——原注

② 医院里的那位医生误认为我对他的空空荡荡的病房感兴趣。他对待容格小姐就像对待下属一样，支使她给我们拿茶杯，不给她参加谈话的机会。回家以后我叫雷沙特医生邀请容格小姐定一个日子到我们这里来。——原注

有害，能使人发疯。

黄昏的时候同医生驾车去一个种植园，后来又去寻找河马，但没有找到。到了一个叫伊孔加的村子遥望刚果河彼岸日落景象，极为壮观。独木舟捕鱼归来，一只只从河面上悠然滑过。

棕榈树林呈现一片幽暗的深绿色；菠萝树树干上寄生着一丛丛羊齿植物。

晚饭后同L及罗兰·威利——一个警官——到几家非洲人的酒吧间闲坐，直到午夜两点才回家。[①]极地牌啤酒广告。骑师的白色小帽上标着“极地”两个字。妓女——唇膏涂在非洲人的嘴唇上呈现红紫色，皮肤扑了一层白粉，变成灰色，像是涂了一层表示哀悼的灰泥。一个老疯子穿着撕裂的衬衫，提着一只女人用的手袋。我们到最后一家酒吧时，外面正有人吵架，因为一个女人喝了一个男人酒杯里的啤酒。两个妓女在招揽主顾：“这里有很多淋病和梅毒。我们可是安全的。”酒吧间里的一个年轻辩论家生着一双非洲人的瘦长的手。他怀疑欧洲人是否真正有信仰。我同他谈了加纳的情况；他对加纳似乎一无所知。非洲人从来得不到世界上真正的消息。看得出来，他对白人讨论问题的真诚有一种信赖感，但同时又显得惶惑、恐惧，因为他不想使自己教条式的理论产生动摇。如果换了另外一个人，也许根本不

① 有的柯齐哈特维尔白人居民认为去非洲人酒吧简直是发疯了。——原注

想听我们的论点。

回到威利家喝啤酒。他称赞我创造的斯考比忠实地描画出一个殖民地警官的形象[1]。两点四十五分回家；取消了明天去湖边长征的计划。

备忘：治疗麻风病特效药 D. D. S. 也有针剂，注射时须添加油质以延长疗效。注射剂或药片，医生可选择使用一种；前者价钱较昂，但疗效较长。问题：针剂是否每月注射一次？医生用药片治疗，一般每周给病人二次三次药片，每次给两片；每月并不需要有停药期。只是在他认为有必要时，才叫病人停服若干天，如在修女每年静休期间等。维他命药片(B12?)也同在伊邦加一样分发给病人，因为据说长期服用 D. D. S. 可引起贫血，但是医生认为贫血病是由于患者腹内钩虫引起的。“给他们修建厕所会更省钱。”

伊孔加的一个镇议会议员在寻找工作，但因为没有文化，所以找不到。别的镇议会议员说这个人不是好人；他之所以被选入议会只是因为他是个巫医，会制一种药(用树皮等物)。巫师脸上涂着用红树皮磨成的粉末，拿着一个铃铛，在市场外面游荡。

---

① 他的赞扬使我很高兴，正像作者总高兴听到行家的赞许似的，特别是因为斯考比这个角色曾受到乔治·奥威尔的批评。奥威尔根据他在缅甸做警察的经验，认为作为一个殖民地警长，斯考比的人情味太重，实际上不可能有这样的警官。但我在弗里敦时同当地的一位警官有过相当密切的工作关系，我知道他很喜欢非洲人，对非洲人怀着深厚的同情。这位警官的人情味表现得很奇特——每次在他不得不去调查自缢案以后，在两周内就吃不下肉去(一九四二年的圣诞节就因此而糟蹋了)。——原注

(斯考比是格林另一部小说《问题的核心》(1948)中的主人公，非洲西部海岸一处英殖民地的警官；乔治·奥威尔(1903—1945)，英国作家，《一九八四》的作者。——译者)

最近有一位乔治神父[1]淹死了，很多人都在谈论这件事。乔治神父在教会里除了主持弥撒外不做别的事。他的所有闲暇时间都用来狩猎，为一个博物馆收集野鸟标本。他自己有一只独木舟。与此同时，他同非洲人的关系都很密切，不管到什么地方都同当地人亲切交谈。当他的尸体被运回来的时候，非洲人排列在道路两旁，跪下向他的遗体告别。

三月一日，星期日，庸达

小说里的医生说："偶尔他也意识到手术台周围非洲人的气味，这时他的心就怦怦跳动起来，像他到非洲第一天那样。"[2]

因昨天饮酒过量感到不舒服。早上差不多在床上躺到八点钟。一杯咖啡。同神父一起吃午饭。睡了很长一个午觉。读《爱情的荒岸》，已经写滥的主题。同L赴柯齐哈特维尔，在一家小餐馆喝啤酒。柯齐哈特维尔做弥撒时并无虔诚宗教气氛，人人移动椅子，像在舞会上一样扭动身体，挨近前面的妇女。这些白人殖民者很让人讨厌。白人坐在一般教堂使用的矮椅子上；黑人坐的椅子高几英寸。

种族歧视在这里向一个相反的方向发展。白人领取收音机执照要比黑人多付钱。开庭审讯的时候，除非有证人提出反证，黑人对白人的控诉（比如说，黑人说某个白人打了他）都会被法庭作为事实而接

① 不是那位船长乔治神父。——原注
② 这个句子后来似乎没有采用。——原注

受，因此这里也就经常出现敲诈的事。欧洲人的忍辱精神——欧洲人在听说利奥波德维尔发生骚乱后给这里的修女写信说：“这是我们自找的。”没有意识到自己在无私地为非洲人做了不少工作。

黑人妇女的腰垫：部分原因是她们在臀部贴肉处系着一串塑料圈。越有钱这种塑料圈越多。据说这对性生活很重要。难道说他们在性交时还戴着这些塑料圈么?

控制生育在这里并不是一个重要问题。由于淋病流行，妇女多患不育症，人口逐渐减少。L 医生最近给一个八岁的女孩医治过淋症。

三月二日，庸达

在正常情况下，每个人都有自恋情结。但也有例外：有人生来器官残缺，肢体畸形，或者后天不幸变为残废，其自恋本性就走向反面，对自己心生厌恶。虽然日久天长，这种人对自己的残疾也许习以为常，但这只是表象，在潜意识中却始终镌刻着深受伤害的印记。这就使他的性格发生某种扭曲，并对社会人群疑虑丛生。即使我们解除了麻风病患者的一切烙印，他那由于肢体残缺而产生的不正常心理却依然不会消失。”——R·V·瓦德卡尔。[1]

---

① 这段引文摘自庸达雷沙特医生藏书中的一篇论文；后来我用作《一个自行发完病毒的病例》卷首的一段题词。——原注

J神父谈起今天清晨五点半钟住在治疗区的一个病人同他妻子吵架的事。不论在夜间任何时候都可能听到这种争吵。夫妻吵嘴的部分原因是由于妻子实际上处于被奴役的地位。最近几年女孩子才刚刚有受中等教育的机会。上过大学的非洲人找不到与他有同等教育程度的妇女结婚。但妇女们对奴役地位的憎恨反过来又使她们的丈夫也成为变相的奴隶。妇女做最沉重的活儿；她们自己受罪，也叫她们的“夫君”的生活难以忍受。

诊疗室。病毒发完的病人。一个病人一只脚的五个脚趾都烂掉了，另一只脚只残存着两个，另一个病人的两个大拇指都失去了。给这些病人看病只是在心理上给他们一些安慰。

为患神经麻痹的病人做蜡疗。融化的蜡温度不能高也不能低。病人由于神经萎缩对热并无感觉。易于失火。为了节约，一块蜡需要反复使用。

一个害热病的小孩由母亲带来就诊。医生发现孩子的胸部有一块刀伤，某种土药曾植于皮肤下。医生非常生气，女人却推托说这是小孩的祖母干的。

眼帘神经麻痹症。可把下垂的眼皮吊起来缝住，但病人大多拒绝这种手术。

午间小憩后再去诊疗所。一个男人睾丸部曾感染上麻风，一只乳房像妇女一样垂下来。医生用一种名“1906”的药为他治疗，效果很好。诊疗所里弥漫着甜丝丝的炙烧麻风病人脱下的皮肤的气味。

晚上德·容格小姐和一个朋友来访，饮酒。容格小姐畅谈她在大战期间的经历，许多事都未见记载。她同她所属的组织后来是由于两个美国飞行员泄密而被暴露的。德国人威吓这两个美国人，要枪毙他们，叫他们一程一程地详细说出从比利时到法国边境比利牛斯省的路线。据容格小姐的意见，一般说来，美国人在逃离敌人的路上，表现得不光彩。他们总认为到西班牙去一定有更不费力的办法，不需要步行。这些美国人没有一个会走长路。（容格小姐说，美国人总是说，再也走不动了。英国人说，他们累得要命，但他们还会一直往前走，直到确实走不动为止——但容格小姐从来还没遇到过他们真有走不动的情形。加拿大人同美国人一样，也太娇嫩。容格小姐更喜欢英国人。在她帮助下逃离德寇魔掌的飞行员中两个最重的病号是比利时人，在逃亡路上护送人员——她雇用的边境走私犯——不得不两小时一班轮流抬着他们。）[①]

① 容格小姐当时刚刚二十岁出头。在法国沦陷后，有一天她突然带着两个同盟国一方面的人出现在西班牙圣塞巴斯蒂安市英国领事馆。这两个人是在她帮助下从比利时布鲁塞尔逃到西班牙来的。她要求那里的英国领事资助她一笔钱，建立一条逃离敌占区的交通线。英国领事怀疑这是德国人设的圈套，他对容格小姐说，他只对营救同盟国飞行人员感兴趣。几个月以后，她果然护送来两名在比利时境内被击落的飞行员。在进行营救工作时，她取得了在法国和西班牙边境干走私勾当的一伙人的帮助。在她最后一次护送飞行员逃离法国国境时，不幸一个给她当向导的走私的人害了流行性感冒，卧床不起。容格小姐同三个飞行员（两个美国人、一个英国人）被困在一个农舍里。就在这个时候，他们被法国维希政府的警察发现了。容格小姐之所以能保住性命是因为她用了一个假名，她被押送到德国空军宪兵队以后真实身份未被发现。德国人不知道她就是盖世太保正在通缉的大名鼎鼎的德·容格。最后，她建立的这条交通线被敌人破坏是由于两个美国人向敌人泄露了秘密。几个人（包括她的父亲）被敌人处死，一百多人被关进集中营。——原注

容格小姐给我们讲了两个飞行员的故事。一个澳大利亚人，叫吉奥夫；一个英国人，叫吉姆。这两个人是朋友，在逃亡的路上两个人总是嘻嘻哈哈地吵嘴。他们的飞机被击中以后，吉姆受了伤，吉奥夫一定让他先跳伞降落。吉姆的降落伞没有系好，跳出飞机以后，如果不是眼急手快，一把把伞揪住，降落伞就飞走了。吉姆生得一张娃娃脸，吉奥夫是个体格魁伟的大汉。吉奥夫背着吉姆走，一边走一边说，他一辈子也不背英国佬了。吉姆也还口说，他一辈子也不叫澳大利亚的蛮子背了。执行任务以前，他们得到一个比利时医生的地址。他们找到了这位医生，医生给吉姆打了一针，告诉他这可以叫他有力气步行两英里路到滑铁卢。到了滑铁卢，接头的人给了他们两辆自行车，叫他们骑车到布鲁塞尔。布鲁塞尔的地下工作者正好为另外两个人准备有当夜去法国的火车票(另外两个人被敌人逮捕了)。就这样，吉姆和吉奥夫连喘气的工夫也没有就马上被带上了火车。地下工作者叫护送他们的人准备一张折叠椅给受伤的人坐。但因为吉奥夫脸上有一块烫伤，所以护送的人认定他是伤员，非叫他坐折叠椅不可。吉奥夫和吉姆都不会说法文，没法把事情讲清楚。每次吉奥夫站起来想把椅子让给吉姆，护送人就一把把他推到椅子上。直到火车开进巴黎火车站，吉姆一下子晕倒，护送的人才知道自己犯的错误。这两个飞行员在飞机失事后一个星期又返回英国。吉奥夫在下一次执行任务中牺牲了。

容格小姐给我们讲这些惊险故事好像在讲一些轶闻趣事，倒好像战争年代对她是最快乐的日子。（在整个这场谈话中，只有一次她谈到自己精神紧张的情况。）就是在她叙述关在集中营的生活，也总是出自幽默的口吻。在集中营里，每五个人分为一组，睡的地方极为狭窄，只能侧着身睡。如果一个人要翻身，其他四个人就都得翻身。一天夜里，她听见一个布鲁塞尔的中产阶级声音非常气恼地抱怨："瞧瞧这个人。仰八脚儿睡觉，像个皇后似的。"

在我们聊天的时候，医生的室外虫鸣声唧唧不绝。容格小姐说："刚果从来没有寂静无声的时刻。只有中午过后有那么个把钟头。但那是一天最热的时候，谁也无心去欣赏那寂静了。"容格小姐还说起在比利牛斯山里，晚上也是极其安静的。①

我问她为什么到刚果来。她说："因为从我才十五岁的时候起，我就想给麻风病人治病。如果现在不来，以后就永远来不成了。"

德 · 容格小姐是一九四七年皈依天主教的。

三月三日，庸达

服用 D. D. S. 的人有时候会短期精神失常。有一个病人曾要求医生把他的手脚绑起来，以免他动手伤人。"我告诉他，"雷沙特医生说，"晚上八点钟你会觉得很不舒服。十一点会更不舒服。但只要再熬上几个钟头，你就会跟现在一样，再以后就更没有什么了……"这个病人听他的话果然熬过来了。

---

① 德国巡逻队还离得很远很远，就能听到他们那大皮靴的橐橐声了。——原注

新发明的一种外敷药治疗麻风病溃疡见效很快。有的人涂了几个月溃烂的地方就痊愈了。但这种药膏气味很难闻，简直令人作呕。当然了，除了涂药膏之外，病人还是需要辅以 D. D. S. 药片的。

以前记载过的那个没有足趾、一个睾丸肿得像个槌球似的麻风病人同一个患有小儿麻痹后遗症的女人一起同居。这个女人两条腿都已经萎缩，只能在地上爬。这两个人生了一个健康的孩子。麻风病患者是个天主教传道师。

一个病患者没有鼻子，手像鸟爪一样弯曲着。双脚也是残缺不全的。

来自丛林中的一个孩子因为脚上钻进一种寄生虫，失去了一个脚趾。

利用从患者受感染的皮肤上割下组织切片进行观察，判断无法确诊的病人的抵抗力，从而确定麻风病扩展的趋势。

三月四日，庸达

明天启程回家。雷沙特医生读了小说《拉·戛纳》一夜没有睡好觉，梦见我们一起乘车出了车祸。

对这里的阳光有些厌倦了，空气也太沉闷。为了应酬，同总督和总督夫人饮酒，其后又同他们一起去拜会市长和市长夫人。在市长的留言簿上签了名。买了一瓶香槟，回家后同雷沙特医生夫妇聊天、休息。

三 月 五 日

度过一个安静的上午。读《罗马之路》[①]，有意读得很慢，似乎不像小时候初读这本书时对它那么反感了。（比起《依纳号的航行》来，这部游记中的一些缺陷应该得到谅解，因为贝洛克写这本书的时候还很年轻，自然有不少自我炫耀的地方。）从现在起，看书的速度一定要放慢；我怕带来的书还没读过的已经不多了。

不少年轻的非洲人都有自行车。诊疗所外面总是停了一大排，就像剑桥大学某个学院门外停放的自行车一样。

到利奥波德维尔。M来车站迎接，带我到一家旅馆。渴望已久的热水浴，只受到两次电话和一次送来的便条打扰。

三月六日，利奥波德维尔

又是一个新闻记者来找麻烦。约定明晚和他晤谈，实际上那时我已经不在这里了。

啊，这些梦想当作家的人！同一个精神倦怠的人出外饮酒。这个人过去曾以我的崇拜者的身份给我写过信；信里谈到他的儿子和一本名叫《小火车》的书。他开车把我带到他经营的旅馆，像人们开玩笑地说，这是他的“心”。这个人的野心是写作——写出独创的作品，

① 英作家希莱尔·贝洛克的另一本游记，一九〇二年出版。

哪怕只是几页呢。但现在他却疲倦了，身体有病，而且已人到中年。

三月七日，布拉柴维尔

本以为能躲开那个记者，但还是不得不接受他的采访。赶上九点三十分的渡轮。利奥波德维尔的小码头，一个小小的售票亭，一个海关，只检查非洲人的行李。有一个移民局的官员专门应付白人旅客。到了河对面，所有官员都是非洲人，对白人旅客不闻不问。如果哪个白人想在非洲干走私勾当，现在可真是大好时机！

布拉柴维尔远比利奥波德维尔漂亮，也更招人喜爱。在利奥，欧洲用一座座摩天楼沉重地压在非洲土地上，而这里，欧洲却退避到非洲的绿荫荫的树木后面。就是商店也比利奥的更雅静。利奥的居民管布拉柴维尔叫村镇。就承认这是事实吧，它也是个可爱的外省村镇，而不是一座枯燥乏味的城市。

度过静谧的一天。傍晚，乘出租车去一家书店购买龚古尔[①]日记第一卷。在屋子里独自啜饮威士忌。一个人有时候是需要独自呆一会儿的。

印度教是热带的宗教。在热带地区，人们对生物乱肆杀戮的现象

① 法国小说家龚古尔兄弟(埃德蒙·德·龚古尔 1822—1896 及茹尔·德·龚古尔 1830—1870)，生前写了大量日记，是研究当时法国社会及文艺界情况的宝贵史料。

极为严重；印度教恰恰是对这种屠害生灵的一种反动。欧洲每杀死一只虫子，在非洲国家按比例就至少要杀死一百只。一抬手就弄死一只小虫，这个动作根本不必走脑子，只不过在餐巾上或者书页上留下一抹污迹而已。

犒劳自己一顿美餐。但也许正因为吃得太好，夜里才没睡好觉。

可能引用的一句卷首引语："对于这样死的人，对于这种痛心的事，还是快快抛到门外垃圾堆上为妙。"——狄更斯

三月八日，布拉柴维尔

读完《大卫·科波菲尔》。是不是短了一幅插图，还是我的记忆有误？我肯定看到过画着斯提福兹[①]攀附着沉船的插图。或者这只是我自己在脑子里描绘的一张图画？斯提福兹这个人物一直对我有吸引力，正像我在孩提时期读狄更斯这部小说时，摩德斯通先生和他的手杖总叫我心惊胆战一样。也许斯提福兹使我一直对溺水而死产生了极大的恐惧。

旅馆的院子里总有一些穷苦的年轻非洲人走出走进。一个可怜的欧洲艺术家正在教他们如何在黑纸上绘制舞蹈人形。这是一种装饰

① 斯提福兹是《大卫·科波菲尔》中的一个人物。他诱拐了少女爱弥丽后来又抛弃了她。后来他从西班牙乘船回来，在英国海岸附近船沉被淹死。

画，构思是雷同的。我猜想这种画是专门卖给旅游者的。利奥波德维尔的一个图书馆员很佩服这位欧洲画家，而且还很得意地给我看了他的一幅作品。我觉得也不过如此，实际上同这个人的学生的那些大作没有什么不同，只不过画幅略大一些而已。如果把这个艺术家在这里做的事同一个美国画家在海地开展的艺术运动比较一下，就不能不为这里的庸俗、堕落与精力的浪费感到震骇。

在布拉柴维尔机场上看到一个人在读大卫·奥格的《十七世纪的英格兰》。很想知道这是个怎么样的人。

飞机上有三月七号的英国报纸。怎么会这么快就到了这里?

利伯维尔[①]。美丽的小飞机场，郁郁葱葱的树木，水塘……像一个乡村火车站。看到大西洋的时候有了回到西方的感觉。一大群人来机场给一个去巴黎的非洲人送行——有男有女，有黑人也有白人。同比属刚果不同(那里的妇女还没有受高等教育的机会)，这群人里面有个黑人牧师，也有几个很漂亮的黑人姑娘，西式服装，鼓蓬蓬的短裙子。人们表现出太多的热情——握手、笑语喧哗。殖民主义正在匆匆忙忙、不体面地消失中。比较一下比属刚果白人官吏的撤离以及白人官吏被命令要用“您”字称叫黑人。但是人们还是有一种感觉：堕落

① 非洲加蓬共和国首都。

的白人总是爱同堕落的黑人混在一起。下午四点半钟几乎人人都喝威士忌酒。白人妇女的湿淋淋的头发，像绳子一样没有光泽。

抵杜阿拉[1]时，B来接。B是我在印度支那结识的一位老友。同B及一个美国人在酒吧喝酒。以后同B到我住的旅馆。一间有真正空调的房间，可以看到窗外的棕榈树、森林和水。黄昏时看到服装入时、化妆也很得体的女人跳舞，欢乐气氛。这在英属殖民地是没有的。同B及另一人去弗里加酒店——黑人妓女、小小的舞池。年轻的法国水手请妓女喝酒，紧贴着面颊跳舞。一个非常漂亮的女孩子，生着忧郁的、充满人情味的眼睛。

---

① 非洲喀麦隆的一个城市。

西非之旅

一九四一年十二月九日

在利物浦阿德尔菲酒馆吃早饭。建筑物沉重、老旧，但呆在陆地上有一种安全、踏实的感觉。饭后乘出租汽车穿行过破旧的街道去码头。一路上把检查机构没有封缄的信件一封封撕碎，扔出汽车车窗。码头区非常冷清，好像在过安息日；看不到一个行人可以问路。无法找到像轮船这样巨大的目标似乎有些滑稽，但最后还是找到了——是一艘五千吨级的烧石油的小货轮。这是艾尔德·邓普斯特轮船公司下水不久的一艘轮船，小小的单人舱房清洁、明亮，全船只搭载十二名旅客。三名皇家海军预备役志愿军官(其中一人只出过两次海，最远到过汉堡)，几名海军飞行人员，一个有了一把年纪的美国平民，威特穆尔教授，研究拜占廷艺术的权威，一位素食主义者。此外还有两个石油公司的人，一个只会说一点点英语的奇怪的外国人。这人生着一颗方方正正的大脑袋，穿着一条怪模怪样的灯笼裤。下午两点半钟左右，船启航了。最后望了一眼雾气笼罩的默西河河口，本以为从此就向英格兰告别了，但没想到最后望到的景象却迟迟也不消失：我们的轮船又在默西河河口抛锚了。吃过午茶后船上进行遇急演习——每次乘船在海上旅行总要这么吵吵闹闹地乱折腾一番，但这次演习却极其严肃认真。没有谁喜欢这种事。轮船两侧各系有一条救生艇，准备随时割断缆绳放下海。船舱里还放有几只橡皮筏子。船尾高甲板上防空员穿着卡其军服，外面套着毛衣，守在博福斯式高射炮旁边。

晚饭后一位海军后备役军官（中年人，说话带格拉斯哥的口音）热情洋溢地把船上的几名旅客组织起来。旅客都“志愿”站岗，监视敌人潜艇和飞机。

船明天驶往贝尔法斯特[1]。那个奇怪的外国人是个荷兰人。乘船的时候总是能收集到各式各样的消息，这同过去在海上旅行头天登船总能听到不少新鲜事没有什么两样。靠了这些零零碎碎的消息，旅客在船上就不那么寂寞了……二副过去出海，乘船曾两次被敌人击沉。

我从包裹里拿出这次携带的书籍，看了一遍每本书崭新的封面，又一一装起来。同斯帕克斯聊天。他离开海军已经十年，退役后一直经营收音机生意。这次他志愿回海军服役，只不过是不愿意被征到陆军里去。船上的全体工作人员，从船长到厨师，似乎对这条船都不熟悉。他们也像乘客一样总是找不到该去的地方。

开始读伊里克·安伯勒尔[2]的《狄米特里欧斯的假面》。到一个生

① 北爱尔兰首都。

② 伊里克·安伯勒尔（1909—1998），英国当代惊险小说作家。

人家里作客，总愿意看看人家书架上的藏书。威特穆尔教授带的书有柔斯[①]的《都铎王朝时代的康沃尔郡》。赫胥黎[②]的《灰色的高陵》，劳伦斯·宾庸[③]的诗集等。F，一位可能成为我的酒友的年轻海军后备役志愿军官，带有一本《匹克威克外传》。船上的吸烟室有一个小图书室，但还没有开放。

“明天我们就要好好地组织起来了。”带有格拉斯哥口音的军官说。

今天船停泊在默西河河口，是可以睡个安稳觉的。

十二月十日

早饭后起航。旅客轮班担任警戒。每天三班，每班四个小时。两个人在船尾甲板高射机关炮岗瞭望；两个人在船桥下面监视敌人的潜水艇。担任防空岗的人要爬上一架笔直的铁梯，到一个锥形塔楼里。两个塔楼每个安装着一挺高射机枪，四周有防护钢板。格拉斯哥口音的人是我们这一班的头儿。一个水手教给我们怎样用机枪瞄准、扫射。这个人是少数几个上次曾经乘过这艘货轮的人之一。那一次出海，有两艘船驶出默西河口后，头天晚上就受到敌人水雷袭击，但乘客监视哨只坚持了两天就停下来了。两个监视潜艇的人喝得烂醉如

---

① 阿尔弗利德·莱斯利·柔斯（1903—1997），英国历史学家，作家，文学评论家。

②《灰色的高陵》是阿尔朵斯·赫胥黎的一本宗教和政治论文集。

③ 罗伯特·劳伦斯·宾庸（1893—1943），英国诗人，美术学者。他的诗选1931年首次出版。

泥，船长不得不解除了他们的职务。我们这条船是不会发生这种事的——这次的乘客都是既不酗酒又非常听话的人。轮船不断鸣笛，七短一长是紧急集合的信号。每次鸣笛都要数数，叫人非常心烦。

阴沉、寒冷的一天。波涛汹涌。水兵戴着护头帽守卫在机枪旁边，一个黑人伙夫向船底小便。

站了两小时岗，外加半小时替换上一班监视哨吃午饭。然后是担任一个小时的潜艇监视哨，寒风刺骨，特别是在船的左舷。瞭望大不易，连远处一只海鸟也像潜艇露出水面的潜望镜。晚饭时，大副告诉我们，像今天这种天气，潜艇白天追踪轮船，就是浮在水面上也难被发现。天黑以后，就潜入水下进行攻击。他过去服役的两艘船都是在他离开后被敌人鱼雷击沉的，但愿他的好运气还能持续下来。每出航一次只有五天休假。

在机枪岗守望了一小时——没有甲板下的岗所那么冷。钢板翘起来像黑天使的两个翅膀。轮船驶过马恩岛。空中飞过一架飞机，看来是我们自己的。无线电广播传出日本炸沉威尔士亲王号和雷普尔斯号的消息。

奇怪的是，在监视潜艇时想到的只是被潜艇击中的危险，而在防空岗哨上又只是想到空袭的可能。站在甲板高处，听到海风吹着电线的呼啸声宛如教堂中的大合唱。

吃午茶的时候感到晕船，一直躺到吃晚饭。站在船首凛冽的寒风中独自背诵圣母祈祷词，希望分散一下注意力。翘首遥望温暖的南方，常常忘记自己正处于战火中，但危险的感觉最后还是回到心里，令人感到恶心。夜晚值班的时候总是穿上一件背心，倒并不是完全为了抵御寒风。午夜时分，汽笛声使我从梦中惊醒，我数了短笛七下，并没有注意到之后并没有一次长鸣，便匆匆忙忙跳下床来。我正拿不定主意该先穿哪件衣服，忽然发现四周一片寂静，不由得站在那里思索了一会儿。我的一位邻居比我还粗心，我看见一个穿海军航空兵制服的人从我们门前一闪而过，但没过一会儿这个人又慢吞吞地走了回来。我们都是新手，还不习惯船上的规定。汽笛声只是报告船只已经驶近贝尔法斯特了。在海上刚刚度过一天，船外嘈杂的人声已经给人一种奇怪的感觉。听到一个声音在随随便便地问："你们要导航员吗?"

十二月十一日

船停泊在贝尔法斯特港外的海湾里。

几个海军飞行员总是自己在一起。这几个人的衬衫、衣领都分外干净，一看就和别的军官不同。他们整天都戴着手套。

一纸孤岛上的阅读书目——这是我为蛰居在非洲西海岸时带的全部书籍。由于临行匆匆，吉朋的著作和《安娜 · 卡列尼娜》都没有购到。

《莫泊桑短篇小说》。[①]

《旧约》（“世界古典名著”版）

《新约》与《使徒行传》（“世界古典名著”版）

艾德蒙·高斯：《父与子》

安伯勒尔：《狄米特里欧斯的假面》

瓦特尔顿：《南美浪游记》

《背包》，亥尔伯特·里德文集

《牛津十七世纪诗选》

《里尔克诗选》

《华兹华斯诗选》

《黄金宝库》

《布罗德威版英诗选集》

《布朗宁诗选》（企鹅丛书版）

布莱克威尔一卷本莎士比亚戏剧集

T·F·波威斯：《角落中的仁慈》

艾尔默·毛德：《托尔斯泰传》

---

① 所提到的作家与作品情况如下：爱德华·吉朋（1737—1794），英国历史学家，著有《罗马帝国衰亡史》六卷（1776—1788）。爱德蒙·高斯（1848—1928），英国诗人及作家。除写诗外还写过很多英国诗人评传。小说《父与子》发表于1907年。亥尔伯特·爱德华·里德（1893—1968），英诗人，文艺批评家，著有诗集多种及论述艺术的著作。勒内·马里亚·里尔克（1875—1926），奥地利著名诗人，对二十世纪上半叶西方文艺有重大影响。《黄金宝库》，全名《抒情诗黄金宝库》，系英诗人柏尔格雷夫编辑的一部诗选，共两辑，分别出版于1861、1896年，流行甚广。塞欧多尔·弗朗西斯·波威斯（1875—1953），英国小说家。盖斯凯尔夫人（1810—1865），英国小说家，原名伊丽莎白·克莱格霍恩·斯蒂文森。作品有《玛丽·巴顿》、《克兰福德》等。本杰明·罗伯特·海登（1786—1846），英国历史画画家。他的《自传》于死后1853年出版。

盖斯凯尔夫人：《北与南》

海登：《自传》

另外还有特罗洛普[①]的几本小说：《公爵的子女们》，《你能原谅她吗?》，《爱亚拉的天使》，《继承人拉尔夫》，《美国大使》，《哈里·霍斯帕尔爵士》和《马肯基小姐》。

尽管晕船和值班守望，《英国剧作家》一书每天平均仍能写五百字。[②]

轮船整天停泊在海湾里。后来才知道，前面谈到的那个荷兰人原来是个出生于格鲁吉亚的波兰人，第一次大战中曾参加过俄国军队，是一个穆斯林教徒。他借助一张地图向威特穆尔教授解释一件什么事。突然，他那方方正正、像一块石碑似的大脸舒展起来；他终于找到一个懂自己语言的人了。威特穆尔好像哪种语言都懂。教授已经有了一把年纪，生着一张老处女的脸，脸上布满纤细的皱纹，戴着一副金属框架眼镜，为人极其谦恭和蔼。他在伦敦有一套房子，在美国麻省有一套房子(那是他的曾祖父传给他的，他就出生在那里)，另外在土耳其伊斯坦布尔还有一个落脚的地方。

六点钟在膳食总管的房舱里收听广播。德国已向美国宣战。威特

① 安东尼·特罗洛普(1815—1882)，英国小说家，一生共写了四十七部小说。

② 这是我当时应邀为一套丛书——《英国概况图片集》写的一本小册子，早已绝版。——原注

穆尔的脸上现出温和有礼的笑容。“我们现在是盟友了。”

船上的图书馆已经开放。读汉里[①]写的一本航海故事——《海洋》。觉得不够真实；根本没提到海上袭人的寒气。

发现船上的事务长是个老熟人。多年以前我乘大卫·利文斯顿号去利比里亚，他也在那条船上工作。

在膳食总管房舱的一堆书里面有一本邓萨尼[②]的作品，有西洛内[③]的《封塔玛拉》和摩特拉姆[④]的《西班牙农场》。

十二月十二日

轮船驶入贝尔法斯特港口。一座座伫立在高柱上的白色小灯塔；一个好像系住一张大桌面的浮标；离码头不远处一只沉船。一台台高大的起重机像是寒冬叶子落尽的树林。正在修建的轮船船壳里闪烁着绿色火花。几百名船厂工人停下手头的活，目迎一只小货轮徐徐驶入港口。

等待移民局到船上办理手续，心烦难耐。但又何必忙着登岸，到这样一个枯燥乏味的地方去呢？也许这就是乘船旅行的心情吧！我想

① 詹姆斯·汉里(1897—1985)，爱尔兰裔英国作家，《海洋》出版于1941年。

② 爱德华·邓萨尼(1878—1957)，爱尔兰戏剧家和故事作家。

③ 伊格纳丘·西洛内(1900—1978)，意大利左翼作家，反法西斯主义战士。《封塔玛拉》出版于1933年，写法西斯独裁制度统治下农民的贫困生活。

④ 拉尔夫·亥尔·摩特拉姆(1883—1971)，英国小说家。《西班牙农场》(1924)是他的第一部作品，获得很大成功。

在轮船驶入大西洋以前还是应该去作一次告解。在大多数居民都是基督新教教徒的贝尔法斯特很难找到那座人们讨厌的天主教堂。我要求在一个长老会教堂作告解；一位头发蓬松的守门人却要把我赶走。“现在不是时候，”说着他就把门关上。[1]我走进一间挂满圣画的客厅，像牙医的候诊室一样清冷、可怕。后来走进一个话语不多的年轻牧师，他管我叫“孩子”。这人的理解力似乎很低。[2]在同一条街上附属于教堂的小卖部正从柜台底下拿出忍冬牌香烟卖给几个老太太。

傍晚在寰球餐馆吃了二十几只戈尔韦[3]牡蛎，喝了一品脱半桶装黑啤酒。回到船上。威特穆尔同英国总领事一起吃的饭。“上一次我见到他，”教授曼声细语地告诉我，“他们正在建筑一条从格鲁吉亚到第比利斯的军用公路。”

现在我才知道，那个说话带格拉斯哥口音的人原来是每条航行在非洲西海岸的轮船上都缺不了的酒鬼。他到岸上去看了牙，回到船上给我们看牙齿拔掉以后留下的两个空洞。膳食总管告诉我们：“船长听见以后说，‘我还从来没有听见人这么说的呢。水手如果想去找女人，总是说他们要去买肥皂和火柴。’”

“格拉斯哥”，尖尖的小钩鼻子，带着醺醺醉意，突然把他的内

① 这一情景多年以后我写在剧本《养花室》里。——原注
② 但他对我们的船队却表现出不必要的好奇心。——原注
③ 戈尔韦，爱尔兰一郡名。

心活动全部表露出来；他的样子活像一个小预言家，让你觉得他就是《驶向远洋》这类剧本中的一个主要角色，合唱队向观众宣布这只船注定要遇难。“喂，诸位先生们，”他把我们都圈在小小的吸烟室里，“今后的五六个星期里咱们谁也离不开谁啦；咱们会有极其精彩的思想感情的交流的。我早就盼望着有这样一个机会，盼望着咱们能真诚地讨论一些问题。咱们到这艘船上来人人都有自己的心思，但是在咱们走出那扇门以后，咱们想的就是一件事了。咱们要进行讨论，不是争论，我不喜欢争论。进行政治讨论。我对你们是怎么想的不感兴趣；我感兴趣的是我怎么想。咱们要把各人的想法捏在一起。这将是一种奇妙的经验，将是我一生中最奇妙的经历，也是最深刻的。我想把我心里想的全都告诉你们，不管你们愿意不愿意听。我不会向你们隐瞒什么，先生们，我是个醉鬼。我在八月刚刚埋葬了我的老婆，从那以后我这个倒霉鬼除了喝酒以外什么事都不做。现在我要重新做人了。我就盼望着咱们的奇妙的讨论会了，先生们。我要学习——这是唯一值得做的事，学习。我不会学到很多东西；我只能学到一点点。但是有人说过，一本书只要有一句话能教给你点什么，这本书就值得一读。我要是没喝醉酒就想不起这些名言警句了。”在“格拉斯哥”这样大发议论的时候，威特穆尔教授一直客客气气，连眼睛也不眨地听着。从登船的第一天起，“格拉斯哥”就把船上的沉闷空气打破了。我好像又回到大卫 · 利文斯顿号上去了。

膳食总管给人们忠告。房舱的门永远也别关死。驶离贝尔法斯特以后，睡觉的时候别脱裤子、衬衫和毛衣。遇到紧急情况，在黑暗中没有那么多时间穿衣服。膳食总管认为叫潜艇击沉比挨飞机轰炸更好。一般说来，被潜艇击中有更多时间离开沉船。上次航行时，他坐的船就中了敌人的鱼雷，他们有三刻钟的时间逃离下沉的轮船。只有一个机器房工人遇难了。

“格拉斯哥”脚步蹒跚地上床以后，那个波兰人谈论起宗教来。“我是个穆斯林教徒，”他一边摆弄着几只酒杯一边说，“这个是黑人，这个是天主教徒，这个是新教教徒，这个是穆斯林。他们信奉的上帝是一个。”波兰人不喜欢玩英国式跳棋(他总是输)，喜欢玩欧洲式的。“英国式跳棋不够味。谈不上战术。”他垂头丧气地自动宣告失败。

十二月十三日

驶出贝尔法斯特港口。又一次看见氧乙炔焊机发出的溅射的火花，和电焊机发出的闪闪的蓝色和绿色的电弧光。在焊接工工作的时候，航空母舰的庞大的船壳像一个玩偶舞台似地被照亮了，在横七竖八的钢筋铁骨构成的背景上显出一个小小的人形；之后一切重又笼罩在黑暗里，但马上又闪现出绿光，又出现了那个小人儿。

在海湾里停泊了一整天。船长乘一只小艇到岸上去请示什么。有谣言说，我们要在这里停泊三天。在我们这艘船四周，停着十几只比我们的船还小的货轮，此外还有一艘驱逐舰，一艘为船队护航的巡洋舰，舰上停着一架漆成蓝白两色的飞机。傍晚时分，出现了一艘悬着许多小旗的非常漂亮的小型护卫舰，像是毕加索的一幅水彩画。护卫舰在停泊在海湾的众多船只间来往巡回，似乎在照看它的这些保护物。这一切都给人以即将出海远航的感觉。

大约四点半左右，船上又举行一次演习。每个人领到一只红色灯罩的手电筒，可以挂在肩上。这是准备万一落水时可以迅速被人发现的救生设备。

吃过晚饭，“格拉斯哥”又喝得醉醺醺地走进吸烟室。他只说了一句话就成功地使所有的人卷入一场争论。他说：“温斯顿。[①]我用不着他。一个政治冒险家。你们倒说说，他干了哪件漂亮事！”我觉得威特穆尔老头一定叫他说的话吓呆了，也许是被在座的人对“格拉斯哥”的话无动于衷吓呆了。在此之前，威特穆尔正在东一句西一句地低声同大家谈他的旅行见闻：开罗的最好的饭馆；高加索人如何煮咖啡；印度的一种夜间放香气的花。他坐在那里，头上戴着一顶蹩脚的破旧软帽，脖子上围着一条围巾（我想是他从阿尔巴尼亚带回来的）。“格拉斯哥”又慷慨激昂地演说起来：他赞成独裁，反对民主。突然，威特穆尔轻声插口说：“我保存着一封亚伯拉罕·林肯写给我祖父的回信。我的祖父责问他为什么不快一点通过反蓄奴法案。林肯回信的最

① 即丘吉尔。这里只叫他的教名表示对他不尊重。

后一句话是(这时威特穆尔的声音变得更温柔，仿佛在低吟一首诗)：‘必须叫人民自己决定，不然我们怎么比国王更伟大呢?’”

第四轮机长离开这条船，可能想转到另一条名叫艾尔号的船上去工作。他欠了轮船公司十镑钱，在付清欠款以前连喝酒的钱也没有了。轮船上的生活多么富于戏剧性啊！上一次航海的时候，我从韦拉克鲁斯[①]登上一条德国船，船上的厨师因为不愿意回国而自杀了。这是一九三八年的事了。我们周围的船并不是我们船队的。明天早上我们要同我们这一船队的其他船只会合，但如果有雾就不可能找到那些船，那就又要等几个星期了。

十二月十四日

上午九时至下午四时大风浪，吃午饭以前因晕船呕吐。无法写东西。轮船离开海湾，同排成一列的大约七艘货轮汇合。九时至十时一刻守望潜艇；十时一刻至十一时半站防空岗；简单地吃了午餐后，一时至一时半又替换另一岗哨吃午饭。站最后一班岗时风急浪高，雨中带有冰珠。下班以后身体仍然暖和不过来，只好躺在床上。吃晚茶的时候船队经过布特岛向格里诺克方向行驶，海面比较平静。可能我们正去汇合另外几艘船。船的一侧是明亮的棕色石南草荒原，另一侧是群山背后光芒四射的落日霞晖，连海鸥的翅膀也被夕霞映得闪闪发光。我们的船在海

① 在墨西哥。

中抛了锚，等待着。努力写了一点《英国戏剧家》。不管怎么说，这一夜是安全的，可以穿着睡衣睡踏实觉了。膳食总管的房舱里收音机正在转播剧场实况：喜剧演员的喊叫声和观众一阵阵机械的哄笑。午夜船又起航了。读萨拉·葛尔特路德·米林[①]的《巫术医师先生》。

十二月十五、十六日

连续两天风浪。船迎着顶头风向西南方向行驶，速度每小时最多四海里。两天都晕船。星期二下午值班守望时，一架飞机低空掠过船队，一艘船向它开了枪。这架飞机是我们自己的，但机枪手这样做是对的。即使自己的飞机也不允许在船队正当头飞行。两天没有写作。威特穆尔老头带着欧瓦尔廷[②]，每晚上床前都要喝一杯。

十二月十八日

天气只好了一天，又复波浪涛天。上午十点在膳食总管房舱内聚会，直到十二点半我去值班仍未结束。副轮机长弹钢琴，事务长唱歌，膳食副总管给大家端来他称之为“三便士鸡尾酒”的饮料——掺牛奶的朗姆酒。他戴着一顶铁皮帽子表演滑稽朗诵。

午饭后舱房里非常安静，威特穆尔老头低声细气地谈到亨利·詹

---

① 萨拉·葛尔特路德·米林（1889—1968），亦称米林夫人，生于南非，并在南非受教育。写了多部传记及小说，自传两部。

② 一种类似麦乳精的饮料。

姆斯和他哥哥威廉的一段往事。在《盖·道姆威尔》灾难性的首场演出时，他同亨利及萨拉瓦克的拉内同坐在一个包厢里看戏。[①]船上已取消了瞭望潜艇的值班，因为我们的船行驶在船队中间。

膳食总管告诉我他一到晚上就精神紧张。这是在他上次乘的轮船被鱼雷击沉后第一次出海，他现在的舱房同上次住的一模一样。管理伙食的副手精神不太正常。他过去经历了三次船只被鱼雷击沉的海滩。一个吉卜赛人给他算卦，说他不会第四次再遭鱼雷袭击了。威特穆尔说了格特鲁德·斯泰因[②]的一段轶事。她有一次演讲，有人问她为什么她回答别人问题时讲话很清楚，而写的文章却那么晦涩难读。斯泰因回答说："如果有人问济慈问题，你认为他会用《希腊古瓮》的语言回答吗?"

十二月十九日

据管理伙食的副手——那个精神不正常的人——自己说，他在上一次大战中曾经当了两年战俘，被囚禁在西伯利亚。我不知道该怎样理解他的话。他说他现在大腹便便就是那段遭遇的结果。"我真恨他们，"他穿着一身白色工作服拦着你，絮絮叨叨地说，"连

---

① 我肯定威特穆尔是这样对我说的，但根据雷昂·艾德尔先生的记忆，詹姆斯并没有看这个戏剧的首场演出。他只是在闭幕后才出现在剧场的边厢里。——原注

亨利·詹姆斯(1843—1916)，美国小说家。长兄威廉是著名哲学家和心理学家。《盖·道姆威尔》是詹姆斯写的一部戏剧，1895 年第一次演出。——译者

② 格特鲁德·斯泰因(1874—1946)，美国女作家，自 1903 年起定居巴黎，主持很有影响的文化沙龙。与画家毕加索、马蒂斯，美国作家海明威等交往甚密。

这么高的德国崽子我也一个不会放过。德国女人就算怀了孩子的我也不放过。要是这场战争没把我打死，我的名字一准能见报，登在毕沃布鲁克爵士办的报纸上。上次大战以后，要是我愿意，可能我已经进了英国议院了。要是我死了，我已经给我的两个女儿留下话——她们会接替我干下去的。只要这回他们手下留情，英国就会出现两个叛逆者。”

“你不会死的。”

“我永远也死不了。我靠着祈祷就能长生不老。日初祈祷一次，日落祈祷一次，就像穆斯林教徒一样。”（他是天主教徒。）

这些天来，他同膳食总管因为圣诞节即将到来非常兴奋，一刻也平静不下来。副手每见到一个乘客就把人拦住，一本正经地请他准备圣诞节文艺节目。伟大的计划讨论来讨论去又一一被推翻：喝酒比赛（每人出两镑钱可以喝个尽兴），摸彩（赢家可以得一瓶威士忌）。膳食长的房舱里总是挤满了人，热烈地讨论计划。

今天有一两个小时的阳光，天气甚至暖和起来，但现在轮船又开始颠簸了。天空重又阴云密布。昨天晚上我们大约是驶到了同纽卡斯尔同一纬度的位置上——我们已经在海上航行十天了。

“格拉斯哥”晚上又喝醉了，他令人讨厌。“我没有一个时辰是清醒的。从吃早饭起就喝酒。我的船舱里有一瓶朗姆酒。我喝得烂醉如泥，我为此感到骄傲。为什么我不能喝醉呢？只有喝醉了我才觉得舒服，脑子才灵活。”几个海军航空兵军官看着他，脸上露出不以为然的神色。他们整天戴着白手套。

十二月二十日

又是波涛汹涌的一天，从我们轮船起碇起，这已是第十一天了。很难说现在已经驶过英格兰最南端的纬度。

清晨六点左右，从一只船上发出了爆炸声。水手听到了报警的钟声。有人说我们现在已经同法国的布雷斯特在一条平行线上了。风浪很大，值最后一班岗时海上升起大雾。

十二月二十一日

清晨值班时大雾弥漫，能见度只有一百码左右。每艘船都汽笛长鸣，但音调高低各自不同。大约八点一刻雾散了，发现船队的每条船都在自己位置上，缓缓破浪前进。吃早饭的时候，见到一艘驱逐舰投下深水炸弹，接着又很快地向船队队首驶去。这是第一次，整个上午我们都坐在甲板上喝掺合了杜松子酒的苦艾酒。我们乘的这条船看来装载的是 TNT 炸药和飞机，船上的乘客对这件事感到既紧张又富于幽默意味。傍晚，船已改变了航向，向西行驶。难道我们永远不能往南走吗?船上贴出一张布告：不系救生带的人不准就餐；无论走到哪里必须系救生带。同别人一起喝了一瓶一九二九年的博纳葡萄酒(五先令)。船上装着一些战前酿制的好酒。波尔多红葡萄酒每瓶三先令六便士；香槟酒每瓶二十一先令。

十二月二十二日

天气又冷起来，但八点钟左右，船终于向正南驶去。午饭后，船队中有几只船驶向西南方的地平线，不久就从视线里消失了。

原来在邮局工作的高射机枪手穿着毛线衫还冻得索索发抖。这人生着一对忧郁的棕色眼睛，是船上仅有的两名水兵之一。他抱怨说，船上的高射机枪没有罩子，会因为受海上湿气侵蚀而生锈。在艾尔德·邓普斯特轮船公司的办公室里，他说，年轻的女职员人人在煮茶喝。“她们的茶叶和糖好像多得用不完。”发现船上的人似乎无时无刻不在重新捆绑没有系牢的货品。

读完康普顿-勃奈特[①]的《父母和孩子们》。匆匆写完《英国戏剧家》中论述康格里夫的一段。[②]同波兰人下了三盘棋，赢了一盘。

十二月二十三日

同膳食总管饮酒。一到晚上他就神经紧张。他躺在沙发椅上，还没有上床。船上装载深水炸弹和TNT炸药的货舱就在他的床下边。

---

① 艾维·康普顿-勃奈特(1892—1969)，英国女作家。

② 对康格里夫有些苛责，是不是因为风浪和在冷风中值班弄得我情绪不佳所致？“《乡间才子》中的既可怜又可鄙的人物克朗创造了同样极富于戏剧性的情景。但沙德威尔写得更生动，威彻利更懂得戏剧技巧。康格里夫却像个机灵的小学生，轻轻窃取了头奖。”——原注

威廉·康格里夫(1670—1729)，托玛斯·沙德威尔(1642—1692)，威廉·威彻利(1640—1716)，均系英国十七至十八世纪剧作家。——译者

据说有些船队中的外国轮船有意露出灯光给敌人暴露目标。遇到这种情况，船队指挥就指定一个汇合地点，叫船只暂时分散。当外国轮船按指示地点去汇合时，会发现别的船都已经转驶其他航道了。

下午第一次享受到温暖的阳光，看到碧蓝的海水。同波兰人下棋。我已经没法甩开他了。如果下午我正躺着，他会从舱门外边伸进一颗像蒙古人似的剃得光光的脑袋，招呼我："来一盘?"下棋的时候他总是哼歌。"妙，妙极了。简直太妙了。"他一边说一边把走了的棋子拿回来，又悔了一步棋。一共下了四盘，我只赢了一盘。

十二月二十四日

天气更暖，阳光更加灿烂。从亚速尔群岛穿行，见到了陆地。午饭前又同膳食总管、事务长、"格拉斯哥"几个人聚会。膳食总管教给我们如何检验避孕套是否保险。从现在起可以坐在甲板的帆布椅上守望了。

晚上首先喝了半瓶威士忌，以后在吃饭的时候又喝了波纳红葡萄酒，接着又喝葡萄牙红葡萄酒和白兰地。同伙房的人一起动手装饰房间准备过圣诞夜。准备工作发展为晚会，一直热闹到半夜两点半钟。避孕套吹得像气球一样，悬在船长的椅子上空。丹尼尔，在厨房工作的一个黑人，表演竖蜻蜓，双脚夹住脖子。海军航空兵军官合唱《小伙子丹尼》、《爱尔兰的眼睛在微笑》、《维德康贝的美人》和别的一些歌。精神不太正常的副伙食长开始叫人不耐烦了；他又一次朗诵(而且不知为什么每次朗诵他总是戴着一顶钢盔)他女儿写的一首赞美商船队的诗，这首诗我们不知听了多少次了。膳食总管戴着一顶布帽，朗诵了一首关于点路灯工人的诗，一边朗诵一边表演。接着是厨师的表演。他穿着一件龌龊的白衬衫，系着龌龊的围裙，一张瘦瘦的、好像生了肺病的狂热的脸，又长又尖的鼻子，胡子已经有三天没刮。他唱了一首一位不知名的作者写得很出色的民谣，调子很悲哀。民谣讲的是维斯特里号航船沉没的故事。厨师后来把歌词抄给我，现在记在下面：

S·S·维斯特里号的沉没

她骄傲地驶出纽约港口，
开往大洋彼岸遥远的异国。
甲板上站满旅客，双双对对
还有孩子，个个充满欢乐。

她驶过深深的蓝色海洋，
没有恐惧，也丝毫没有畏缩。
船长卡里高高站在舰桥上，
一个老水手，历经无数骇浪惊波。

后来有一天航船遇到风暴，
她卷在巨浪里，挣扎颠簸。
一个大洞在船舷上破裂，
死亡逼近，噩运无法逃脱。

多少条生命就要埋葬海底，
多少对夫妻势将人亡家破。
亲爱的人一去再不复返，
心碎神伤，一场惨绝人寰大祸。

船长卡里兀立在舰桥上面，
徒然想把他的死船救活。
最后他决定发出求救信号，
可惜已经太迟，航轮开始沉没。

丈夫为救妻子跳进汹涌大海，
母亲紧搂孩子唯恐宝贝失落。
一片哀号，哭声震天，
连救生艇也被大浪吞没。

老船长的白发索索抖动，
泪眼模糊，目睹一场人间惨祸。
只怪他因循踟蹰，没有当机立断，
终于犯下不可饶恕的罪过。

我们的生活也像在海洋中航行，
狂风恶浪，一步不能走错。

这个悲惨的故事教训了我们，
犹犹豫豫，终将铸成大错。

十二月二十五日

圣诞节活动从上午十一点开始。首先喝了一瓶香槟酒治一下昨晚的宿醉。吃午饭时收听英国全球广播，英王演说的调子很低沉。晚饭菜肴极其丰富，计有：冷盘、汤、煎鳕鱼、罐头芦笋、烤火鸡和肉肠、葡萄干布丁、冰冻葡萄汁，等等等等。简直像回到了和平时期。为英王、丘吉尔、罗斯福（为了威特穆尔教授）、西柯尔斯基[①]（为了那个波兰人）祝酒。这以后船长、大副、伙食长都来到吸烟室。一位羞涩的海军后备役军官在钢琴上弹奏圣歌（他只会弹奏这种曲调），但气氛并不太好。玩一种叫“唱、说、罚”的游戏。午夜十二点根据传统合唱《友谊地久天长》。以后同波兰人玩棋。船上的生活并不像我预期的那么寂寞孤独，也许是每天都有酒喝的缘故。清晨五点被一声类似爆炸的声响惊醒，本以为是船队中哪条船遭了殃，但那是我过分担心了。一定是因为船只突然转变航向，强风发出的拍击声。

十二月二十六日

除了有些困倦外没有什么可记的。甚至整个船队都有些无精打采

① 弗拉迪斯拉夫·西柯尔斯基（1881—1943），波兰政治家，第二次世界大战期间组织波兰流亡政府。

的样子。轮船比过去更加锈迹斑斑，旗子也都不悬挂了。

十二月二十七日

膳食总管精神抑郁。上一次航海时他乘坐的一艘船正是在这个地方被敌人鱼雷击沉的——那是在离开弗里敦九天以后。那一次他们的船队在三天夜里连续损失了七只船，他乘坐的那只是最后被击沉的。本来已经忘记了在大西洋上还有这样一条狭窄的海峡。在达喀尔与弗里敦之间，非洲海岸凸出来，接近巴西的一块伸向海岸中的凸地，形成了一个海峡。这个地区成为敌人潜艇出没的狩猎场。当然了，不管政治家怎么说，每个水手都毫不怀疑，正是达喀尔这个港口现在正被敌人潜艇利用作为他们的基地。

天气越来越暖，阳光也越来越好。读赫胥黎《灰色的高陵》，极有兴趣。

黄昏时进行第三次演习。演习后所有的人好像都离开了甲板，尽管这是一个非常温暖的夜晚。心情紧张。我不知道这是我独有的心情还是旅客所共有的。

十二月二十八日

今天是女儿的生日。午饭前喝香槟酒为她祝贺，晚上又同大家一起喝了两瓶波尔多红葡萄酒。之后在伙食长房舱里举行晚会，有一种刚刚从麻醉中清醒过来的感觉。担心上岸以后会感到寂寞。不再喝杜松子酒，总叫我心情抑郁。

十二月二十九日

开始感到蒸人的热气。一整天船行驶很慢，可能正在和另外一些船只汇合。夜间做恶梦，是常常做的那种。好像陷入一片黑暗里，无法逃开。

十二月三十日

船队指挥乘坐的那艘船机器出现故障。一只护航舰留下进行护卫。谣传我们的位置正在达喀尔对面。

下午异常炎热。在甲板上看书：阿加莎·克莉斯蒂的《阳光下的罪恶》和里尔克。好像回到了战前海上航行的悠闲日子。总有一种错觉，认为这是在和平的日子里，是在度假，但马上就想起船队正面临敌人偷袭的危险，想到随时都会发生一次爆炸。

午饭前、晚饭前都在伙食长房舱里聚会。在炎热的天气里非洲西海岸故事像热带植物一样繁衍丛生。一个人怎么会把八年前的事记得那么清楚呢？一个故事说，医生给一个黑人女孩子开刀，从她乳房上割下了肿瘤；扔向她的亲属说："就是这个坏东西！"

船上的黑人水手每天领一定数量大米代替部分工资。这些人坚持用盛烟草的洋铁罐作计量器；他们不知道只要用大拇指在罐头底上轻轻一按，每一罐的容量就会减少一些。

一个空军人员患便秘，早上愁眉苦脸地在甲板上转来转去，但他并没有忘记戴白手套。“有时候一连十七天不通，”他告诉我说。

十二月三十一日

昨天夜里十点钟船上波动起来，不是因为看到了一个岛屿，就是因为远方地平线上出现了灯光。船队在夜间行驶实行严格的灯火管制，像是凡尔纳科幻小说里描写的那样。后来发现昨晚看到的是一艘西班牙或者葡萄牙的航船[①]——这是我们离开英国本土后第一次在海面上看到的灯光。

早饭后不久，船队指挥的轮船赶上了我们。第一次见到陆地，远处的地平线。不是一只海鸟，而是一艘桑德兰快艇在海上巡弋，搜索敌人的潜水艇。看到这艘快艇，船上的人都情绪高涨，好像在此以前我们一直迷失在茫茫的大海里。

昨夜又作了恶梦。一个朋友用一把切面包的刀子在脖子上随随便便一抹，就割开一个血口。他把耷拉下来的肉皮掀开，查看伤口割得

① 这些葡萄牙定期航轮叫我和斯考比在弗里敦的日子很不好过。一次又一次地到船上搜查走私的钻石、检查信件。哪一班船上也没发现钻石；信件的内容也都看不出什么问题。只有一次发生一件带有刺激性的小小事件。有人怀疑一艘已驶出港口水栅、快要离开三英里海域的航船上载有一名间谍，请求殖民地大臣下令海军截住这艘船。另外一次，在一名涉嫌的旅客的通讯簿上有我一个朋友的名字。这人叫丹妮丝·克莱鲁恩，是一个住在法国的女翻译家。后来她以间谍罪被德国人逮捕，死在一座集中营里。——原注

深不深。在我送他去医院途中，看到一个女人开车撞倒人行路边上的一个小孩，孩子同我自己的儿子年纪差不多。后来那个开车的女人下了车，漫不经心地踩着这个男孩的身体走过去。我朋友伤口上耷拉下来的皮蜷缩起来，露出血淋淋的喉核。

船队突然改变了航向。有一段时间我的这艘轮船好像孤零零地在海上行驶，给人以极其凄凉的感觉。

新年晚会，人人开怀畅饮。厨师的爵士乐队做了表演，乐器是勺子和铁锅。黑人厨师丹尼尔在过道上跳舞，竖蜻蜓，双腿盘着脖子。在摔跤比赛中，伙食长在厨房跌倒，脑袋磕了一个口子。晚饭吃炸鱼和土豆片。晚会一直进行到午夜两点半钟。

一九四二年一月一日

波兰人眼睛闪着光谈论娶三个老婆的优越性。“一个老婆她当家；三个老婆我为王。”

一 月 二 日

整天有一架水上飞机伴随着船队。船队分开了。几艘甲板上装载着机车的货轮向开普敦方向驶去。我们十一条船仍然有护航舰护送着。

夜间异常炎热，又谈起多妻制问题。有人问那个波兰人说：“在这样炎热的夜里三个老婆怎么对付得了?”

“啊，你想的是欧洲人的热情。东方的热情可不一样。那里有草地、喷泉。花园里有特大号的床。”

夜里十一点钟，在六十英里外的地方显然发现了一只潜艇。另一个谣言说，四天以前我们船队就被一只潜艇追逐了一段时间。

一 月 三 日

我们的船只前面出现了另一支大船队，从远处看，只能望到船桅和烟囱。多半也是运输货物的。

非常热。上午十点左右在蒸腾的热气和烟雾中看到伫立在弗里敦市后面的山峰。中午以前轮船驶入港口的海栅。海湾里停泊着无数船只。气泡形状的怪异的山岭，黄色的海滩，诺曼底教堂建筑式样的英国圣公会红砖教堂。过了这么多年，经过动乱之后，这些景象重又闯进一个人的生活，让人觉得既奇怪又富于诗意，同时也不无鼓舞的力量。这就像看到一个在梦中到过的地方一样。甚至从陆地上飘来的一阵阵炽热的、甜津津的气息——那是饥渴的植物，红色土壤，紫茉莉的气味吗?是克鲁人聚居的小镇木棚里在烧饭还是土著放火烧荒的烟味?——也让人感到奇特地熟悉。对我说来，这将永远是非洲的气味，而非洲则永远是维多利亚地图上的非洲，是一个没有探索过的充满空白的心形大陆。

再版后记

一个“场景”出现在一位作家的脑子里。“一个陌生人没有任何明显原因突然出现在一个偏远的麻风病治疗地。”这个人是一个功成名就的建筑师，他厌倦了世情，对事业、对爱情、对宗教信仰都已走到了尽头。这个麻风病治疗地在黑非洲，在“黑暗的心脏”，主持人是几个天主教神父。他只身漂流到那里，像河面上的一个漂浮物偶然被什么挂住，就停了下来。这位作家为了寻找这个人物，千里迢迢地从欧洲飞到刚果利奥波德维尔，又深入内地到一个地图上无法找到的名叫庸达的小镇。他生活在失去足趾和手指的畸形人中间，他乘着闷不透气的小火轮在刚果河上航行……整整两个月一直在蛮荒异地、在热带丛林里追寻。

从刚果归来4个月以后，他着手写一本以非洲麻风病院为背景的小说。小说“写得不那么顺手，”他在自传《逃避之路》中坦白承认，“读者只不过在阅读时同小说中这位名叫奎里的发尽病毒的主人公一起呆几个小时，我作为小说的作者却不得不同他一起生活18个月。”这位作家就是据说曾20余次被提名为诺贝尔文学奖候选人而始终未获奖的英国知名作家格雷厄姆·格林。他写的这本引起文学界和宗教人士争议不休的小说就是现在呈献给读者的《一个自行发完病毒的病例》。

1980年，我译的第一本格雷厄姆·格林的宗教小说《问题的核心》出版了。次年秋天，我获得一个旅英机会，有幸同这本书的作者、当代负有威名的英国小说家在他的伦敦客邸里短暂会晤(格林长期住在法国里维埃拉)。在谈到《问题的核心》情节发生在非洲时，格林问我中国读者喜欢不喜欢看以蛮荒异地为故事背景的东西。我无法估量别人的趣味，只能告诉他我个人爱看冒险和描写异国风光的书籍。这次来伦敦还买了一本儿时就看过的《所罗门的矿藏》，这本书恰好也是格林小时候爱读的。他在《失去的童年》一篇散文中曾经写道："也许只有童年时期读过的书籍对我们的一生才能有那么深远的影响。"当然了，一个人的一生阅读决不能从童年的喜好得到全部答案，但是我个人性喜冒险，迷醉异国风光，甚至不排除某些猎奇癖好，却是从幼小就形成的性格。与格林告别不久，他就托他妹妹伊丽莎白·丹尼斯把他的10余本著作寄到我在伦敦的一位好友家，其中有一本就是《一个自行发完病毒的病例》。

归国后，再一次阅读这本书，并接过一个年轻人未竟的译稿，(他只译了开首一小部分，便忙于其他工作。)一口气把书译完。在翻译期间，我一直在大师笔下的一片奇妙的土地上漫游。密不透风的原始雨林，时而平静、时而湍急的蜿蜒河流，伫立在河畔浅水中的高脚鹭鸶和匍匐在一块朽木上的小鳄鱼，土人居住的吊脚楼，以至蛮荒习俗和传染昏睡病的采采蝇……无一不迷惑了我。"晨雾散开了……岸上盛开着一排白色睡莲……像是一群天鹅。整个河流呈现出白镴颜色。林木的绿色倒影像是透过一层薄薄的、透明的白镴从水底映现出来的……”“河边的大树呈冷灰色……像是大水蛇一样扭曲着。白瓷般的小鸟落在咖啡色的水牛背上。”“一家人坐在一只独木舟上，整个一个钟头他们只是闲坐着，任何事也不干……男人弓着身子，手中横着一支桨，一直不见他划动。一个年轻女人膝头上揽着幼儿，笑得像一只盖子打开的钢琴。”译书时，横扫全国的一场大风暴过去还没有多久，有时聒噪和喧嚣的叫喊仍然萦回脑际，我却在书中找到一片宁静的天地，一个逃避所。后来译格林的自传《逃避之路》，发现他把写作视为逃避人生疯狂和惊惧惶恐的手段，其实阅读和翻译又何尝不是逃避呢？我赞同作者在自传序言中引证诗人奥登的一句话：“人需要逃避，正像需要食物和睡眠一样。”

当然了，《病例》一书的价值，远远不限于优美的景物描写，异国情调的刻画和麻风病院故事对人们猎奇心理的满足。作者设置的氛围是为了探讨人生中一些严肃问题。宗教信仰、生活态度、人际关系……作品提供读者思考的是一个社会问题。

自 1938 年格林写的一部青年人犯罪小说《布赖顿棒糖》问世后，他就被视为天主教作家。格林对这个头衔非常反感，他认为自己只不过是个信仰了天主教的作家而已。但他写的另一部宗教小说，1948 年出版的《问题的核心》却给他带来更大的成功和荣誉。他没有料到，成功也给他带来无限烦恼。他接到许许多多素不相识者的来信，要他指导自己如何拯救灵魂。一个年轻人从西柏林写信来，请求格林率领一支青年十字军开进东德，为教会流血。一个年轻女人从一只荷兰渔船上写信邀请他，信中还附寄了照片。另一个女人从瑞士写信来，建议他去她身边，“用白雪作两人的被褥”。还有一个法国传教士把格林当成告解神父，后来竟找上门来，纠缠不休。总之，格林被一些宗教上的受难者弄得筋疲力尽，他不由得大声疾呼：“我没有担承拯救世人的使徒使命。”于是他去黑非洲寻找一个角色，写了一个失掉宗教信仰的人的遭遇。这个人——比利时建筑师奎里——在同别人交谈时，一再表白：“我已经退隐了。”“我不知道我是否可以称为天主教徒。”“神父，假如要我说实话，我根本不信天主。”这是格雷厄姆·格林的自白呢，还只是一时愤激之言？或者这部作品只是对那些虔诚教徒读者的嘲讽？格林写这部书的本意何在，我们姑且不论。但他以一个失去信仰的人作为书中主人公，却使很多奉他为“领路人”的教徒大为震怒，就连他的好友，另一个英国天主教作家伊夫林·沃也为此感到痛心。“让我向主祈祷，”沃给格林写信说，“这只是你一时气愤，莫林[①]与奎里的绝望结论完全是小说中的虚构。”

值得我们注意的是，格林在《病例》一书中，除了创造出失去信仰的奎里外，还写了另外一些天主教教徒，麻风病院院长、众多神父和修士。他们是不同类型的人，但构成奎里对立面的是两个极其虔诚的信徒——托玛斯神父和一个工厂主莱克尔，这两人思想僵化，视教义为神圣不变的教条。后者更在爱天主的幌子下，把自己的年轻妻子当作性奴隶。正是这些教条主义者——还包括一个兴风作浪、宣传奎里为圣徒的新闻记者，不仅破坏了奎里终于寻求到的心灵宁静，而且

① 莫林是格林短篇小说《重访莫林》中的主人公。

断送了他的性命。作者爱憎分明，立场非常清楚。对宗教怀有疑虑，甚至失去信仰的人却对人类表现出极大爱心；“笃诚的”教徒，只因奉教义为教条，以个人的愚昧和无知强求他人，反而给人们带来伤害。正同格林写的另外几本宗教小说相似，他再一次把信仰放在一个危险境地进行考验，叫信仰同疑虑相互顶撞，制造冲突和高潮。格林写的宗教疑虑被笃诚的教徒视为质疑教义，违反教规，罗马教廷甚至一度对他进行谴责。格林在一次与他人通信时，也曾承认，“……为了忠于自己的想像，因而陷入某种程度‘不忠’于教会的境地。”[①]

在《逃避之路》一书中，有一处他阐述自己对信仰的看法，读之或许有助于理解作者对宗教信仰的看法。格林说：“过去我总把信仰视为风平浪静的海洋，现在这一幻觉一去不复返了：信仰更像海洋上的一阵大风暴，幸运者一下子被卷进去，立刻沉没，不幸的人却残存下来，遍体鳞伤地被投掷到海岸上。”格林自己就是一个被投掷到海岸上的不幸者，但也正因为他这种不幸，我们才有幸读到他一本又一本发人深思的作品，才有幸聆听他讲述某些灵魂受难者的动人故事。

81 年入冬，我自欧洲回国，虽应某一文学刊物约稿，记载了我旅英时同这位文学大师的会晤和交谈。文中提到我曾告诉格林，《病例》一书国内电影界有人翻译。稿子寄出后听别人说，原说的译书人并未翻译，只是把原著改编为电影脚本，把情节移植到中国一个边远

① 见伊丽莎白·鲍温·格林和普利契特：《我为什么写作?》(1948 年)。

省份。脚本后来是否拍摄，我没有听到下文。我怀疑这种移植能否成功。英国另一位作家乔治·奥威尔在读了《问题的核心》后也曾质问过为什么故事背景要选定非洲？这样的情节完全可能发生在伦敦郊区，奥威尔说。我的看法是，格林讲述的故事同故事的发生地是有机联系着的。只有在蛮荒之地，在几乎与世隔绝的地方，才能显现文明世界的宗教观与原始力量的角逐，才能突出愚昧的虔诚同世俗偏见的无所不在的杀伤力。格林问我中国读者喜欢不喜欢读描写蛮荒异地的作品，或者也意识到小说的背景问题吧。

我译的《病例》于1982年初版发行，1992年我又译了格林为准备写《病例》到非洲旅行写的一本日记——《寻找一个角色》。这本日记或许有助于读者了解一个大作家的创作方法。从概念的诞生，素材的搜集，到人物塑造以至情节安排。“日记”叫我们看到作者在完成一部名篇时的孜孜寻觅，看到他苦心孤诣的推敲，也看到他独具匠心的剪裁。感谢译文出版社今天把这两本书合集出版。这不仅满足了我个人多年萦回于怀的心愿，而且也是我国读书界对格雷厄姆·格林这位文学大师的一件献礼。

2007年冬译者于北京

Graham Greene
A BURNT-OUT CASE

图字:09－2006－473 号

图书在版编目(CIP)数据

一个自行发完病毒的病例/(英)格雷厄姆·格林(Graham Greene)著;傅惟慈译. —上海:上海译文出版社,2020.7
(格雷厄姆·格林文集)
书名原文:A Burnt-Out Case
ISBN 978－7－5327－8455－4

Ⅰ.①一… Ⅱ.①格… ②傅… Ⅲ.①长篇小说—英国—现代 Ⅳ.①I561.45

中国版本图书馆 CIP 数据核字(2020)第 090150 号

一个自行发完病毒的病例
[英]格雷厄姆·格林/著 傅惟慈/译
策划/冯涛 责任编辑/宋佥 装帧设计/张志全工作室

上海译文出版社有限公司出版、发行
网址:www.yiwen.com.cn
200001 上海福建中路 193 号
浙江新华数码印务有限公司印刷

开本 890×1240 1/32 印张 12.5 插页 6 字数 190,000
2020 年 7 月第 1 版 2020 年 7 月第 1 次印刷
印数:0,001—5,000 册

ISBN 978－7－5327－8455－4/I·5196
定价:79.00 元